TIERRA FIRME

¿UN CONTINENTE A LA DERIVA?

Traducción de
LAURA LÓPEZ MORALES
MARGARITA MONTERO

¿UN CONTINENTE A LA DERIVA?

Antología de narradores de Quebec

Selección y prólogo de
GILLES PELLERIN

FONDO DE CULTURA ECONÓMICA

MÉXICO

Primera edición, 2003

Pellerin, Gilles
   ¿Un continente a la deriva? Antología de narradores de
Quebec / Gilles Pellerin ; trad. de Laura López Morales,
Margarita Montero. — México : FCE, 2003
   272 p. : fotos ; 21 × 14 cm. — (Colec. Tierra Firme)
   ISBN 968-16-7068-X

   1. Narrativa canadiense 2. Literatura francesa — Québec I.
López Morales, Laura tr. II. Montero, Margarita tr. III. Ser
III. t

   LC PQ3917.Q32   Dewey 848 P558 c

Québec ⠿
Esta obra ha recibido apoyo del gobierno de Quebec

Diseño de la portada: R/4, Vicente Rojo Cama
Ilustración de la portada:
Hector de Saint-Denys-Garneau, Sin título [La vieille "chaufferie"], sin firma,
sin fecha (ca. 1930), acuarela, 14.2 × 11.5 cm. Colección de Giselle Huot,
Montreal, Quebec, Canadá

Comentarios y sugerencias: editor@fce.com.mx
Conozca nuestro catálogo: www.fondodeculturaeconomica.com

Impreso en México • Printed in Mexico

PRÓLOGO

¿Un género sin historia?

La ganancia segura de una antología del tipo de la que usted se dispone a leer obedece no sólo a la calidad de los textos propuestos, sino también a su capacidad de mostrar el abanico más amplio posible de una región a la que sirve en cierto modo de puerta de entrada. En un caso como éste, la presentación de los autores y textos elegidos suele ir acompañada de un panorama histórico que incluye, aquí y allá, la mención de los momentos cumbre, de los periodos gloriosos e, incluso, de una edad de oro. La novela corta* cuenta con una rica historia en la que, por lo general, se coincide en reconocer a Boccaccio como la figura pionera en el mundo occidental. ¿Cabría considerar la posibilidad de distinguir en esa historia una rama quebequense y seguir la huella de su evolución, desde sus orígenes hasta nuestros días?

Alguien dijo que los quebequenses constituían "un pueblo sin historia", cuando sin duda más bien habría que hablar de un pueblo sin país, lo que se traduce por omisiones cronológicas de no poca importancia: los quebequenses no cuentan con fechas fundadoras como sus vecinos los Estados Unidos (1776) o como México (1821), por no ha-

---

* En el prólogo se aborda la diferencia formal y de contenido que, según los teóricos, caracteriza al *conte* (cuento) por un lado, y a la *nouvelle* (novela corta) por el otro. En esta parte la traducción recurre a las dos denominaciones con el fin de respetar la congruencia de la argumentación acerca de las diferencias entre los dos géneros; sin embargo, como en español a ambos se les conoce como "cuento", en las notas bibliográficas de cada autor se optó por esta última etiqueta genérica. [E.]

ber conquistado y promulgado su independencia. Desde
este punto de vista, los pueblos antiguos tenían la posibilidad de contar el tiempo a partir del momento presumible
de su "creación", de la fundación de un lugar sagrado o
político (fue así como existió un tiempo romano, establecido *a posteriori* sobre el acto fundacional de Rómulo trazando
el surco). Esos pueblos antiguos también podían reivindicar un Gran Tiempo *ab origine,* colocarse "en el principio
de las cosas", *in illo tempore,* época a la vez indeterminada y
determinada por su presencia, a la que los relatos mitológi-
cos y las epopeyas permitían acceder. No se cuenta con
nada de eso en el caso de una joven nación: la existencia
ante los ojos de la historia exige que en ella se inscriban claramente marcas políticas. Los quebequenses pudieron con-
solarse de no haber podido establecer un Estado soberano
cuyo denominador común sería la lengua francesa, dicién-
dose que "los pueblos dichosos no tienen historia", pero
este extraño eudemonismo da a entender que su felicidad
dependería de su ausencia en "el concierto de las naciones".
Una vez formuladas estas reservas políticas, resulta posible
resumir la historia de Quebec, reducirla a unos cuantos
acontecimientos[1] que se inscriben fácilmente en los anales
de los últimos cuatro siglos y balizar el recorrido del pueblo quebequense y de sus instituciones políticas a través del
tiempo.

Si resulta igualmente lícito trazar una historia de la nove-

---

[1] Colonización europea en el siglo XVII de un territorio americano; cesión de la
Nueva Francia al Imperio británico en 1763, ratificada por el Tratado de París, que
ponía fin a la Guerra de Siete Años; retroceso gradual de lo que desde entonces se
llama *Province of Quebec* dentro de un conjunto nacional remodelado donde la
parte francesa de Canadá ya sólo cuenta como una voz entre diez provincias coloca-
das bajo el gobierno federal; ingreso decidido de los quebequenses —que *en lo sucesivo* (era el grito de adhesión) dejarán de definirse unánimemente como canadienses— en el mundo moderno, favorecido por la Revolución Tranquila, iniciada
oficialmente en 1960; irresolución en cuanto al estatuto político de Quebec en el
seno o fuera de la confederación canadiense.

la corta en lengua francesa,[2] en cambio será poco útil lanzarse a una empresa similar en lo que respecta al mismo género en las letras quebequenses. Fiel a la imagen de una sociedad que optó por no hacer historia (o que no optó por nada), la novela corta quebequense durante mucho tiempo existió de manera soterrada más que afirmada, a menos que uno se empeñe en deshacer la historia, en tomar a contracorriente los géneros emparentados (novela, cuento) para establecer mejor su especificidad. Tan es así que con frecuencia lo que resulta más indicado es hablar del tema como si se tratara de una fotografía a contraluz tomando como tela de fondo fenómenos observables en la literatura en su conjunto, dentro de la sociedad de la que entonces se convierte en un espejo a veces fiel, otras deformante, o incluso dentro de prácticas que conciernen al género mismo, a sus prerrogativas, a su dinámica endógena. Aquello que el historiador pierde en este sentido es ampliamente compensado por lo que le ofrece la poética. En el caso de un género tan abiertamente "laico", que propone personajes surgidos las más de las veces de ninguna parte y ofrecidos, por así decir, como víctimas propiciatorias en el altar de los imperativos dramáticos, la naturaleza endógena del fenómeno permite al menos concentrar la atención en el núcleo de la problemática, es decir en lo que funda su existencia. El género es entonces observable como género, por lo que es, mucho más que a título de fenómeno histórico.

---

[2] La obra colectiva *Les cent nouvelles nouvelles*, aparecida en 1455, para muchos constituye la piedra angular del género, aunque el término "nouvelle" ya se usara desde el siglo XII. Provechosa resulta la consulta de la antología *Nouvelles françaises du XVIIe siècle*, compilada y presentada por Frédéric Charbonneau y Réal Ouellet (L'Instant même, 2000), para ver cómo después del célebre *Heptameron* de la reina de Navarra, Marguerite de Valois (publicado de manera póstuma en 1558), la novela corta francesa se desarrolla en la confluencia de la tradición italiana representada en primer lugar por Matteo Bandello, de los *fabliaux* medievales y de la influencia española de las *Novelas ejemplares* de Miguel de Cervantes.

De este modo realiza plenamente su programa semántico: *engendra*. En definitiva, en el sintagma "novela corta que-bequense" el gentilicio no desempeña más que un papel bien secundario, puesto en primer plano por las necesidades de un agrupamiento nacional como éste.

Dicho lo anterior, "la novela corta sigue sin poder ser definida", observa Sylvie Bérard,[3] pues el *género menor* se presenta de manera proteiforme, ya sea al margen del cuento, del que sería el reverso discreto, casi profano, ya en la frontera del poema en prosa, con el que a menudo comparte la precedencia de la forma, del estilo, sobre la intriga. Estos repetidos incidentes de frontera[4] se han convertido en uno de los rasgos principales de la posmodernidad. ¿La novela corta sería acaso ahistórica y posmoderna? Habría razón para regocijarse por la existencia de semejante paradoja a propósito de un género afecto a los contrastes, cuya estrategia tradicional consistía en colocar señuelos, en tender trampas a los lectores. Por atractiva que sea la paradoja, la situación es probablemente más compleja. El panorama presentado por *Venus du Nord* da testimonio por lo menos

---

[3] Sylvie Bérard, "Des titres qui font bon genre", en *La nouvelle: écriture(s) et lecture(s)*, colectivo bajo la dirección de Agnès Whitfield y Jacques Cotnam, Grez/XYZ, 1993, p. 73.

[4] La inscripción de la ambigüedad, la voluntad de colocarse en el margen, es plenamente asumida por los escritores de novela corta. Los títulos de algunas antologías se aplican a la vez a la intriga y a la aventura de la narración misma: *Incidents de frontière* de André Berthiaume (1984), *Parcours improbables* (1986) y *Visa pour le réel* (1993) de Bertrand Bergeron; *Circuit fermé* (1989) y *Passé la frontière* (1991) de Michel Dufour; *Mémoires du demi-jour* (1990) de Roland Bourneuf; *Fugitives* (1991) de Lise Gauvin; *Principe d'extorsion* (1991) de Gilles Pellerin; *Détails* (1993) de Claudine Potvin; *Espaces à occuper* (1993) de Jean Pierre Girard; *Voyages et autres déplacements* (1995) de Sylvie Massicotte; *Lieux de passage* (1995) de Gilles Léveillé; *Insulaires* (1996) de Christiane Lahaie; *Solistes* (1997) de Hans-Jürgen Greif; *Cet imperceptible mouvement* (1997) de Aude; *Regards y dérives* (1997) de Réal Ouellet; *Tessons* (1998) de Bertrand Gervais; *Cette allée inconnue* (1999) de Marc Rochette; *Du virtuel à la romance* (1999) de Pierre Yergeau; *Les gens fidèles ne font pas les nouvelles* (1999) de Nadine Bismuth; *Épreuves* (1999) de Gaëtan Brulotte; *L'encyclopédie du petit cercle* (2000) de Nicolas Dickner.

de una gran variedad en el acercamiento narrativo (un no-
acontecimiento: Brulotte; una secuencia de retratos en el
modo de la variación: M. J. Thériault; una forma reiterativa:
Pellerin) y en el propósito: la pasión de una mujer por los
churros televisivos: Greif; los juegos entre bambalinas en el
mundo del arte: Bourneuf; un suceso personal que responde como eco al referéndum de 1995: Proulx; el paso de sal-
timbanquis por un pueblo: Lalonde; un deseo de suicidio
provocado por un perro, un perico y un fonógrafo: Daviau;
la miseria de los jóvenes *de la calle:* Dufour. Nuestra selección ofrece otros tantos textos que enriquecen el abanico.

Pero, después de todo, volvamos a la aventura francesa en
América: su trama general descansa en vectores geohistóri-
cos relativamente sencillos y comunes a todo el continente
americano. Para mayores detalles, un navegante bretón de
Saint-Malo, Jacques Cartier, llega en 1534 a notificar a las
coronas europeas que el rey de Francia ha tomado posesión
de una parcela de América que, conforme se fue exploran-
do, resultó ser inmensa —cubre *grosso modo* un territorio
delimitado al norte por la Bahía de Hudson, al este por Te-
rranova, al sur por el Golfo de México, al oeste por las Ro-
callosas—. Con excepción de una banda comprendida entre
los Apalaches y el Atlántico, en la América septentrional,
nada parece querer escapar a los objetivos franceses. Pero
Francia no despliega los recursos a la altura de sus miras.
Para tal efecto, necesitaría poner en práctica una política
sostenida de inmigración, cosa que nunca sucederá, tanto
que el déficit demográfico (si se comparan los aportes
migratorios europeos a Quebec frente a los observados en
los Estados Unidos y en México) se verá acentuado por una
inverosímil dispersión de los recién llegados: ese inmenso
territorio apenas si es ocupado por una población dada al

nomadismo. En los orígenes todo se desenvuelve como si los campesinos, los pequeños artesanos y los militares que integraron esencialmente la población ahora llamada de "cepa" no hubieran tenido nada más urgente que hacer, en cuanto desembarcaron de sus naves en la ensenada de Quebec, sino poner pies en polvorosa y adoptar, en ese aspecto, el modo de vida autóctono. Ahora bien, es el bosque el que en este caso ejerce una poderosa e irresistible atracción, que la progresiva sedentarización, apoyada por lo demás desde el punto de vista ideológico por un siglo de novelas del terruño,[5] no erradicó por completo: cada otoño, un considerable contingente de hombres se encamina rumbo al bosque para cazar presas pequeñas o grandes. La percepción que desde el exterior se tiene de Quebec obedece en buena medida a su inmensidad silvícola.

¿Y los amerindios? El padre de la nación, Samuel Champlain, pactó alianzas con los pueblos autóctonos del este que, por su parte, también eran demográficamente débiles, enemistándose de paso con la nación iroquesa que a la sazón registra un periodo de fuerte expansión. En lo que se refiere a la geopolítica continental, no podríamos dudar de que la historia resulta útil al grado de que podemos concluir *a posteriori* que la derrota de 1759, frente a las fuerzas de Nueva Inglaterra, era ineluctable. La Nueva Francia no estaba a la altura de las circunstancias en América en un momento en que, por añadidura, la madre patria registraba derrota tras derrota en Europa. Fue así como nos convertimos en súbditos británicos y como el territorio quedó reducido a la porción[6] que hoy le conocemos. Nuestra

---

[5] Nuestra vida literaria contó, a principios del siglo xx, con una escuela del terruño dedicada a expresar los valores rurales y regionales. Esta corriente se oponía al exotismo parnasiano o neoverlaineano de la escuela de Montreal.

[6] Territorio de dimensiones no despreciables puesto que corresponde a 80% de las de México, que goza de la reputación de su inmensidad, pero que no ofrece una

indigencia política en aquel entonces era tal que la suerte parecía estar echada: a los ojos de lord Durham, emisario de la corona inglesa encargado de hacer el informe de la situación, los canadienses franceses no disponían de recursos para sobrevivir como nación.

Fue en los momentos de gran agitación que desembocaron en la Rebelión de 1837 (tentativa, nunca repetida, de levantamiento en contra del poder imperial) cuando la literatura quebequense empezó a dar muestras de su especificidad. Fue en ese entonces, justamente en 1837,[7] cuando apareció en nuestra tierra la primera novela, *L'influence d'un livre* de Philippe-Aubert de Gaspé. Se cuenta que los Patriotas marcharon al encuentro del fuego de las Túnicas Rojas,[8] con el pecho henchido por la vieja canción folclórica "A la claire fontaine" (actitud militarmente poco eficaz, pero literariamente rayana en lo sublime). Este episodio constituyó para Quebec su página romántica por excelencia.

Así pues el romanticismo se asentó en Quebec, si bien es menester precisar que lo hizo en medio de una cierta desconfianza. Claude Beausoleil identificó estos signos en lo que se refiere a la poesía,[9] pero el fenómeno es más literario que social: la élite política y religiosa se encargó todo el

diversidad topográfica o climática tan grande. Por otra parte, la densidad de la población es más de diez veces inferior a la mexicana.

[7] Considerando que la novela se construye sobre la voluntad de afirmación de un protagonista en contra del orden establecido, no resulta sorprendente ver surgir este género en el momento en que la sociedad está sometida a pruebas coercitivas. El romanticismo lleva poco tiempo de haberse apoderado de la vida literaria francesa, igual que había hecho poco antes en Gran Bretaña y en los países germánicos. Esta efervescencia afecta a todos los campos del pensamiento y de la ética. Sopla un viento de emancipación, propicio a la explosión del género novelesco. Aclarado lo anterior, la novela de Aubert de Gaspé no predica un ideal revolucionario, sino que simplemente cuenta la historia de un hombre que espera enriquecerse fabricando oro, de acuerdo con una receta alquímica.

[8] Los soldados británicos.

[9] Claude Beausoleil, *Le motif de l'identité dans la poésie québécoise, 1830-1895*, Estuaire, núms. 83-84, 1996.

tiempo de levantar una muralla para protegernos de acontecimientos que, sin embargo, hubieran podido ser algo totalmente cercano a nosotros puesto que estaban produciéndose en los Estados Unidos (declaración de independencia por aquellos que habían sido nuestros adversarios veinte años atrás durante la Guerra de Siete Años) o en Francia (declaración de los derechos del hombre a raíz de la Revolución francesa; las Tres Gloriosas de 1830). La escuela, bajo el control del clero, no transmite los valores revolucionarios; por el contrario, el ultramontanismo triunfa al instaurar, entre otros factores coercitivos, la Orden de los Buenos Libros (1844), destinada a combatir las "malas lecturas". En tales condiciones, el romanticismo difícilmente pudo establecerse como *ethos*. El torpe prototipo de la novela del terruño, *La Terre de chez nous* de Patrice Lacombe (1846), se vuelve muy claro: "Dejemos a los viejos países, dañados por la civilización, sus novelas ensangrentadas, pintemos al hijo de la tierra tal como es, religioso, honesto".[10]

Un siglo después, en el manifiesto *Refus global* (1848), Paul-Émile Borduas reclamará la ruptura del triple vínculo colonial que coloca al pueblo quebequense en situación de dependencia: política, hacia arriba con Londres; moral, también hacia arriba con Roma; cultural, en la misma dirección con París. La ideología dominante del siglo xix había establecido —el fenómeno es visible en la poesía nacionalista de la época— que éramos un pueblo privilegiado por hablar la lengua más bella del mundo, por practicar la ver

---

[10] Patrice Lacombe, *La terre de chez nous*, Hurtubise HMH, 1972. En su preocupación por oponer los valores de la vida agrícola a los daños de la vida aventurada, el autor reconoce que "es cierto que uno siempre admira, como a pesar suyo, todo lo que parece rebasar la medida común de las fuerzas humanas. Por lo demás, la pasión por esas correrías azarosas (que por fortuna van disminuyendo día con día) era entonces como una tradición de familia".

dadera religión (en medio de pueblos anglicanos o protestantes) y por gozar del parlamentarismo británico, al margen de la influencia deletérea de la Francia revolucionaria. ¡Añádase a lo anterior la suerte de vivir en una tierra en la que el rigor del frío ayuda a construir un sistema moral fuerte!

Nuestra posición excéntrica en lo que respecta al espacio geocultural dibujado por el francés no nos corta totalmente de la madre patria, sobre todo si en él se perfila una concepción destinada a ejercer una influencia tan considerable como la de Bernardin de Saint-Pierre (autor de una "novela de viaje", *Paul et Virginie,* 1787) y de Chateaubriand en la elaboración de la ecuación entre exotismo y América. La mirada que este último[11] dirigió sobre esta nuestra parte del mundo contribuyó a determinar nuestra propia percepción de América. El "buen salvaje" de Jean-Jacques Rousseau vivía indiscutiblemente en América. Hubiera resultado difícil que naciera aquí mismo una literatura de la autorepresentación desprovista de influencia extranjera, considerando que hacían falta los parámetros necesarios para su elaboración: la ya evocada movilidad de la población frenó durante mucho tiempo el crecimiento de las ciudades, foco esencial de la vida literaria. Sobre todo, los poetas de la generación de Octave Crémazie permanecían fieles al verso francés, además de mostrarse sensibles a la atmósfera secretada por el *gothic* inglés. La ramificación "normal", parte francesa, parte británica, era operatoria. Crémazie resiente vivamente esta situación en la que la literatura de su país corre el riesgo de permanecer para siempre en una condi-

---

[11] El relato de su viaje a las cataratas del Niágara, incluido primero en su *Voyage en Amérique* (1827), luego integrado a las *Mémoires d'outre-tombe,* me parece al respecto tan determinante como las páginas descriptivas de las novelas "americanas", *Atala ou les amours de deux sauvages dans le désert* (1801), *René* (1802) y *Les Natchez* (empezado en 1796 y publicado en 1826).

ción periférica[12] y se pregunta si no habría valido más que nuestra literatura se hubiera escrito en hurón.

Lo que le quedaba a la literatura quebequense era dotarse de sus primeros escritores de gran estatura, preocupados por hacer escuchar una tonalidad propia, por mostrarse como algo diferente a unos simples epígonos de los gigantes que abundan en las letras francesas del siglo XIX, tales como Stendhal, Balzac, Hugo, Dumas, Lamartine, Flaubert, Baudelaire, Rimbaud y Zola. El asunto era crucial: ¿escribir como se escribe en Francia? ¿Hacerlo de acuerdo con las formas probadas (por ejemplo, el soneto)? ¿Colarse, así fuese periféricamente debido a la distancia geográfica, en la historia literaria francesa que va escribiéndose, entre el romanticismo y el simbolismo, entre el realismo y el naturalismo? ¿Adoptar la lengua hablada *allá* como referencia, como norma, como ideal (en cuyo caso eso sería en detrimento de la variante de francés hablado en una tierra separada a la sazón de la metrópoli desde hacía un siglo)?

Louis Fréchette encarna dicha dualidad: por una parte, escribe *La légende d'un peuple* (1887), obra inmensa en verso, con propósitos épicos, en la que sin dificultad se distingue la presencia tutelar de *La Légende des siècles* de Victor Hugo; por la otra, no desdeña en sus cuentos el marco pintoresco o folclórico,[13] cediendo en ocasiones a la lengua vernácula en las partes dialogadas.

La novela corta, por su parte, registra un comienzo

---

[12] Las literaturas hispanoamericana, angloamericana y lusoamericana se las arreglaron mejor en ese sentido, en virtud del vuelco demográfico que hace de los Estados Unidos, de México y de Brasil países mucho más poblados que Inglaterra, España y Portugal. Los francófonos representan apenas 1% de la población de todo el continente americano y Quebec está ocho veces menos poblado que Francia.

[13] A veces compilados como en *Originaux et détraqués. Types québecquois* (no hay que sorprenderse por la grafía de una palabra que fue problemática hasta la década de 1960), cuentos que empieza a publicar en revistas en 1892, y en *Le Noël au Canada*, el mismo año.

modesto: "Desde un punto de vista estrictamente formalista, la primera novela corta digna de tal nombre sería *Emma ou l'Amour malheureux. Épisode du choléra à Quebec,* en 1832".[14] El texto, anónimo, aparece en un periódico, *Le Télégraphe* de Quebec, antes de ser retomado por *Le répertoire national* de James Huston (1848). Habrá que esperar hasta 1928 para ver la publicación de una primera colección, de Arthur Saint-Pierre, *Des nouvelles* (Biblioteca canadiense). El título merece que nos detengamos en él: la etiqueta genérica se impuso sobre el tema[15] (el amor imposible) de los tres largos relatos que integran el libro. La cercanía de los escritores estadunidenses aficionados a la novela corta (designada como *tale* o de otros modos), tales como Hawthorne, Melville y Poe (conocido sobre todo por la traducción de Baudelaire), no encuentra en nuestra tierra un eco digno de mención, como tampoco lo tuvo la obra de Guy de Maupassant (cuya influencia es perceptible hasta en un Horacio Quiroga en el lejano Uruguay), no obstante reconocido como el padre de la novela corta moderna en Occidente.

L'influence d'un livre representa la mojonera cero de la novela; no encontramos un equivalente para la novela corta sino hasta un siglo después con *Conte pour un homme seul* de Yves Thériault (1944), cuyo título indica que el autor no se ubicaba con precisión del lado de la estética de la novela corta —si bien es cierto que quizá todavía quedaba por

[14] Joseph André Sénécal, "La nouvelle québécoise avant 1940", en *La nouvelle au Québec,* Fides, Archivos de las Letras Canadienses, ix, 1996, p. 38.
[15] Más adelante la vena temática no quedará en desventaja, pues bajo tal etiqueta los títulos de algunos libros publicados en 1960 permiten creer que se trata de una especie de inventario de ciertas preocupaciones políticas, ontológicas o metafísicas contemporáneas: *Ces filles de nulle part* de Serge Deyglun (1960), *Ecrits de la taverne Royal* (obra colectiva de 1962), *Bagarres avec Dieu* de Gaston Morissette (1964), *Le cassé* de Jacques Renaud (1964), *La chair de poule* de André Major (1965), *La mort exquise* de Claude Mathieu (1965), *Contes pour buveurs attardés* de Michel Tremblay (1965), *Les morts-vivants* de Madeleine Gagnon (1969).

definirla—. Pero sobre todo, el espacio reservado a los géneros narrativos cortos estaba ocupado por el cuento, las
leyendas y las memorias. El defecto no resulta anodino: lo
que destaca de la ausencia de la novela corta en este periodo
de formación es que son los demás géneros[16] los que poco a
poco definieron el color (cambiante) de la literatura quebequense. El nacimiento de la novela corta se produce en
medio de una indiferencia de la que se desprende hoy día
que la casi totalidad de los que escriben en este género
o que lo comentan son incapaces de situarlo en el tiempo
—cosa que por lo demás carece de importancia—.[17] ¿Acaso
los límites y lo que está en juego fueron decididos en otra
parte? ¡De acuerdo! La novela corta quebequense alcanzará
su madurez abrevando de otras fuentes.

¿Cómo no desconfiar, se los pregunto, de un antologador
que pretende no esperar gran cosa de la historia pero que,
desde el principio, suscribe al acercamiento diacrónico?
Para llevar a buen puerto la empresa de presentación de la
novela corta quebequense era menester pasar por el establecimiento de puntos de referencia cronológicos generales.
Así se nota mejor que, en este caso, dichas marcas tempora-
les resultan casi inexistentes e inoperantes. De esta suerte se
habrá comprendido que lo que perseguimos es tender vínculos con sus destinatarios mexicanos, sentar las bases de una
familiaridad susceptible de ganar la inclusión de la literatu-

---

[16] Cabe determinar en la poesía francesa de América corrientes, incluso escue-
las con desplazamientos hegemónicos de Quebec a Montreal. A pesar de su aparente ausencia en el retrato de familia, el teatro es fácilmente identificable en un
eje diacrónico, desde la prohibición del *Tartufo* de Molière, luego de todo el teatro a fines del siglo XVII, hasta la actual cascada internacional de la dramaturgia
quebequense, pasando por la influencia del teatro burlesco americano de principios del siglo XX y por la crisis del texto frente a la actuación y a la escenografía.
[17] Si no es que está ausente de los manuales escolares, lo que contribuye a man-
tenerla fuera de la historia.

ra quebequense dentro de la familia de las literaturas de América. Ciertamente no disponemos de un legado escrito de nuestras sociedades precolombinas (el nomadismo de las poblaciones dispersas de nuevo debe ser puesto en tela de juicio), de un equivalente del *Libro de Chilam Balam* o del *Popol-Vuh*. Desde la Tierra del Fuego hasta el "norte del norte" (la expresión es del cantante Gilles Vigneault), la continuación de la aventura nos es común desde varios aspectos: todos escribimos literatura en lenguas europeas. En pocas palabras se trata de pasar de la lengua de Cervantes a la de Fuentes, de reivindicar la migración de Shakespeare a Melville. Nos encontramos en la situación en que una lengua venida de otra parte debe apropiarse del territorio —en el sentido fuerte del término: la tierra, el terruño, el terreno, el lugar en el que la noche se tiende, el espacio destinado a ser contemplado al despertar, el color particular del sol—. Solicitamos a las lenguas venidas de Castilla, de Sussex o de l'Île-de-France que den cuenta de un mundo que la literatura se esmera en decir, en cantar, en proclamar diferente, inventando de ser necesario palabras y giros.

"Hablar de América" se tradujo en muchos escritores en términos de exaltación de lo que en este continente se presenta bajo los signos de la inmensidad, de la desmesura. La última porción del siglo xx demostró a la saciedad cómo la psique literaria contemporánea sigue estando fascinada por el tema de la exploración, del descubrimiento de lo desconocido. Los exploradores franceses llegaron aquí con el deseo de encontrar el camino que los conduciría a Asia. El fantasma tuvo larga vida: en 1669, ciento treinta y cinco años después del viaje inaugural de Jacques Cartier, Cavelier de la Salle (futuro fundador de Nueva Orleans) abandona el salto Saint-Louis con la esperanza de reconocer el paso hacia el *mar del sur* y a China. Regresará sin resultados y los montrealenses, burlones, bautizarán el lugar como "Lachine". Del mismo modo nosotros seguimos llamando "trigo de la India" al cereal indígena que los demás francófonos designan con la palabra arahuaca *maíz*. En resumen, un acto toponímico y algunos elementos propios de la naturaleza[18] americana (el pavo o guajolote *[dinde]* y el verano indio[19] son otros ejemplos) nos recuerdan que nuestros antepasados cultivaban el anhelo de la China y de la India, incluso en contra de toda evidencia. Con la esperanza de satisfacerlo, de todas partes se lanzaron a esta América cuyos límites no dejaban de sustraerse, de escaparse. La literatura sigue repitiendo el gran trayecto hacia el "mar occidental" y confiriéndole un valor iniciático, ya sea en *On the road* de Jack Kerouac,[20] *Volkswagen Blues* de Jacques Poulin o el reciente *Le joueur de flûte* de Louis Hamelin. Pero se trata de pretensiones esencialmente novelescas; en virtud de sus dimensiones restringidas, la novela corta exhibe de nuevo su carácter "laico", sus reservas con respecto a lo mítico.

En los Estados Unidos esta dinámica vectorial es perceptible a partir de James Fenimore Cooper y se transmite en la novela de la conquista (incluyamos aquí la novela *western)* y en la novela de aventura,[21] que no corresponde a nada en la literatura quebequense de no ser, *en sentido contrario,* a la novela del terruño, donde la conquista es centrípeta: la pasión atávica de los quebequenses por el bosque y el aislamiento

---

[18] Después de todo Cristóbal Colón llamó "Indias Occidentales" el territorio que acababa de reconocer e "indios" a los habitantes locales.

[19] Retorno del clima templado durante unos cuantos días, por lo general a mediados de octubre, antes de que el frío se instale definitivamente.

[20] Por el hecho de que sus padres nacieron en Quebec, muchos consideran a este heraldo de la Generación Beat como uno de los nuestros. Kerouac es menos quebequense de lo que nosotros podemos ser estadunidenses.

[21] Desde esta perspectiva, fijémonos en el título emblemático de la novela *L'appel de la forêt* de Jack London (1903), en la que el tema de la huraña resulta central. En Quebec la obra emblemática es la del novelista Yves Thériault.

es combatida en este tipo de novela a través de intrigas en las que aparece claramente que el bosque debe ser domesticado con el fin de disociarlo de la peligrosa regresión que provoca en los personajes. En el otro extremo del espectro, la ciudad es vilipendiada porque los valores tradicionales se disuelven en ella en un abrir y cerrar de ojos. La obra de Albert Laberge, autor conocido por *La Scouine* (1918), novela que en nuestros días podríamos etiquetar como una "novela por cuentos", anuncia la transición en literatura de un fenómeno social determinante: la migración masiva de los campesinos hacia la ciudad, traducida por el trueque de una miseria por otra todavía peor puesto que el fenómeno se registra en el primer cuarto del siglo, cuando el mundo occidental entra en la grave recesión posterior al *crash* de 1929. Algunas novelas cortas de Laberge conservan el carácter pintoresco que había encontrado en el cuento su más interesante expresión, pero refutando la homogeneidad tranquilizadora del campo; en otras se cuenta al estilo naturalista los rigores de la vida en la ciudad.

La titubeante aparición de la novela corta en las letras quebequenses no podía producirse mientras dominaron el hábitat y los usos rurales, aspectos a los que el cuento responde más adecuadamente. En una cultura oral su presencia es prolija; la novela corta será taciturna en un mundo cacofónico donde el derecho a la palabra parece haberse diluido, en donde se diría que el sentido cedió ante el ruido. Los personajes de la novela corta actual hablan poco —la comparación con la correspondiente producción anglo-canadiense contemporánea en este género es muy iluminadora: nuestros escritores no son dialoguistas, privilegian el estilo indirecto, el pensamiento se impone a la palabra, no son en absoluto los descendientes de los cuentistas creadores de personajes locuaces en sus relatos—. Pero esta práctica podría estar en vías de modificación: la literatura narrativa de la joven generación se muestra más inclinada a *hablar* que a *contar*. El fenómeno parece perceptible en un Jean Pierre Girard: la locuacidad narrativa envuelve al relato, la enunciación a menudo se impone sobre el enunciado en aquello que garantiza el reconocimiento del texto, de sus marcas. La aventura de un personaje cede el paso al relato en relieve que se hace de ella y a los efectos de lenguaje que, por ese hecho, se convierten en los principales acontecimientos del texto.

Tras de la cesión de la Nueva Francia a Inglaterra, el francés de América se encontró cortado de su núcleo de origen, situado al margen de las transformaciones lexicales y fonéticas que establecieron la norma francesa posrevolucionaria, es decir moderna, a partir de la variedad dialectal hablada en París por la clase burguesa ascendente. El uso afirmado, casi militante, de nuestro francés en la literatura dio lugar a que se creyera que convenía a una literatura regionalista y que no podía convenir más que a eso. La misma preocupación de adecuación entre el medio social y la lengua incitará, por lo demás, a que los autores de la generación de *Parti Pris* (años sesenta) recurrieran al *joual*[22] con la esperanza de reproducir la nueva realidad urbana y subproletaria hasta en las fibras del lenguaje. Ciertamente en ella se expresaba lo pintoresco, elemento fundamental del arte[23] y de la literatura,[24] de Europa (lo que desde nuestra

[22] Forma de *pidgin*, el *joual* incorpora términos y sintagmas ingleses en una frase que, por lo demás, parece francesa. El *joual* no se impuso en los géneros narrativos mientras que sobrevive en el teatro, en el cine y en las ficciones televisivas. La novela corta, en las antípodas de las artes de la representación, se vio bastante afectada por el *joual*. En la obra de André Major *(La chair de poule,* 1964), el *joual* es un fenómeno más cultural que propiamente lingüístico. (Véase nota 31.)

[23] Pensemos en la música desde Chopin y Dvorak hasta Grieg y Bartok, en el intento de Liszt en *Des Bohémiens et de leur musique en Hongrie,* hasta la pintura de los orientalistas franceses o de los rusos miembros de la sociedad de ambulantes, como Repine.

[24] "Apresurémonos a contar las deliciosas historias del pueblo antes de que se

perspectiva tiene el mérito de indicar un camino frente al
que la novela corta tratará de mantener sus distancias).

Los motivos pintorescos tienen la aptitud de tranquilizar
a los lectores y oyentes en lo que se refiere a la especificidad
cultural[25] por poco que le agrade al triste sir Durham. Las
prescripciones religiosas y su inevitable transgresión (sin lo
cual no habría suceso desencadenador, prueba por superar,
jugarreta condenable contra el Diablo ávido de apoderarse
eternamente de las almas de los descreídos) desempeñan en
esta perspectiva un papel central, habida cuenta de que el
catolicismo en nuestro país se encuentra aislado dentro de
un mundo de colores protestantes. (Desde el punto de vista
de lo pintoresco y de la religión, la novela corta quebequense ofrece poco asidero. Sin ir hasta hablar de género
agnóstico o ateo, la novela corta se viste con trajes laicos,
seculares, fuera de las grandes creencias, donde las sancio-
nes que propone conciernen menos a una instancia supre-
ma que a la justicia ciega, al azar o a la necesidad.)

El mundo del cuento sufre perturbaciones que el relato
permite subsanar. Y ese mundo es el nuestro, un espacio
que los quebequenses de hace más de un siglo pueden reconocer fácilmente, en el que pueden *reconocerse:* a falta de
haber ido a trabajar a los aserraderos de los leñadores,
todos conocen un amigo, un pariente que vivió la experiencia, ya que el bosque y sus productos (madera para la construcción y la ebanistería, papel) han ocupado desde hace
mucho un lugar preponderante en la economía nacional.
Por lo demás, la instauración de la agricultura a la europea

le hayan olvidado" (Charles Nodier). Del mismo modo los hermanos Grimm
apoyaron a Achim von Arnim y a Clemens Brentano en su esfuerzo por rehabili-
tar la poesía popular antes de recopilar ellos mismos los cuentos a los que su nombre quedó asociado para siempre.
[25] Asunto que para los quebequenses constituye algo existencial, cualquiera
que sea el grado de duración de su plazo político.

no fue posible sino al cabo de un constante *arrancamiento* de la tierra al bosque, detalle del que la sensibilidad rural hacía la apología. Por cierto que el poeta Gaston Miron extraerá de este combate esencial la imagen de un hombre de barbecho, de malezas, de un ser que participa al mismo tiempo de la cultura y de la naturaleza más poderosa.

Así pues, el cuento se instala a sus anchas a lo largo de esta frontera (el bosque nunca está tan lejos, incluso hoy día, a menos que se viva en la isla de Montreal y nunca se salga de allí). La historia del cuento más famoso del repertorio, escrito por Honoré Beaugrand, *La chasse-galerie,* narra que la víspera de Navidad, un grupo de jóvenes conscriptos de un campamento de leñadores de la región de Laurentides suspiraba por las novias que habían dejado lejos. Debido a la estación, los caminos habían quedado impracticables (la nieve es particularmente abundante en esta región) y nuestros desdichados enamorados están a punto de renunciar a su deseo cuando uno de ellos entra y explica a los demás cómo subir en una canoa que, gracias a algunas invocaciones a Satanás, se lanzará por los aires. Así les será permitido atravesar el país y el río para pasar la velada cerca de sus bienamadas. No obstante, es preciso observar ciertas reglas, sin lo cual la canoa podría estrellarse, atorarse en el campanario de una iglesia, y algo más. Algunos principios faustianos entran en juego en este relato al final de cual nuestros osados remeros celestiales rozan el desastre. Lo esencial es que pudieron vigilar a sus novias (los ausentes están en el error: ¡cuando Ulises tarda en regresar, los pretendientes se manifiestan!) y regresar a tiempo a su cabaña perdida en lo recóndito del bosque. Satanás fracasó de nuevo en su inmensa búsqueda de almas. Es comprensible que el escritor actual más cercano a este imaginario, Robert Lalonde, titubee en emplear el término genérico "novela corta"[26] para nombrar lo que designa más fácilmente como "historias". Arguyendo por cierto razones similares, Yves Thériault hizo otro tanto. Lalonde reactualiza esta tradición. El hombre es comediante, una parte de su práctica profesional lo coloca de este modo en el ejercicio público de la palabra. Sus textos breves recrean un mundo desaparecido al que confiere una eterna juventud, con la ayuda de protagonistas gracias a cuya ingenuidad penetramos en lo que fuimos y que sigue estando presente en la memoria colectiva. Ese mundo es rural, católico por el marco moral y una cierta propensión a lo maravilloso, pero pagano por otros aspectos que recuerdan al realismo mágico: según esto existe una realidad diferente detrás de la primera apariencia. En ella el catolicismo se revela ya sea dogmático (en aquello que rige los comportamientos), ya sea supersticioso, mezclado a esos viejos saberes en los que los dichos remplazan a las parábolas cuyo significado es explicado en la misa dominical.

Las primeras palabras de "La feria" (p. 67) son preliminares: "Cada verano la feria venía a instalarse al pueblo". Quienes ignoran el significado del título pronto serán instruidos al respecto: la fiesta foránea se instala anualmente para crear una brecha en el curso de la estación de labores en el campo. La lengua metafórica de Lalonde, cuyo registro no era practicado por sus antecesores, crea de inmediato un universo extraordinario a los ojos de Vallier, el joven narrador. La chatarra oxidada es espantosa, las muñecas son gigantes, las lonas de los camiones recuerdan lejanas tierras gobernadas por niños y por locos. Los titiriteros, las pito-

---

[26] La distinción entre cuento, novela corta, historia y relato descansa, entre nosotros como sucede más o menos en todas partes, en criterios vagos que fluctúan según las generaciones. Cada quien en su época, Jean de la Fontaine, el célebre fabulista del siglo XVII, y Guy de Maupassant (fines del XIX) titubearon en cuanto a la etiqueta genérica.

nisas, el león "completamente trastornado", la mujer más gorda del mundo, componen un cuadro exótico al que responde, en contrapunto, Angélique, la bien nombrada, una muchacha del pueblo. A fuerza de frecuentar lo que es familiar y frágil, el exotismo gana en precisión.

Robert Lalonde se inspira a la vez en los cuentistas nacionales del siglo XIX y en los escritores contemporáneos de novela corta, hispanoamericanos o quebequenses. El cuento posee la facultad de reactualizar un mundo ya ido, una cultura desaparecida, que remite a un pasado indeterminado en el que elementos que escapan a las leyes de la naturaleza hacen irrupción en medio de elementos autentificables, sin que eso cause problema. Los personajes de Lalonde no viven en un mundo en el que los lobos hablen, vistan el camisón de la abuela y devoren crudos a los niños; más bien recorren un universo que podría ser capaz de tales fenómenos sobrenaturales y cuya voz puede ser escuchada por gente sencilla y por locos. En efecto, algo habla: el *vasto mundo*.

El camino narrativo no está en contacto directo con esa época pasada, aunque la fórmula canónica "Érase una vez…" esté ausente. Más bien, todo se halla filtrado por las múltiples subjetividades que atraviesan la historia de la literatura. De este modo, además de los factores antes mencionados, suele suceder que Lalonde, para ilustrar algunas prácticas culturales asociadas a un catolicismo tenaz y a veces obtuso, ya caduco, utilice un procedimiento empleado por Dante, quien explicaba la naturaleza de un personaje de virgen del *Purgatorio* estableciendo su parentesco con "esas ninfas que se escapan en el bosque". Dante vivió en una época decisiva, y para que reviva el mundo obsoleto del Quebec unánime y ardientemente católico, al que no dista mucho de conferir una dimensión mágica —la opción de hacer de un adolescente el personaje central, gracias al cual se percibe la realidad, aumenta las dimensiones, por contraste—, Lalonde trazará analogías con Caperucita Roja, la heroína de la Nueva Francia Madeleine de Verchères y el personaje maldito de la Corriveau. Howard P. Lovecraft,[27] asiduo visitante de Quebec, se quedó estupefacto por el oscurantismo de que eran víctimas "los papistas"; pero no dejaba de envidiarlos porque su resistencia al racionalismo contemporáneo les permitía una fe ingenua en el milagro, la proximidad con el mundo del más allá, curiosidades culturales que el norte brumoso y céltico acrecentaba (en Quebec se está muy lejos de la luz radical del Mediterráneo).

Lalonde encuentra, en lo que dejamos de ser, materia para saciar su sed de extrañeza —al mismo tiempo que cuenta con la familiaridad difusa que suscita en nosotros ese Antiguo Tiempo—. Por su parte, los escritores de novela corta andan en busca de la extrañeza inmediata: ¿qué hace el protagonista del texto de Aude (pp. 231-240) en compañía de dos molosos en una isla que, de no ser por ellos, estaría totalmente desierta?, ¿a quién aguarda la mujer abandonada del relato de Bergeron (pp. 259-269) frente al mar agitado de un final de estación?, ¿para qué pueden servir los receptáculos vacíos que se coleccionan en el texto de Corriveau (pp. 219-227)?, ¿qué relación perversa une al pintor con los demás personajes del relato de Bourneuf (pp. 157-168)? También podría suceder que la historia fuera incierta, como en Thériault (pp. 203-215) y en Jolicœur (pp. 131-135).

A Dante le tocó en suerte presenciar el nacimiento de un mundo nuevo y contribuir a marcar, si no es que a crear, los lugares extremos de ese universo: infierno, paraíso y "tercer lugar", para retomar la etiqueta que Lutero daba al purga-

---

[27] Escritor estadunidense determinante en la literatura fantástica de principios del siglo XX.

torio del que Dante fuera en cierto modo el arquitecto y el decorador... Nuestro mundo se encuentra igualmente en mutación, el tiempo se ha acelerado, la deriva de los continentes no es nada más un viejo fenómeno geológico, podemos percibirla por poco que contemos con una sensibilidad exacerbada, las épocas y los estilos pueden superponerse: suele suceder que algunos autores (Hans-Jürgen Grief, en *L'Autre Pandora*, 1990; la venerable Claire Martin, en *Toute la vie*, 1999) reanuden vínculos con la disposición a la manera de Boccaccio. Los escritores extraen un fragmento de universo, de sociedad: ya sea una reunión de consejo de administración (Brulotte); un día de clases para una niñita cuya madre está muriendo (Jacob); un coloquio (Daviau, Pellerin); una sala de baile (Dufour); un bautismo (Massicotte); un *lobby* de hotel (Bergeron); una choza (Corriveau); un simple banco callejero (Jolicoeur). Considérese la cuestión a la escala de la sociedad quebequense —en proceso de ruptura con el catolicismo, en busca de pertenencia de "espacios por ocupar", retomando el título del libro de Jean Pierre Girard—, de un mundo occidental después de la "muerte de las ideologías". Más cerca de la escritura, por lo que toca al arte de la novela corta, todo ostenta los signos del cambio y de la incertidumbre. La indefinición de la que se hablaba anteriormente, desde esta perspectiva se convierte en un fermento, en una motivación hacia la exploración.

En este sentido, la novela corta actual ha roto en parte con su marco semántico original: antes descansaba en el relato de lo nuevo, en *realia* inéditas —por oposición a los *exempla* hagiográficos—; luego, en la época en que la prensa se desarrolla, manifiesta claramente su parentesco con la relación periodística (recordemos "Emma ou l'Amour malheureux. Épisode du choléra à Québec, 1832"). La *literari-*

dad consistía en imaginar personajes, en extrapolar una historia individual triste a partir de una situación colectiva desastrosa. La acción del "héroe" contemporáneo (a decir verdad, mucho más un antihéroe) ya no es digna de esta mención. Al respecto resulta ejemplar el texto "Sí or No" (pp. 117-127) de Monique Proulx: no queda nada que rebatir cuando la *aventura* acaba mal, cuando el amante se va y al mismo tiempo las veleidades de Quebec se malogran; ante esto lo único que quedará por hacer serán comentarios. La novela corta moderna ha penetrado en la intimidad, se ha inmiscuido en aquello imposible de confesar: en Proulx, un adulterio; en Beaumier, el dolor posterior al duelo; en Pellerin, la involuntaria complicidad en el sometimiento de un pueblo; en Bourneuf, la desaparición de un artista. La voz de la que el lector se entera no podría exhibirse en las tribunas públicas.

El texto de Lalonde termina en la impotencia, la vasta impotencia autorizada por una lengua que puede reivindicar las pretensiones del título del libro: *Le vaste monde*. En el libro, al igual que en el resto de la obra de Lalonde, esto hace juego con un entorno exagerado (diferente en ello de la tendencia dominante en la novela corta), en el que los animales remiten fácilmente al totemismo, en el que también recordamos el milenario simbolismo del bosque, a un tiempo prueba y refugio. La sucesión de historias que vive Vallier constituye de este modo un ritual iniciático, un gran viaje de la adolescencia, parecido a la travesía de la *chasse-galerie* por el cielo, pero ahora realizado por un muchacho a veces avergonzado de "presentir en el fondo de sí mismo al animal desencadenado" (pp. 67-82). La novela corta ofrece más bien cuadros de un gran pudor. El universo ha conservado el tamaño que se le reconoce de entrada, pero el protagonista parece enano, impotente, perro apaleado. Es

completamente pequeño, como los peces rojos que nunca
se saca del bocal. La novela corta, debido a su brevedad, es
un género cruel. No deja que sus personajes dispongan del
espacio de la salvación: sólo cuentan con unas cuantas páginas para salir del paso.

La novela corta quebequense registra perturbaciones dura-
deras. Rara vez se recupera lo que en ella se pierde. El
adversario por vencer es mucho más temible que el Demo-
nio de los cuentos folclóricos de hace ciento cincuenta
años: es la muerte, la locura, la familia, la pareja, la soledad
—probablemente nunca tan intensa y palpable como en el
efímero encuentro sexual de dos seres arrojados en sábanas
de azar—. Pero es probable que el advenimiento de un
ethos como éste exija que los escritores se disocien del sistema de pensamiento católico (ecuménico y universal, recor-
démoslo), de sus horizontes compensatorios (el Paraíso),
para adherirse a un mundo profano, fragmentado, profana-
do. En el cuento los hombres eran guasones, imbéciles,
ingenuos, grandes bebedores, de una sola pieza; los de la
novela corta se encuentran más bien desarmados ante
la realidad. Ése era, por lo demás, el caso del microcosmos
en el que se agitaban los personajes de *La chair de poule* de
André Major. Allí la gente era pobre, olvidaba la existencia
en amores improvisados. Major practicaba una lengua aguda, a veces colérica, otras jubilosa. En ocasiones el modo
narrativo en sí mismo era puesto de relieve: el narrador
interviene con frecuencia, interrumpe el desenvolvimiento
de la intriga, aun cuando reconozca que no debe procederse
de tal manera. ¡Lo que ocurre es que tenía que expresarse!
El acto literario no podría ser transparente, es tan importante como la aventura que está relatando.
También suele suceder que la vida esté desprovista de

todo relieve —en cuyo caso en Quebec se dice que es *plana*—. A este respecto resulta notable que la tendencia actual se oriente hacia la desdramatización, hacia la reducción del lugar que ocupa la acción en la construcción del texto. La tensión se atenúa, la crisis (a la que respondía la caída del texto, como el acorde final en una cadencia musical) es sustituida por una languidez, una astenia que afecta tanto al paisaje como al transcurrir de los días. En ese sentido, ¡la novela corta se ha convertido en un género sin historia! La intriga del texto de Gaëtan Brulotte, "Taller 96 sobre las generalidades" (pp. 139-154) se construye sobre la negación de la acción, sobre la institucionalización del inmovilismo resultante de las reuniones a las que son tan afectos los consejos de administración y comités de todo tipo. En este caso, lo que concierne a la *insignificancia*, en el más pleno sentido del término, ocupa todo el espacio, en detrimento de cualquier acción. Aunque parezca imposible, es preciso hablar de perturbación duradera: el mundo en el que estamos embarcados se halla sumido en una perennidad abrumadora. El cuento desanudaba las situaciones dramáticas; los estudios estructuralistas pudieron establecer esquemas claros al respecto: un accidente perturba la situación inicial y es necesario restaurar la paz perdida; o: una crisis (la muerte de la madre, la transgresión de una prohibición) lanza la acción que el héroe debe encargarse de desanudar, que por lo general consigue y por lo cual es dignamente retribuido. El marco en el que puede situarse el texto de Brulotte remite a la vacuidad más completa. En los casos de Gilles Archambault, de André Berthiaume y de Jean-Paul Beaumier, los protagonistas apenas si están mejor rodeados, apoyados: ya sea que la inutilidad de sus actividades profesionales resulte flagrante, ya que el entorno de su oficina los persiga más allá de las horas de trabajo. En Beaumier, el

fenómeno se traduce, en el modo dramático, por la incertidumbre en la que el trabajador queda sumido una vez que
llega a su casa y se ve con un whisky en la mano: ¿es en
efecto la voz de su mujer que, desde la cocina, le pregunta si
la jornada fue buena? ¿Realmente es cierto que se encuentra
sentado en *su* sillón o en uno de los múltiples sofás idénticos que componen el mobiliario de casas idénticas? Uno de
sus personajes ("La tache", en *Petites lâchetés)* es presa de
una repulsión obsesiva por el indestructible motivo mural
que rompe la armonía de su oficina. La incongruencia lo
obsesiona, parece incrustarse en el techo de su habitación,
antes de fijarse en su propia retina. El hombre (esos personajes son esencialmente masculinos) se asfixia: funcionario,
empleado menor, hijo, marido, padre, sobre todo en
Archambault. En Beaumier, la paternidad desemboca ya
sea en una esperanza, ya sea en un drama: la presencia del
niño parecía autorizar una entrada de aire;[28] su desaparición
crea un vacío irreversible.

La novela corta se convirtió en un género histórico a mediados de los años ochenta cuando aparecieron una tras otra dos
revistas dedicadas a ella (*XYZ* y *Stop*; esta última desapareció tras unos diez años de vida) y un editor que durante
años se consagrará por completo al género: *L'Instant même*
(más de un centenar de libros de novela corta han sido
publicados bajo esta etiqueta editorial, más que cualquier
otro editor de lengua francesa en el mundo). Los fenómenos
concomitantes se multiplican: un premio anual, a la memoria de Adrienne-Choquette, atribuido inicialmente a un
manuscrito, luego consagrando el mejor título publicado
durante el año; un concurso patrocinado por Radio Canadá.

[28] El primer libro de este autor se titulaba por cierto *L'air libre.*

La ampliación de la política editorial de periódicos y de casas editoriales, entrenados en el surco abierto por *XYZ* y por *L'Instant même*, hacen que la situación de la novela corta muestre un balance de salud que a partir de ahora despierta las envidias de los demás francófonos.

En efecto, el género parece mantener con la lengua francesa una relación difícil, a despecho del papel tutelar reconocido a Guy de Maupassant. Todo indicaría que en el área lingüística francesa nadie ha podido alcanzar la estatura de Borges. Novelista, poeta, dramaturgo, ensayista, ésos son oficios reconocibles, reconocidos. ¿Escritores de novela corta? Ni se lo imaginen...

La generación en ascenso en los años ochenta, aunque contaba con vehículos editoriales (que le había costado crear, pues los editores nunca habían manifestado sino reticencia respecto al género, debido a resultados comerciales disuasivos), no lo entendía así. Al igual que Joachim du Bellay, en un célebre ensayo *(Défense et Illustration du français,* 1549) había exhortado a imitar a los escritores antiguos en cuanto a la forma, pero utilizando la lengua francesa, con el fin de que ésta pudiera realizar las virtualidades que consideraba ricas, los autores de novela corta apelaron a la explotación del potencial del género que algunos convertirían en campo exclusivo[29] de expresión. La novela corta se convertía de repente en una opción deliberada, una práctica afirmada, reivindicada. La parte (publicar en revista) se confundía con el todo, dentro de libros estructurados mucho más que como una compilación de textos dispersos. Lo que se leía en ellos no ostentaba semejanzas con los polos de

---

[29] Varios de los autores incluidos en esta antología primero publicaron novelas cortas (Monique Proulx, un volumen; Aude, dos; Sylvie Massicotte, dos; Louis Jolicoeur, tres; Diane-Monique Daviau, cuatro; Gilles Pellerin, cuatro; Michel Dufour, cuatro; Jean Pierre Girard, cuatro). Bertrand Bergeron y Jean-Paul Beaumier hasta ahora han practicado sólo este género.

referencia establecidos por el cuento moderno practicado por Yves Thériault y por Jacques Ferron.

Así que no existían bases nacionales sobre las cuales los escritores de novela corta nacidos en las décadas de los cuarenta y de los cincuenta hubieran podido apoyarse: cada quien reconocía el papel desempeñado por Thériault y Ferron, así como su apropiación del texto narrativo corto, pero ninguno pensaba mucho en manifestarse como un epígono, como tampoco se encontraban obras francesas susceptibles de suscitar la emulación, en caso de que hubiera sido imaginable o deseable identificar una cámara de ecos. La influencia, si no es que el impulso, vendría de otra parte: de América Latina.[30] En ese espacio geográfico la novela ya existía sin ambages y con tal fuerza enunciadora que parecía redefinir el mundo y su representación. Una encuesta publicada en la revista *Nuit blanche* (1986) y una lista de los exergos de los libros de esa época son muy elocuentes: los escritores quebequenses de novela corta se decían herederos de Julio Cortázar (en primer lugar) y de la vasta corriente latinoamericana. La cosa es palpable hasta en el manejo de la frase, en particular en gente como Bergeron, Beaumier, Dufour y Pellerin. Una misma frase puede integrar a la vez los estilos directo e indirecto, al igual que modificar la subjetividad narrativa, el punto de vista implícito (del *yo* al *tú* o al *él,* con todas las permutaciones).

Un quebequense había acudido a esas fuentes como precursor, Claude Mathieu, autor de un libro único, *La mort exquise,* y de algunas novelas cortas incluidas en *Vingt petits écrits ou le Mirliton rococo* (1960), pero nadie de la

---

[30] Notemos, sin embargo, la propensión de Marie José Thériault por el universo del Renacimiento italiano, traducido en el estilo de la crueldad, que le sienta tan bien a la novela corta *(La cérémonie)* así como por las tradiciones árabe y persa *(L'envoleur de chevaux).*

siguiente generación lo había leído. Su antología, considerada por algunos como la obra maestra de novela corta fantástica, fue por lo demás acogida con frialdad en un momento, 1965, en que la estética *joual*[31] y la intención política de la que era portadora ocupaban el primer plano. Habría que esperar veinticuatro años[32] antes de que su libro fuera reeditado y de que todos descubrieran en él a quien hubiera podido hacer las veces de cabecilla, tanto porque abordaba el registro fantástico, perdido en un panorama general dominado por el realismo, como porque su trabajo manifestaba toda la *grandiosidad del género menor*. La novela corta no era una porción de la novela, tampoco su resumen, podía contar una historia plena, abierta, vertiginosa. Su lengua era, por lo demás, suntuosa.

Montreal no había sido mencionada más que una vez en *La mort exquise,* detalle que caía a destiempo puesto que, en ese entonces, lo que se expresaba era una marcada voluntad de denominación, sobre todo respecto a la metrópoli, figura de referencia obligada de la vida moderna. La novela corta de la época de *Parti pris (Le cassé* de Jacques Renaud, *La chair de poule* de André Major, *Nouvelles montréalaises* de Andrée Maillet) estaba resueltamente comprometida en la representación de Montreal. Con *Rue Saint-Denis* (1978), André Carpentier ofrecía a su ciudad un reverso fantástico: en esta obra uno se convierte en vendedor de ilusiones,

---

[31] El *joual* es en primer término un fenómeno lingüístico observable en el proletariado de la zona este de Montreal. Funciona por la inserción masiva de vocablos ingleses, de sintagmas calcados del inglés o, incluso, por inserción de palabras francesas en un marco sintáctico calcado del inglés. Desde el punto de vista cultural traduce una profunda alienación puesto que la expresión misma de los sujetos pasa por la estructura lingüística de la "lengua del otro", de buena gana identificado con el gran capitalismo anglosajón. El *joual* registró un éxito considerable en el teatro; en la novela corta no tardó en caducar.

[32] Para entonces Claude Mathieu ya había muerto, lo que explica su ausencia en esta antología, reservada a los autores que siguen activos.

donde hay tiendas que comercian con mercancías extrañas, en un mundo en el que a un historiador le será dado remontarse en el tiempo y convertirse en su propio abuelo. En *Aurores montréales* (1996) Monique Proulx entrega el nuevo rostro de una metrópoli donde el cosmopolitismo es visible en todas las esferas de la vida.

La cuestión del lugar, más específicamente de la toponimia, es importante en la difusión de una literatura que emana de un "país incierto", si retomamos el título del libro de Jacques Ferron. Hacen falta signos de identidad a escala política, al menos a los ojos de la mitad de la población:[33] la literatura está implícitamente convidada a desempeñar un papel compensatorio, a conferir profundidad y densidad simbólicas a aquello que por esa razón existirá de otro modo —si no es que más. El ciclo novelesco *Les chroniques du plateau Mont-Royal,* de Michel Tremblay, ha contribuido a la revalorización de un barrio popular de Montreal en el momento en que empezaba a aburguesarse. En este renglón la novela corta no ofrece las mismas garantías, como tampoco esa apropiación de lugares reales mediante el lenguaje y el imaginario gana la aceptación de los escritores de este género. Algunos, como Louis Jolicoeur, se verán más tentados por el viaje, atraídos por mundos ajenos de los que se propondrán extraer un nuevo sentido, incluso una dimensión metafísica. Jolicoeur, en especial, ha dado testimonio de ello tomando como tela de fondo el mundo español (y en ocasiones mexicano: "Saramago et le cochon sauvage").[34] En este aspecto, Jolicoeur se vincula con una vena

---

[33] El referéndum de 1995 concluyó con un marcador de 49.5% a favor de la soberanía nacional contra 50.5% por el *statu quo.*

[34] Novela corta incluida en *Saisir l'absence* (1994). En ella, el célebre escritor portugués es "rápidamente bautizado como Saramago por algunos colegas mexicanos". *Saisir l'absence* fue traducido por Silvia Pratt (Ausenciario, Conaculta, 2000).

practicada por Mérimée, autor de "novelas cortas españo-
las" ("Carmen", "Colomba" y cuántas más), por cierto al
igual que Stevenson ("Olalla"). En este caso no se trata de
remplazar el *aquí* por el *otra parte*, de abolir la distancia
entre los personajes y el nuevo lugar en el que se encuentran inmersos. Por el contrario, el distanciamiento propio de
la novela corta actúa a fondo (debido a la superposición
de las marcas textuales sobre la intriga, a la manera como la
enunciación asume explícitamente al enunciado). En "Los
ojos del Diablo" (pp. 243-256), Gilles Pellerin imagina que
las investigaciones sobre una etnia desconocida de la cordillera andina realizadas por un antropólogo desembocan
paradójicamente en el sojuzgamiento de dicho pueblo. Este
relato, por breve que sea, se adhiere a la tragedia prometea-
na: es en el cumplimiento de una empresa sana, destinada al
triunfo del conocimiento y conjugada con el respeto inspirado por un chamán, como el protagonista alcanza resultados desastrosos: Prometeo había querido mejorar el destino
de los humanos al darles el fuego, pero los dioses replicaron
castigándolo. En este caso el exotismo exige algunas páginas descriptivas necesarias para campear una intriga en la
que el café desempeña un papel determinante; esta práctica
contrasta con la tendencia general: los personajes, poco
locuaces, se desenvuelven por lo general en un decorado
bastante discreto.

Las reservas en cuanto a la representación son visibles no
sólo en la poca atención que se otorga a la descripción del
entorno —estrategia que en cierto modo deja al personaje
al desnudo en un espacio casi vacío—, sino también en
la poca precisión onomástica: en Jean-Paul Beaumier, la
mayor parte del tiempo los personajes son sólo un nombre
sin apellido —a menudo el mismo—. En Gaëtan Brulotte,
al parecer más bien se responde a imperativos ontológicos

propios de Becket que a las exigencias del registro civil.
Y son sólo dos ejemplos de una manera de proceder muy
extendida que, llevada al extremo, confina a los personajes
al anonimato. Desde este punto de vista, la novela corta se
sitúa en el extremo opuesto de aquello que, en un Fréchette, contribuía a la coloración arrabalera y *canayenne:*[35] En
estos escritos uno podía llamarse Grelot, Tom Caribou,
Coq Pomerleau, Titange o Tipite Vallerand. Este procedimiento siguió vivo en Tremblay.

Si así van las cosas, si los personajes de las novelas cortas
manifiestan este déficit onomástico, es porque la brevedad
del género obliga al autor a limitarse a lo esencial, en lo que
no está incluida la identidad completa con nombre, apellido, domicilio, estado civil... El héroe de la novela corta
contemporánea está marcado por la soledad.[36] Cuando él
conduce la narración, es obvio que no tiene que designarse
a sí mismo —en cuyo caso los lectores deducirían que se
trata de un idiota o un demente—; ahora bien, el procedimiento se ha extendido a la narración externa: Yo se convierte en Él o Ella. La ausencia de contorno, de asidero, por
parte de los lectores, produce un efecto estético que acaso
responde a la pérdida de referencias culturales de las que se
sienten confusamente víctimas los ciudadanos de las sociedades modernas —después de que accidentalmente la habían deseado y creado al romper con el culto y los rituales:
en Quebec la práctica dominical del catolicismo, que era
casi unánime hace medio siglo, ha decaído hasta 8% de la
población—. Otra institución seriamente maltratada es el

---

[35] Antigua pronunciación de canadiense, término con el que, en el pasado, se
identificaba la población.
[36] Fue Gaëtan Brulotte, escritor y comentarista del género que él mismo prac-
tica, quien hizo esta constatación en "Situation de la nouvelle québécoise", *Le
genre de la nouvelle francophone au tournant du XXI* *siècle. Actes du Colloque de*
L'Année Nouvelle à Louvain-la-Neuve, 26-28 de abril 1994, bajo la dirección
de Vincent Engel, Phi/Canevas/L'Instant même, 1995, pp. 35-47.

matrimonio, disuelto por el divorcio practicado a gran escala y sustituido cada vez más por la unión libre. Fuera de cualquier consideración moral (la novela corta rara vez se compromete en ese sentido, a no ser mediante el sesgo de narraciones hechas por niños, a partir de los relatos de alguien cuyos padres, según colegimos, están ausentes o rebasados por la situación o son incapaces de demostrarles cariño), la redefinición actual de la familia encuentra un profundo eco en la literatura, y mediante recursos actuales hace manifiesta una preocupación que recorre la Biblia (Esaú despojado de su derecho de primogénito, José vendido por sus hermanos, Salomé deseada por su padrastro) y la tragedia griega (ciclo tebano, ciclo de los atridas).

La razón que hace del anonimato o de la tenuidad onomástica un rasgo específico de la novela corta quebequense obedece probablemente mucho más a factores inherentes al género que a una preocupación por reflejar con fidelidad el cuerpo social (si bien esto embona a la perfección con aquello): en autores como Bergeron y Pellerin las palabras iniciales marcan una rapidez inmediata, como si el texto arrancara cuando la acción ya está en curso —en resumen, todo lo contrario a la *instalación* novelesca—. El fenómeno fue ilustrado con la imagen de alguien que aborda un autobús en marcha. La dinámica que esto imprime lanza al personaje en medio de un juego[37] del que debe salir indemne, cuando a menudo ignora sus reglas o incluso la existencia del mismo.

El sentimiento de impotencia que cierra un texto como "La feria" es común en los escritores contemporáneos. Es fuente de rebeldía en los jóvenes urbanos que pueblan el universo de Michel Dufour. La noción de refugio, de morada parece haberse sustraído al mismo tiempo que se eludía

---

[37] Leer al respecto los dos primeros libros de Aude: *Contes pour hydrocéphales adultes* y *La contrainte*.

la de la familia. En el momento en que el Yo trata de enunciarse de nuevo, los puntos de referencia huyen.

"¿Un género sin historia?", así titulamos nuestro prólogo. La literatura narrativa propone una de las mayores experiencias del tiempo que puedan existir. Cuando uno abre una novela histórica, ante nuestros ojos se instala una época, con sus efluvios, con los sentimientos particulares que en ella se experimentaban, cosa que el documento propiamente histórico consigue con menor frecuencia en comparación con la subjetividad novelesca. Más allá de la restitución de una época, el libro de ficción propone secuencias en las que el orden esperado de los acontecimientos cede a una sucesión fundada en la eficacia del relato. A este respecto la novela corta quebequense escrita por las dos generaciones literarias aquí reunidas, de Jean Pierre Girard a Roland Bourneuf, introduce de buen grado a los lectores en un mundo esencialmente perturbado. Las apuestas son claras: la historia que los personajes tienen que vivir será breve, el ritmo: rápido. Durante mucho tiempo, los escritores no suscribieron sino tímidamente una práctica que la indiferencia de los editores hacía aleatoria; ahora pueden entregarse a ella sabiendo que serán publicados y leídos. Que esto suceda en México, en una parte del mundo donde este género ha gozado de manera tan magnífica del derecho de ciudadanía, constituye una de las mayores alegrías que pueda gratificarlos.

Vienen del norte. Hablan poco, pero lo hacen alto y fuerte.

GILLES PELLERIN

SUZANNE JACOB

En el momento en que publica La survie, *de donde se tomó el texto incluido en esta antología, Suzanne Jacob se dedica profesionalmente a cantar. También acaba de participar en la fundación de las Éditions du Biocreux (que desaparecieron en un incendio). Su éxito confirma su talento: los libros se suceden uno a otro y pronto se hace evidente que Suzanne Jacob es una de las escritoras más importantes de Quebec. El estilo narrativo de* Le temps des fraises *hizo escuela: una chiquilla avispada, una mirada infantil dirigida a un mundo donde merodea la muerte, un lenguaje brusco, cierta insolencia porque el horizonte se adivina estrecho.* La survie, *publicada primero en 1979, fue retomada en edición de bolsillo por la Bibliothèque québécoise (1989). Las demás antologías de Suzanne Jacob, que nació en Abitibi y vive en Montreal, llevan como títulos:* Les aventures de Pomme Douly *(Boréal, 1988) y* Parlez-moi d'amour *(Boréal, 1998).*

TEMPORADA DE FRESAS

LAS LLEVABA EN LAS MANOS y tuve que abrir la puerta mediante un complicado juego de codos y rodillas y finalmente volví a cerrarla de una buena patada. Irrumpí en la cocina. Nuestra cocina tiene una puerta batiente, sin picaporte. Hice que se golpeara contra la chimenea pintada de verde. A mi madre le parece que soy demasiado ruidosa, que hago ademanes exagerados, que tengo la boca demasiado grande, que hablo demasiado fuerte, que invado todo y eso la cansa.

—¡MAMÁ!

Vi si no estaba en el patio, a veces va allí a respirar y a mirar los árboles. Se queda en el corredor y mira al cielo y se frota la frente. No estaba allí. La puerta del baño estaba cerrada. Llamé con el codo porque tenía las manos ocupadas.

—No tan fuerte por Dios ¿no puedes esperar un minuto?

De un tiempo a esta parte su voz es algo curioso. Jamás sé con exactitud si habla o llora, parecería que va a tragarse de nuevo las palabras, nunca se sabe si las palabras salen o entran.

—¿Qué te pasa, estás enferma?

De nada sirve hacer esa pregunta, siempre está enferma, pero nunca está enferma. Es una especialidad que ha adquirido recientemente, y que ocupa todas sus horas porque haría falta que decidiera si está enferma o no y detesta tomar decisiones y las decisiones la agotan.

—Claro que no... Dios mío... estás retrasada. Los demás ya se fueron.

—Cierra los ojos antes de salir del baño.

No me cabe duda de que la molesto. Si la molestara menos, tal vez se movería aún menos, tal vez llegaría al punto en que no se movería para nada. Eso es lo que pienso de un tiempo a esta parte. Podría decirse que ninguno de sus movimientos le viene del interior, de dentro. Parecería que somos nosotros, mis hermanos y yo, los que la mantenemos con vida, sólo porque necesitamos comer y cepillarnos los dientes y acostarnos, parecería que son las únicas cosas que le importan, y al mismo tiempo parecería que son esas cosas las que la sostienen.

Yo pateaba y pisoteaba para molestarla, oía el agua salir del grifo, a veces deja correr el agua para lavarse las manos y se queda ahí, oyendo o viendo cómo corre el agua. Hay que molestarla de verdad para que vuelva en sí.

—¡No necesitas lavarte todo, de pies a cabeza!

—Bueno…

Cerró el grifo.

—¡Espera! ¿Tienes los ojos cerrados? Te prohíbo que los abras antes de darte la señal.

Mis hermanos no se dan cuenta. No hay nadie que se dé cuenta conmigo porque mis hermanas están internas en la escuela y, aparte de mis hermanas, no hay nadie a quien esto pueda interesarle verdaderamente, salvo mi padre. Él se da cuenta, pero no tenemos la misma manera de darnos cuenta. Él prefiere que los que se dan cuenta no hablen de ello ni se tomen por testigos unos de otros. Así, cada cual es más libre de tener la reacción que quiera y no tiene por qué suscitarse una discusión que pudiera convertirse en juicio y de todas formas no conocemos la naturaleza de su virus y tal vez ni siquiera tenga un virus.

Estaba pálida, aún más pálida, y las manchas oscuras que tenía en la frente y en las sienes se habían acentuado y se frotaba la cintura. Tenía el cabello seco y aplastado como si acabara de salir de una fuerte gripa con fiebre, y no le gusta visitar a la peluquera, eso la cansa demasiado. Se queda sin energía durante tres días, y luego tarda tres más en recuperarse. Dudé por dos segundos si debía seguir poniéndome de nervios por ella. Cuando la veo aparecer así, titubeo, me digo que tal vez sería preferible dejarla inmóvil, que eso es lo que verdaderamente quiere, de lo que tiene ganas, dejar de comer, de bañarse, jamás volver a levantarse.

Tenía los ojos cerrados, tal como yo se lo había ordenado. Quizás prefería mantenerlos así porque muchas veces la luz le lastima los ojos, sobre todo cuando mi padre no está, cuando se va. Se apoyaba contra el refrigerador.

—Llegas muy tarde. Marc y Olivier ya regresaron a la escuela hace mucho. ¡Es la una! Tienes sólo diez minutos para comer y todo va a estar frío, ya está frío.

Era lo único que se le ocurría decir. Era como una prueba de su presencia maternal y de los cuidados que me dispensaba. En el fondo, a ella le era perfectamente indiferente comer frío o caliente. Lo ideal, para mi madre, era no tener hambre jamás, no necesitar sentir hambre para vivir. Últimamente, lo ideal para ella era necesitar sentir sueño para vivir y dormir toda la vida para vivirla.

Le puse las manos debajo de la nariz para ver si eso la despertaba, aunque no dormía de verdad, ya lo sé, pero me siento más tranquila cuando duerme de veras que cuando se apoya contra el refrigerador y se pone a frotarse la cintura y las manchas oscuras le crecen visiblemente alrededor de los ojos y en la frente.

—¿No hueles nada?

Alzó la cabeza e hizo el esfuerzo de aspirar tres veces. Últimamente esto la deja sin fuerzas. Entreabrí las manos para que llegara mejor el olor a su rostro apagado. Y es que tiene el rostro apagado y ya no hay nadie ni nada que pueda volver a encendérselo, porque ha visto a muchos médicos y porque toma toda clase de medicinas, pero ella no vuelve a encenderse.

Pero esta vez sí, se le movieron las aletas de la nariz, y tragó y vi la saliva, un poquito de saliva, mojarle las comisuras de los labios, y los labios se le entreabrieron y abrió los ojos y dijo "Oh".

Era un éxito. No fue el gran "Oh" que pueda uno imaginarse, pero para una persona que, como mi madre, atraviesa un periodo difícil, era extraordinario.

Normalmente tiene los ojos negros, desde el principio tuvo los ojos negros y sus ojos brillaban. Después dejaron de brillar. De eso hace tal vez un año. Ahora podría decirse que se le están aclarando y, sin embargo, tiene el cabello todavía muy negro, sin canas por aquí y por allá. Era con esos ojos, desteñidos, con los que me miraba las manos y le dije que abriera la boca, que iba a darle la comunión de las primeras fresas de la primavera del fin del mundo. Aquí todo está lejos y las primeras fresas llegan después de que todo el mundo las ha visto en el periódico.

—Con eso no se juega, Dios mío.

Me dice eso porque yo había hablado de una comunión y a ella no le gusta que uno se muestre irrespetuoso con las cosas sagradas como la comunión, que es parte de la religión y que debe ser sagrada porque si uno no puede distinguir entre lo sagrado y todo lo demás, qué va a ser de uno, ya no sabrá a quién le debe qué, o a quién no le debe nada porque también las deudas son sagradas, mi padre y mi madre están de acuerdo en ello, hay un mandamiento que ordena pagarlas y no hay nada como alguien que paga sus deudas, se le puede tener confianza en todo lo demás.

Como quiera, le puse tres fresas en la lengua, las tres más

rojas, las tres más grandes. Ni siquiera movió las mandíbulas, yo las observaba, atenta a si su lengua empezaba a moverse, pero nada se movió y mi madre tragó.

—¡Te las tragas enteras! ¡Podrías masticarlas!

—Oh no, por Dios, se deshacen entre la lengua y el paladar.

Ése es el tipo de sorpresas que mi madre es capaz de darme. Piensa uno que está en coma y sale con frases como ésa, dice que le gusta la mantequilla tanto como los caramelos o dice "Te fijaste, Julie, en la forma de esta manzana". En esos momentos parecería que fuera a presentarse una descarga eléctrica que va a sacarla de su sueño. Me estremecía, como ahora, la idea de que sin hacer el menor movimiento muscular se diera cuenta de que las fresas se le deshacían en la boca, y eso me hacía sentirme orgullosa de mí. Después sus ojos hicieron una especie de inspección de mis manos, mi delantal, mi vestido y mis zapatos, y todo sin mover la cabeza, sólo los ojos, lentamente, de un tirón, y murmuró "fresas..."

Otra vez se había desconectado. Caminé hacia el fregadero, cambié de opinión, me dirigí al cubo de la basura, hice chocar la tapa contra el muro.

—¿No te gustan?... Las tiro.

Se movió. Se apartó del refrigerador y dejó de frotarse la cintura, abrió el armario y sacó un tazón.

—No, por Dios, fresas...

—No me comí ni una. No hay un solo rabillo, puedes buscar.

Era cierto. No me había comido ni una. Las matas no son grandes. Cuando vi a la gorda Bérubé acercarse a mis plantas y preguntarme si había encontrado fresas maduras, rugí. Todos los años piensa que la parcela es de todos porque no hay una casa particular enfrente y porque la orilla de las calles y las zanjas no son propiedades privadas. Cree que el primero en llegar es el primero en servirse, son sólo palabras y lo dice cada primavera, cada vez que descubro las matas de fresas rojas, y soy siempre yo la primera en cerciorarme de esas cosas, y sólo porque vive a dos pasos de nosotros piensa que tiene derechos sobre lo que yo veo primero. "Es MI planta." Ella, la Bérubé, es perfectamente inútil en un campo de fresas. No sabe ver, sólo sabe pisotear con sus pies gordos, y sólo sabe quejarse de que no encuentra nada y cómo es posible que tú sí encuentres y no es justo. Me exaspera.

Mi madre fruncía los párpados mientras miraba el patio por encima del fregadero. Puse las fresas en el tazón. Me lavé las manos y me las sequé con el trapo de secar la vajilla. La tela se manchó de rojo. Mi madre vio eso y suspiró. Ya es ganancia. Cuando suspira es que tiene suficiente aliento en el pecho para permitirse exhalarlo.

—Tu comida está en la mesa. Voy a recostarme un rato. Voy a guardar las fresas para la merienda. Gracias, cariño, son espléndidas, espléndidas.

Yo me lo repetía. Espléndidas, espléndidas. Es el tipo de palabra que emplea para las fresas o para las piedras que encuentra a veces en el patio. Es una palabra que se le pasea en la boca a propósito de nada y que está hecha para liberarse de lo que no se tiene, de lo que verdaderamente falta cuando podría existir.

Yo no tenía hambre. Me vi los zapatos. Eran zapatos de color marrón, unos Savage. Son los mejores para los niños y los adolescentes, es el señor Turgeon quien nos calza, se lo dijo a mi madre y ella no quiere que compremos zapatos que no sean Savage porque los Savage también duran mucho.

A mí me gustan mis zapatos. Se han desgastado hasta quedarme cómodos y no me sacan ampollas.

De todas maneras iba a llegar tarde. Decidí que un poco más o un poco menos no importaba... quería tomarme mi tiempo. Es como cuando sé que cometí un error en mis dictados, no corrijo el texto. En lo que a mí se refiere, es todo o nada. Si estoy segura de no haber cometido un error, bravo, entonces corrijo. Pero si sé que de todas maneras voy a tener una falta porque hay una palabra cuya ortografía ignoro o un verbo que no sé hacer conjugar, entonces, ni modo, no corrijo.

Aunque había cerrado la puerta, oí a mi madre dar vueltas en la cama. Antes solía cantar. Todo era silencio en la casa, mis hermanos estaban en la escuela. Luego la oí llorar.

Gérald dice que las mujeres no sirven más que para llorar. Dice que su madre llora por nada y que él y su padre, jamás. Dice que llorar no sirve para nada.

Tuve cuidado de no hacer ruido porque el piso de la casa cruje, y así llegué hasta la puerta de su cuarto. Era cierto, no me había equivocado; estaba llorando. Mi madre llora de una manera extraña. Para empezar, no es como la madre de Gérald, no llora por nada, no llora nunca aunque últimamente sus ojos estén perdiendo brillo y la prueba de ello son las manchas oscuras alrededor de sus ojos y su frente. Una vez lloró porque mi hermana se enterró un clavo en el pie y era el cuarto de la familia que se enterraba un clavo en el pie y eso representaba mucho trabajo y baños de pie y ungüento. Los pies tardan mucho tiempo en curarse. No debería ser así, después de todo, con los pies nos movemos. Pero así son las cosas.

Era cierto, lloraba cada vez más fuerte, con sollozos y con hipo. Yo estaba del otro lado de la puerta, tenía una

mano en el picaporte y me preguntaba qué hacer, pensaba
que debía haberme apresurado para ir a la escuela, después
de todo no tenía nada que hacer aquí pues normalmente
estoy en la escuela a esta hora y, de hecho, para mi madre,
realmente estaba en la escuela.

Di vuelta al picaporte con el mayor de los sigilos para no
sobresaltarla. Eso no se le hace a una persona que cree estar
sola en una casa, sobre todo porque nuestra casa es grande,
y sobre todo cuando llora y está segura de que nadie puede
oírla.

Me gusta la habitación de mis padres. Es la más grande
de la casa. Tienen una enorme cama con cabecera de madera oscura. Hay un papel tapiz de pájaros blancos sobre un
fondo azul rey en una de las paredes, la de la cuna de los
bebés. Creo que mi madre ya no va a tener bebés, no lo sé,
pero conserva la cuna en su habitación por si acaso. Sobre
la cama tienen un edredón azul rey. En esos momentos el
edredón azul rey se inflaba y se desinflaba como si hubiera
sido él el que lloraba.

No sé qué le pasa a mi madre. Algo le pasa. A todo el
mundo le pasa algo en algún momento, y a veces le dura mucho tiempo. Es algo fuerte. Lo sé bien. Pero todo el
mundo no es ella. Ése es mi punto de vista. Pero qué podía
yo hacer. Cada uno de mis padres tiene su cómoda y sus
cajones. Ella estiró el brazo hacia su cómoda y tomó toda la
caja de Kleenex y la metió bajo el edredón. No me vio,
habría podido verme reflejada en el espejo, pero habría
pegado un brinco, no habría podido creer que era yo porque no piensa que puedo hacer algo sin meter mucho ruido
o sin hacerme notar.

No lo sé. Salí de su habitación, tenía mucho calor, me preguntaba si no tendría fiebre porque suele darme fiebre por

cualquier cosa y las sienes me latían. Si algo podía provocar que a ella le latieran las sienes como a mí, no sé si lloraría, no lo sé.

Corrí. Me sacudí la ropa y entré en el salón de clases. Ella tenía que hacer algún comentario, no puedo moverme sin que lo haga. Para que no hiciera ningún comentario, haría falta que yo actuara exactamente igual que todo el mundo, y aun así ella encontraría la manera de demostrarse que hago lo mismo que todo el mundo para distinguirme. Me dice que siempre tengo que distinguirme.

—Llega usted tarde, señorita Chavarie.

Ése es el tipo de comentarios que hace. Es su manera muy personal de hacer notar algo aun si no sirve de nada molestar a TODA la clase porque UNA alumna llega tarde ya que de todas maneras todo el mundo se ha dado cuenta del asunto. Pero ella siempre tiene que armar todo un escándalo por razones más que suficientes.

—Tiene razón, hermana, llegué tarde y le ofrezco una disculpa por llegar tarde, hermana.

Seguramente dije eso en un tono especial. Todas las demás rieron burlonamente salvo la hermana y yo. No dije nada gracioso pero sí lo dije en un tono especial, lo admito, y ella puede reprochármelo, estoy dispuesta a reconocer mis errores cuando los cometo, los reconozco la mayor parte del tiempo, y cuando no los cometo, los invento, los invento incluso para los demás si resulta necesario, eso no me importa. Levanté la tapa de mi pupitre.

Mis libros y cuadernos están forrados con papel de envolver color marrón, el de la tienda de abarrotes Crépeault. Tiene un lado mate y otro brillante. El lado brillante lo pongo en la parte exterior de los libros porque pienso que es impermeable.

Ahí estaban mis libros alineados porque habíamos ordenado nuestros pupitres en vista de que los exámenes del
Departamento de Educación Pública se acercaban y eso nos
daba la oportunidad de poner orden. Un pupitre ordenado
se ve hermoso porque los ojos son el espejo del alma y porque lo que se concibe bien se anuncia con claridad. Tenía la
cabeza dentro del pupitre y la tapa sobre ella y podía escuchar el silencio que había provocado en la clase. Supe por la
calidad de ese silencio —hay muchas calidades de silencio,
todo el mundo está acostumbrado— que se esperaba que
bajara la tapa del pupitre porque la tapa alzada molestaba a
la clase y alteraba la línea del horizonte que la hermana
necesitaba para concentrarse porque estábamos en periodo
de revisión.

No lo sé. Estaba como pegada al interior de esa tapa.
Estaba como paralizada por esa tapa que sostenía con la
cabeza mientras las manos hurgaban en mi estuche de lápi-
ces, quién sabe por qué. Mi pupitre está en la hilera más
pegada al pizarrón porque cerca de la ventana me distraigo
mucho y hago comentarios sobre lo que pasa allá fuera y les
anuncio a los demás lo que ocurre en el patio de la escuela y
todo lo que baja o sube por la segunda avenida y esto exaspera a la hermana, estar oyendo hablar del mundo exterior
más cercano a nosotros. Siempre debe uno hablar del mundo exterior reconocido por los libros, para los libros y en
los libros. Aquí, la política de la Comisión Escolar es enseñarnos de qué color es el río Sena en París, qué temperatura
tiene y cuánto mide de ancho y todo, y no hablar para nada
del Harricana que atraviesa nuestra ciudad, no se puede
hablar de todo todo todo. De cualquier manera éste es un
país colonizado, así que no puede uno ponerse a aprender
los nombres de los árboles y de los arbustos y todo, y el
camión de bomberos es rojo de todas maneras como en

todas partes, es algo internacional, y la tierra es más grande que antes, cuando nació mi madre la tierra era mucho más pequeña porque los medios de comunicación no habían llegado al punto donde están hoy en que han agrandado el planeta a escala mundial. De todos modos la hermana cambió mi pupitre de lugar para evitar la distracción. Estoy segura de que la Comisión Escolar está de acuerdo con esa decisión y yo no pude hacer nada al respecto.

—Y bien, Julie, ¿va usted a salir de ese pupitre?

Era lo que más deseaba yo en el mundo internacionalizado... lograr salir de ese pupitre. Ella no lo sospechaba y no iba yo a decirle así como así en el último minuto al final del año escolar que podíamos, ella y yo, compartir la misma esperanza aunque sólo fuera por espacio de algunos segundos. Yo no podía hacerle eso porque se sentiría muy desconcertada al pensar que se había equivocado con respecto a mí durante tanto tiempo. Muchas veces me ocurre que no desengaño a las personas con respecto a mí porque eso simplifica la vida, e imagino que todos hacen lo mismo, incluso consigo mismos, pues de otro modo nos sentiríamos apurados y las cosas cambiarían demasiado rápidamente en torno de nosotros y los cambios muy bruscos fatigan a la mayoría de las personas y les dan náuseas y dolores de cabeza y problemas.

Sentía ganas de llorar. Ya no sabía cómo evitarlo, cómo contenerme. Me decía que debía aguantarme hasta las cuatro, que era absolutamente necesario ya que era la más desalmada de toda la escuela y de todas las alumnas a quienes la hermana había enseñado desde que había empezado a impartir clases en Nicolet, y después de allí en Yamachiche, después de Yamachiche en La Tuque, después de La Tuque en Macamic y después de Macamic en Amos y quizás en otras ciudades, yo era la más testaruda, la más macha, la más desalmada. No iba yo a destruir mi reputación en dos segundos de debilidad química y física, de una sobreproducción súbita de las glándulas lacrimógenas. Una reputación, digan lo que digan, la construyen los demás a base de comprensión y de apertura de espíritu, y eso puede llevar a la presidencia de una escuela como aquí o en todo caso puede servir para tener influencia. Así, apretaba las mandíbulas, las aflojaba, me mordía la lengua, trataba de acordarme del último chiste grosero que Gérald me había contado, me quebraba la cabeza buscando de qué reírme, y nada.

Entonces bajé la tapa de mi pupitre porque oí que se acercaba, e intuí que iba a haber un torrente de palabras suaves en vista de la tensión que reinaba en el grupo.

Ya estaba junto a mi pupitre, le veía los orificios nasales inflados por el enojo, yo estaba sentada y ella permanecía de pie como los policías de camino que detienen a los conductores sentados.

Nuestras miradas se cruzaron. La miré a los ojos. Yo había ganado la partida porque había una cosa que ella no se esperaba en modo alguno y de la que jamás me hubiera creído capaz y supe que era verdaderamente la más desalmada y la más dura. Sabía que ella bajaría la mirada en cuanto yo lo hiciera... y lo hice. Lloré en su cara sin dejar de mirarla ni nada, y lloré y lloré.

La hermana fue castigada duramente por este hecho pero yo sé que a mi madre le pasa algo y nada gano con que alguien sea castigado en lo que se refiere a mi madre.

Tomado de *La survie*
©Bibliothèque québécoise, 1989

SYLVIE MASSICOTTE

Las tres antologías que Sylvie Massicotte ha publicado hasta la fecha (L'œil de verre, *1993, reeditada en formato de bolsillo en 2001;* Voyages ou autres déplacements, *1995;* Le cri des coquillages, *2000; todos en la editorial* L'instant même*), muestran a una observadora sensible, y a veces divertida, de las costumbres contemporáneas. Sus textos son breves, atentos a la escritura del viento o del agua en el paisaje, así como al destino de los personajes. El marco varía de un texto al otro, se cambia de lugar, la fibra granulosa del desierto se deposita en la página escrita, se invitan hombres y mujeres a citas inciertas, y ya no se sabe si el viaje es un medio o un fin.*

BAUTISTA

ME GUSTARÍA QUE FUERA ALEGRE. Una mano tan pequeñita en la mía, podría ser algo gozoso. Todos participan en el juego de las semejanzas entre ese nuevo rostro y el de ellos. Buscan un nombre. Ya no escucho las apuestas cuando me inclino para seguir sintiendo ese aliento fino, para tratar de entender de dónde viene el esfuerzo por vivir.

Hablan de él en tono de seguridad mientras yo sostengo ese cuerpo minúsculo que parece no pesar. Vigilo el pecho que se expande a sobresaltos bajo la tela blanca: mi madre en los cuidados intensivos... Sus muecas podrían confundirse. El mismo umbral, con la vida o la muerte por delante.

Tal parece que estoy cediendo mi lugar a los demás, pero sobre todo me siento aliviada de poder alejarme del bebé. Se adelantan en dirección de él, sin empujarse, como se hace en los velatorios antes de llegar al cuerpo. El olor de las flores en la habitación, es casi lo mismo, si no fuera porque el hijo de Alain insistió en acompañarnos, cuando en general se niega a seguirnos si se trata de visitar a los difuntos o... a mi madre. Tampoco se adelanta demasiado, prefiere mirar de lejos estirándose el pelo de la barbilla. Llego junto a él y coloco la mano sobre su ancho hombro sin preguntarle si se puso el suéter a propósito. "Me mom and Morgentaler." Sonríe ligeramente mirando a su padre. Alain lo recuerda acariciando las mejillas del bebé.

Lo llamarán Bautista, ahora todos están de acuerdo. Deberíamos irnos, ahora que ya vimos. Digo que no habría que cansar a la mamá. Eso crea un silencio porque no puedo saber de lo que estoy hablando, yo que nunca he parido. El hijo de Alain sacude el hombro como para espantar a un insecto. Quito mi mano. Ya entendí. No soy madre de nadie. Los bebés me producen horror. Los adolescentes todavía más.

Hubiera querido que fuera alegre, pero creo que no funcionó. Inútil discutir acerca de los parecidos, todos somos iguales cuando tenemos los ojos con lágrimas. Trato de abrirme paso en la habitación asfixiante. Son estúpidas estas ganas de llorar que siempre me dan en el momento equivocado. No consiguen mover el cuerpo en este bochorno. Tengo que valerme de los codos como a las cinco de la tarde en el metro. En mi campo de visión, la mamá que recuperó a su progenie, está feliz de que por fin hayan consentido en devolvérsela. Sonríe en dirección del rostro arrugado que emite un sonido chirriante y que empieza a aullar en mi lugar. Algo acaba de ceder dentro de mí. Mis lágrimas pueden rodar, la nueva mamá no se percatará de nada. Con voz apagada, en vano consuela a su pequeña réplica enrojecida. Como quien no quiere la cosa, me acerco a la mesita de noche. Estiro el brazo para alcanzar la caja de pañuelos desechables. Pero el florero se tambalea. Alain apenas si tiene tiempo de reaccionar cuando, demasiado tarde, el agua amarillenta de las rosas escurre sobre la frente de Bautista.

Tomado de *Le cri des coquillages*
L'instant même, 2000

JEAN-PAUL BEAUMIER

En su primer libro, L'air libre (*L'instant même, 1988*), *Jean-Paul Beaumier creó un mundo de pequeños personajes confinados en el reducido espacio de una oficina, dudosos de su frágil identidad —¡es todo lo que tienen!— dudosos de volver a encontrar su casa al llegar la noche, pensando hallar en ella la paz, la quietud que por lo demás no se atreverán a pedir. El siguiente libro,* Petites lâchetés (*L'instant même, 1992*), *mantiene la misma vena al tiempo que deja asomarse lo que dará color a su obra, es decir la inmensa ternura que recorre* Dismoi quelque chose (*L'instant même, 1998*) *de lado a lado. El mundo de Beaumier es el de Kafka, pero de un Kafka que la infancia podría salvar. Mas nacemos mortales y la vida es una cuenta regresiva.*

Nacido en Trois-Rivières en 1954, Jean-Paul Beaumier pertenece a la generación de escritores que no eligieron el cuento por eliminación. Su compromiso (como editor, comentador del género y de las obras y miembro del comité de redacción de la revista especializada XYZ) *y la influencia de su estilo sobre otros escritores de novela corta han contribuido a ensanchar el campo de la producción quebequense en este género.*

HAY POLLO POR SI TIENES HAMBRE

Entre ellos el silencio ya no es el mismo. Antes, adivinaban su presencia cuando se encontraban alrededor de la mesa, hablando de todo y de nada, de la jornada que terminaba y de la que estaba por venir, oyendo las bromas que los niños traían de la escuela, hasta que se produjera un momento de calma y que tuvieran conciencia de ello. En ese momento él dejaba de comer y alzaba los ojos hacia el techo, como si tratara de localizar el vuelo de un insecto, poniéndose el índice derecho en los labios. Sabían lo que venía después: "¿Oyeron?", les preguntaba invariablemente. Vero, Alex y Julie asentían sonriéndole. Acababa de pasar un ángel. Todavía niños, les había enseñado a saborear el silencio.

Desde el accidente, Julie y él se apresuran a vaciar su plato esforzándose por llenar el silencio entre bocado y bocado. ¿Dormiste bien? ¿Mañana tienes clases? ¿Y si invitáramos a Jeanne el próximo sábado? Son las mismas preguntas de antes, anodinas e inofensivas, preguntas que amueblan la cotidianeidad, pero que ahora suenan falsas a sus oídos. Sin duda porque las respuestas ya nunca podrán ser las mismas. Y a él le resulta todavía más difícil soportar las mañanas en que se quedan callados, en que no tienen fuerzas para aparentar.

En la cocina todo está perfectamente en orden. Ahora tiene más tiempo del que necesita para levantar la mesa, enjuagar los platos y ponerlos en el lavatrastos. Ya no tiene que refunfuñar, sermonearlos porque todo está tirado, porque eso es lo único que tiene que hacer en su día. No se dan cuenta del trabajo que tiene, los libros que se amontonan sobre su escritorio, los artículos por redactar, los trabajos que corregir, la correspondencia que poner al corriente. Si cada quien pusiera de su parte, les repite con cualquier motivo, y cada vez le parece estar oyendo a su padre.

Desde hacía algunos días, no paraba de pensar en *L'invention de la solitude,* el libro de Paul Auster que prefiere. Sin saber si buscaba en él un consuelo, lo hojeaba deteniéndose en los pasajes que había subrayado, *cuando muere el padre,* transcribe, *el hijo se convierte en su propio padre y en su propio hijo. Observa a su hijo y se reconoce en el rostro del niño. Imagina lo que éste ve cuando lo mira y siente que se convierte en su propio padre. Esto lo conmueve, inexplicablemente,* cuando encuentra, por casualidad, una carta de Jean-Claude, olvidada allí. La carta estaba fechada de varios años atrás, Alex y Vero eran entonces apenas unos niños. Probablemente él se había quejado con Jean-Claude de que le absorbían todo su tiempo, de que no tenía la energía para emprender un nuevo libro, ya que su amigo le respondía que no se pusiera a salvo, que por el contrario aprovechara la presencia de los niños porque esos años iban a pasar volando muy rápidamente mientras que sus proyectos de libros aún podían esperar. Y además, sus numerosos lectores, añadía no sin un dejo burlón, no se lo reprocharían. ¡Qué bien reconocía en esto a Jean-Claude! Volvió a doblar la carta y la puso entre las páginas del libro. ¿Todavía tiene ganas de escribir?

Algunos días, cree seguir oyendo sus voces: ¡Papá, ya no encuentro mi *walk-man!* ¿Alguien vio mi libro? Lo había dejado en la mesa de la cocina, ¿Dónde está el control remoto? No encuentro mi pañoleta. ¿Alguien tomó mi pañoleta? Su propia voz también resuena entre los muros de esta casa, ¡apúrense! Van a llegar tarde, no olviden cerrar antes de irse, otra vez las luces de su recámara se quedaron encendidas, ¿alguien vio mis llaves? Sabe que no hay nadie detrás de él, pero de todas maneras voltea. Para mostrarles que no deja de pensar en ellos dondequiera que estén, para que vean las lágrimas que resbalan por sus mejillas. Julie piensa que deberían vender la casa. Así, él ya no los oiría llamándolo, ya no oiría ese revoloteo alrededor de él.

Cuando trae a su memoria los sucesos de aquel día, trata de comprender en qué momento se tambaleó todo, en qué momento la suerte estaba echada para Vero y Alex. Se habían quedado dormidos en la parte trasera del coche, todavía sigue viéndolos por el retrovisor, apoyados uno en el otro. Junto a ellos, Julie acababa de doblar el mapa de carreteras y de sonreírle, igual que siempre cuando se disponía a cerrar los ojos para descansar un rato. Pronto llegarían a Concord donde se detendrían para comer y después ella tomaría el relevo. No recuerda en qué momento percibió al camión parado frente a él, sólo recuerda haber frenado para evitarlo, haber visto que el auto se salía de la carretera, haber oído que Vero gritaba, luego ese silencio intolerable en torno a él cuando volvió a abrir los ojos en el hospital.

El timbre del teléfono sonó en la casa. Sabe que es ella. Acaba de llegar a su trabajo y querrá recordarle que no regresará a cenar, como cada martes desde que ve a Louise. Le dejará un mensaje en la contestadora. Ahora le resulta más fácil hablarle así, decirle que le gustaría que vendieran la casa, que también a ella le sucede oír que la llaman. Luego le dirá que le manda besos, que volverán a hablar del asunto, que hay pollo en el refrigerador por si tiene hambre.

El aparato grabó todo y él podrá volver a escuchar el mensaje cuantas veces quiera. Él también podría dejarle uno, pero nunca ha sabido cómo utilizar esa función. Ante la imagen del refrigerador y la sola idea de sentarse a la mesa, solo, frente a un plato de pollo frío, siente que algo se rompe dentro de él, igual que ese hueso que Alex y Vero se peleaban cada vez para ver realizado uno de sus deseos.

Tomado de *Dis-moi quelque chose*
L'instant même, 1998

ROBERT LALONDE

El libro al que pertenece "La feria", Le vaste monde (*Le Seuil, 1999*), *lleva un subtítulo esencial para la comprensión del conjunto:* Scènes d'enfance. *Robert Lalonde, novelista consumado, dramaturgo, agrupó alrededor del personaje de Vallier una serie de escenas del Quebec tradicional a través de las cuales se entrega a la vasta narración que se conoce de él, a ese estilo enfático que quiere abarcar el universo entero y sus maravillas. Robert Lalonde es uno de los raros escritores quebequenses de cuento que tratan con acierto el pasado, rescatando no sólo personajes ya caducos y el tono pintoresco, sino una lengua apropiada para recordarnos que hace no mucho tiempo nuestra cultura seguía siendo oral en no pocos aspectos. En la obra de Robert Lalonde ¡se habla y sería imposible callarse!*

El escritor también ha dado a conocer "historias" inspiradas de autores que le son queridos, Des nouvelles d'amis très chers (*Boréal, 1999*), *sin contar una importante producción de novelas y ensayos entre los que mencionaremos* Le vacarmeur: notes sur l'art de voir, de lire et d'écrire (*Boréal, 1999*) *así como* Le monde sur le flanc de la truite: notes sur l'art de voir, de lire et d'écrire (*Boréal, 1997, reimpreso en formato de bolsillo en 1999*). *También se le debe* Où vont les sizerins flammés en été?: historias (*Boréal, 1996*).

LA FERIA

Cada verano la feria venía a instalarse al pueblo. Todo empezaba con una procesión de camiones llenos de la espantosa chatarra oxidada de las montañas rusas, de las muñecas gigantes con melena de paja y vestidos a la vieja usanza, enormes mariposas de hojalata colgadas de vigas de acero tan largas como árboles, que rebasaban los contenedores de basura y arrancaban las ramas bajas de los robles por encima del camino. Todo eso se bamboleaba y armaba un jaleo al bajar la cuesta, las lonas de los camiones flotaban como banderas multicolores de esos lejanos países del mundo donde los niños y los locos son reyes. Yo bajaba corriendo por la pradera, con el corazón en la garganta, para alcanzar a la parvada de escuincles que ya seguían al cortejo, enorme cauda bulliciosa y chillona en medio del polvo levantado por las ruedas del camión.

En la plaza de la iglesia, desparramando hasta el patio de la escuela sus vagones amarillos, sus tiendas rojo y azul, sus jaulas de grizzlis demasiado gordos y sus espantosas mujeres barbadas, la feria acamparía durante tres cortos días, dos largas noches, en nuestros parajes. Una gruesa campana, tocada por un enano que subía hasta el cielo con la cuerda, llamaba a los curiosos al paraíso de los tiovivos que rechinaban, de los fenómenos de fealdad, de los prodigios de fuerza hercúlea, de las máquinas de monedas y de los algodones de azúcar que le atrapaban a uno toda la cara cual telaraña pegajosa y azucarada.

El domingo, salíamos de la iglesia para meternos de

inmediato bajo las tiendas donde por fin la exactitud del paraíso cobraba vida, hormigueante y susurrante como un sueño. Ángeles y demonios surgían de las puertitas sobre las que estaban pintadas lunas y estrellas amarillas, venían a nuestro encuentro gritando como terneras martirizadas por tábanos. Yo tenía el firme propósito de no perderme nada del copioso espectáculo y, el primer día, deambulaba a lo largo de los remolques y de las jaulas, igual que Noé ocupado en contar las maravillas dignas de subir al Arca con él. Mi memoria era esa gran barca ya muy amontonada, a la que hacía subir los prodigios capaces de ayudarme a pasar el demasiado largo invierno, las largas veladas sin esperanza, mi propio diluvio.

Aquel domingo, caminaba sin detenerme a lo largo del toldo abigarrado de la pitonisa, convencido de que ya no se me escapaba nada del espantoso rigor que conducía nuestras vidas, pues todos sus pertrechos de mensajes premonitorios y de muecas de alarma se habían avecindado entre nosotros desde muchísimo tiempo atrás. Me basta con pegar la oreja a la pared del remolque para oír la voz grave y ronca de la gitana que susurra a la Sra. Taillefer o al Sr. Bilodeau que una parálisis fulminante de su brazo izquierdo, una repentina llegada de dinero, o más aún un duelo terrible no tardarían en alterar el curso de sus existencias, ya muy inciertas. En el acto puse pies en polvorosa, huyendo del antro maldito, y salí pitando hacia extravagancias que no habían sido puestas sobre la tierra para anunciarnos el futuro, la enfermedad, la catástrofe, en todo caso el futuro de nuestros deseos.

En las inmediaciones de la jaula del viejo león, mi corazón se calmó. El efluvio de cuero salado, el gruñido ronco del animal me devolvieron el aplomo. El viejo rey seguía estando allí, daba vueltas muy despacio en torno de un esqueleto de antílope de hojalata suspendido en medio de la jaula, lanzando miradas asesinas a los curiosos asustados que rozaban los barrotes oxidados de su prisión. En cuanto me vio, el viejo felino detuvo su loca deambulación y se dejó caer suavemente, abriendo en mi dirección su hocico de mellados colmillos. La gruesa lengua pendía y la mirada esmeralda, trastornada, me distinguía con la languidez del poseído que apenas acaba de salir de un terrible e incomprensible desamparo. Me convertía en el niño de su selva, llegaba del desierto de rocas de su país natal a traerle noticias de los suyos, a contarle el recuerdo fabuloso que había dejado, sin saberlo, en esa selva de la que ya no recordaba nada y que sin embargo habitaba toda su carne indomable y tan triste. Adelanté la mano ante las miradas despavoridas de endomingados que ya no conocía, acaricié suavemente su gruesa pata de suela desgarrada y garfios raspados hasta sangrar. En voz baja, como en el confesionario, le solté mis tiernos cumplidos en lo que yo creía que era una lengua leonina pero que sólo era una cadena de sílabas sin ton ni son, sibilantes y desde el tono más grave que podía producir, en el fondo de mi garganta que temblaba como un tubo de órgano. Lo saludé como al gran rey en exilio, alabé sus méritos de soberano desterrado pero aún todopoderoso. El león cerró los ojos y entonces supe que estaba viendo la hierba dorada y el sol rojo de su selva natal. Escuchó amorosamente mis cumplidos, olvidándose de espantar a las moscas con la cola, luego volvió a levantar lánguidamente los párpados para clavar en los míos dos inmensos ojos húmedos, más hermosos y más desamparados que los del gran Jesús flagelado en la cruz, al pie del camino de la cuesta.

El viejo león se durmió y roncó con las fauces abiertas, de regreso en su África natal, con su corona pelirroja sacudida por un vientecillo que a mí me parecía oler a arena y a

él, quizá, a gacela asustada. Lamí suavemente su pata,
embargado por la legítima emoción del domador que cum-
plió bien su tarea de encantador de fieras, y, mediante diez
centavos, entré en la tienda de la mujer más gorda del mundo. Uno no la veía de inmediato, había que pasar cortinas,
escurrirse entre dos cables que dejaban en las palmas de las
manos la pestilencia del excremento de caballo, trepar
sobre una caja de plátanos y aguardar a que se levantara el
último telón en el que estaba pintada la generosa silueta de
la mujer monstruo. Los niños aplaudían, los hombres silba-
ban, las mujeres escondían la cabeza en sus chales, un
extraordinario silencio se instalaba. El telón subió, se oyó el
rechinido de la polea y, completamente abajo, como en
el fondo de un agujero, sentada sobre un grueso tablón que
se doblaba bajo el peso como si fuera una delgada tabla, con
los dos enormes pies en el fondo de una tina de lavado, el
vientre colocado sobre sus rodillas cual imponente paquete
de ropa mojada, la barrigona, un puro entre los dientes, la
gruesa crin negra trepada sobre la cabeza como una gran
madeja de estambre deshilachada, nos lanzó una espantosa
mirada negra de marrana en el matadero. Un efluvio de
cebo quemado y de jabón de miel subió del foso, desde
donde la mastodonte nos divisaba sin inmutarse, aspiraba
su puro como un coloso. Yo no creía que estuviera viva,
estaba convencido de que no era de verdad, de que esa exa-
geración de mujer había sido modelada en un enorme blo-
que de cera, en una gigantesca pastilla de jabón. Pero el
fenómeno empezó a moverse, a columpiarse, a levantar
el jamón de uno de sus brazos para enseñarnos un grueso
pezón de paquidermo y luego el otro, su gemelo, todavía
más abultado, con su aureola violeta, erizada de largos
pelos negros parecidos a hilo para pescar.
Los silbidos, los gritos y las palmadas se repitieron con

más ganas: parecía el abucheo de un círculo de campesinos con las manos llenas de cuchillos, alrededor del cerdo a punto de ser sangrado. Yo había entrado allí, solo: ni un hombro, ni la punta de un chal donde esconder los ojos, que querían y no querían ver.

—¡Eh, tú, mira cómo le bailan los pezones, tú! ¡Jurarías que son dos vacas, una encima de la otra!

—¡Habría que hacerla rodar en la flor de trigo para verle el ombligo, caramba!

—¡Es una tonelada completa de carne a la que habría que darle gusto, amigo mío!

Las miradas endiabladas de los hombres del pueblo, que yo creía dueños de apetitos comunes y corrientes, de una turbación más fuerte que su salvajismo, me daban miedo y sin embargo me liberaban de la vergüenza que sentía: la de experimentar con frecuencia, en el fondo de mí mismo, al animal desatado. Siempre y en todas partes existe alguien peor o mejor que yo. No era más que un indomable entre otros, sólo otro de esos grandes propietarios de instintos desordenados. Excitado por los clamores de mis semejantes en la barbarie, de nuevo bajé los ojos hacia la monstruo que ahora pataleaba en su tina cual hipopótamo en el lodo y se jalaba los cabellos como si se trata de harapos incendiados que quisiera arrancarse de la cabeza. De repente lanzó un lamento de poseído por Dios y por el diablo al mismo tiempo que resonó en el aire asfixiante de la tienda igual que la queja de un pato salvaje sobre un lago de montaña. Había en sus pesados gestos, milagrosamente desagraciados, una belleza mezclada de horror que provocaba escalofrío. Desviando de nuevo los ojos de un espectáculo que me perturbaba de modo exagerado, atrapé en el acto la mirada azul muy pálido y las mejillas descoloridas de una muchacha, parada en la orilla del estrado, y que detenía a dos manos su falda como si los aullidos de la ogresa y los gritos de los hombres que la rodeaban estuvieran a punto de arrancársela en cualquier momento. Me sentí conmovido por esa estatua pálida y recta, erguida, inmóvil y muy hermosa, que parecía estar viendo desde muy lejos lo que estaba frente a ella, como quien recuerda un sueño, clavado y completamente solo a la orilla del camino por donde no pasa ni un gato. Me deslicé a lo largo del banco, llegué a su lado y la observé detenidamente a mi antojo. Era Angélica, claro está, debí haberla reconocido de inmediato. Como única mujer presente en el conglomerado escandaloso que estaba bajo la tienda, Angélica se entregaba al negro placer de constatar hasta dónde la miseria soportada sin decir palabra a la luz del día podía desquiciar al ser humano, poco hecho para aguantarla, y llevarlo a comportarse como un pasmado más loco que el peor de los chiflados entrevistos en nuestros sueños.

—¿Eso te parece gracioso, a ti?

No sabía que ella me había visto. Me imagino que mi aureola de escandalizado excitado por el martirio que estaba sufriendo debía resplandecer a mi alrededor, parecer una luna en medio del cielo.

—No especialmente.

Respondí de prisa, mirando fijamente la enorme espalda frente a mí, como si el simple hecho de levantar los ojos en dirección de los suyos corriera el riesgo de delatar lo equívoco de mi emoción de la que, por lo demás, estoy seguro que ella se había percatado. La miré, sin embargo, como atraído por la insistencia de su atención puesta en mí cual red de mariposa en la hierba. Como ahora, con frecuencia me veía a merced de quien me veía, de quien me hacía salir de mi agujero, y con una nada me mostraba que sabía que yo estaba allí existiendo sin parecerlo entre los otros vivientes asiduos. Ella se veía vieja y joven, mesurada y al mismo tiempo llena de una disposición visible tanto para el espanto como para la alegría. En el fondo de sus ojos había ese resplandor que ya había vislumbrado, una primera vez, al espiarla mientras cortaba hierbas silvestres detrás del patio de la escuela, con ademanes y aire de "santa escogida para adornar con flores al asno destinado a llevar a Jesús a Jerusalén", como decía mamá. Entonces Angélica me había mirado como si hubiera sido capaz de ver el excelente destino que todavía podía ser el mío, por poco que la dejara mostrarme el camino recto.

—Es degradante, y al mismo tiempo...

No terminó, sin duda convencida de que yo también experimentaba lo que había de perturbador en los movimientos grotescos de esa elefanta con cabello, que se agitaba pesadamente en un más allá del mundo más despierto que el nuestro.

Cuando la monstruo se agachó para enseñar sus nalgas, para desplazarlas como una enorme brazada de pasta para crepas, Angélica empuñó su chal con ambas manos y dio media vuelta en dirección de la salida. Yo la imité, seguro de estar sintiendo ahora un asco tan torturante como el suyo. Frente a la iglesia, el sol brillaba, los árboles no habían cambiado, el río mostraba las mismas ovejas que danzaban en sus riberas, igual que todos los domingos, en que la misa era el único espectáculo ofrecido a los cristianos de la parroquia.

Angélica no volteó para verme tras sus pasos. Iba a la velocidad de Cenicienta que acaba de escuchar las campanadas de medianoche y se da prisa para encontrar su carruaje antes de que se convierta de nuevo en calabaza. Detrás de nosotros la feria seguía en el alboroto, los perros merodeaban en los alrededores de las tiendas, con la nariz levantada, sacudiendo la cola. Yo no comprendía en absoluto por qué corría detrás de Angélica, junto a su sombra. La vi bajar por el arenal, hundirse entre los sauces. La oí hablar entre las ramas, lanzar agudos gemidos como si la persiguieran las avispas. Me metí en el agua sin preocuparme por mis botas domingueras y en seguida la vi, parada sobre una roca grande, a treinta pies de la orilla, las faldas al viento, las manos sobre la cabeza. Otra vez parecía una estatua, una Magdalena de Verchères en oración, y las olas semejaban a los cien salvajes que querían acabar con su virtud. Pataleé en el agua hasta llegar a la roca, trepé temerariamente para sentarme, casi sobre sus pies. Ella se acuclilló, para nada sorprendida al descubrirme, como perrito, bajo los vuelos de su falda. Con un largo y ágil movimiento de hierba que se pliega, se sentó a su vez y alzó la cabeza hacia el cielo, que estaba azul y liso como techo de granja recién pintado. Con una voz de ángel que nunca había escuchado en otra parte sino en mis sueños, pronunció:

—Es dulce, es malvado. Resulta fácil de comprender y sin embargo no puedo adivinarlo. Pero el corazón que quiere entregarme no está hecho para mí…

Siguieron un gran suspiro como eco de la ola y luego un cabeceo, más triste que el adiós que se da a la orilla de la sepultura al tío que nunca se volverá a ver de carne y hueso. Inocente, curioso, como siempre, pregunté:

—¿Quién?

Angélica bajó hacia mí unos ojos tan apesadumbrados que me hicieron voltear la cabeza hacia lo lejos, como si me hubiera trepado a la roca sólo para contar las olas. Ya no dijo nada más, ni tampoco se movió. Durante un minuto interminable, miré fijamente el agua, tratando de comprender la razón de mis infinitas curiosidades, de esos llamados a los que respondía, sin nunca estar seguro de que los había

escuchado. Ese extraordinario deseo de no preocuparme
por mis asuntos me llevaba aquí y allá, me mezclaba a los
ires y venires de los demás, por quienes estaba seguro de
tener algo qué hacer, sin jamás saber bien a bien qué.

—¿Serás por lo menos diferente de ellos, tú que ya
empiezas...?

¿Diferente de quién y que empieza qué? Sus palabras
permanecían en el aire. Angélica suponía, sospechaba, afir-
maba titubeando. Mamá decía de ella que el gato le había
comido la mitad de la lengua, y yo empezaba a entender
por qué era la mitad comida la que ponía de nervios a todo
el mundo: era allí donde se escondía la verdad que había
nacido para decirnos, pero que guardaba celosamente para
ella, asumiendo grandes aires de Josefina Sabelotodo que
ponía a sus interlocutores de cabeza y finalmente los hacía
rabiar. Pero yo tenía todo el tiempo, estaba armado de una paciencia de santo, había nacido para conocer todo y saber
todo, como debe ser. Yo aguardaba, con los pies en el agua,
los dedos acariciando lo liso y lo rugoso de la roca en la que
estábamos sentados, la mirada en dirección de la lejanía,
como si del horizonte debieran surgir, y no de la boca de
Angélica, las palabras capaces de garantizar la continuación
del mundo, detenido por completo. Y entonces, porque yo
seguía allí, probablemente, porque no la había plantado allí,
como otro lo habría hecho, al cabo de diez comienzos de
revelaciones que acababan antes de lo principal, Angélica se
puso a desembuchar, y a desembuchar copiosamente. Me
soltó todas las palabras que a todas luces nunca había podido escupir ni tragarse. Yo escuchaba, patidifuso por el milagro que hacía existir dentro de una sola cabeza, no menos
frágil que la de cualquier otro, tantas frases completas,
como ensambladas desde siempre, y que brotaron de ella
igual que el discurso desordenado de quien recibió una

pedrada en la nuca y se le suelta la lengua sin saber bien a
bien que es él quien está hablando:

La mujer gorda, sabes, con su grasa y su imbecilidad, no
es la que me trastorna. ¿Has visto la mirada de los hombres? ¿Su asco, pero también su deseo, mezclados como la
harina con la sal en la masa para pastel? A mí eso me...
me... Según tú, ¿cómo se siente una mujer, frente a ellos,
con la falda hasta el suelo, su virtud agarrada a dos manos,
igual que la Caperucita Roja espiada por el lobo? ¡Ser des-
tripada, no tener que dejarles más que un esqueleto blando
y sin alma, muchas gracias, muchísimas gracias! ¡Será para
la próxima vez, y que nunca llegará, puedes creerme! Pero
por favor, ¿qué es lo que los mueve a esos toros mal ama-
rrados a la estaca? ¿La manzana del paraíso terrenal? ¡Hace
ya mucho tiempo que se la comieron! ¡Y todos sabemos
que ya nadie es un ángel, a pesar de los Mandamientos, de
los Sacramentos, Navidad, Cuaresma, Pascuas y Resurrec-
ción! ¡No es una razón para echársele encima como bestias
hambrientas, asustadas! Tú, Charles Boisclair, ¡con tus
grandes ojos de becerro y luego tus patas de oso enorme!
Cortejas a las muchachas con una voz de estornino ¡pero
pierdes la compostura en cuanto la pobre presta la oreja a
tus lamentos de gato salvaje atrapado por el cuello! ¡Y luego tú, Maurice Guindon, con tu cabellera de san Juan Bautista y tus brazos de san Miguel arcángel venciendo al dra-
gón, eres peor que el otro! ¡Siempre con la pierna por
delante, bien doblada para que me siente encima! "¡Quita la
mano de allí!", le grito. Pero el gran inocente se echa a reír
como caballo loco. Si me escapo, lo oigo pisar la hierba del
campo detrás de mí, hasta llegar a casa. Sofocado, se detiene
al pie de la cuesta, la sonrisa en el morro, para saludarme
ostentosamente, doblado en dos igual que el sacerdote
durante la elevación. ¿Se supone que esos aspavientos insig-

nificantes deben darme ganas de suplicar a mi padre que me compre el hermoso vestido blanco que espera en la vitrina de la Sra. Dugas? ¡Malditos leñadores! ¡Una chica no es un árbol que hay que derrumbar, ni una botella que hay que vaciar hasta el fondo...!

Yo veía todo eso, el toro atado en la pradera, con la cara de Charles Boisclair, los brazos de Maurice Guindon, el vestido blanco sentado en la ventana, la mujer-tronco que el leñador derribaba con el hacha, Angélica-botella en el puño de Charles Boisclair dispuesto a bebérsela como si fuera un frasquito de alcohol. Y también la rabia triste de Angélica, que había hablado mirando al cielo, con los ojos de la primera cristiana atacada por los leones, ésa que podíamos ver en el cuadro de atrás de la iglesia y que me daba pavor. De pronto, volví a pensar en mi león en su jaula, él también rabioso y triste, víctima de la crueldad de hombres más salvajes que él, y también en la gorda espectacular, que nunca tendría derecho al destino caritativo y común de la campesina arregladita, oculta detrás de su cortina de cocina mirando, bien protegida, los escándalos y las miserias de los demás. Y escuché, como un eco del lamento de Angélica, un zumbido dentro de la cabeza, que trata de convencerme de que nunca nadie es feliz, nunca contento, de que el diablo nunca deja de estar detrás de nosotros y de que hasta la cigarra que canta en medio del calor más intenso no celebra la alegría del sol sino su espanto por el abejorro, anidado en la hoja de junto. El universo en el que se nos había colocado, al azar, hombres, mujeres, niños y animales, era un juego de serpientes y escaleras donde había más de las primeras que de las segundas. Era la mala suerte, más que la dicha, la que unía a las fichas en el tablero. Había que compadecernos más que culparnos y sin embargo no había que llorar por nuestro destino pues "eso alienta el mal de ojo" cuyo poder es capaz de hundirnos "hasta el copete en la mierda" y abandonarnos como plato para las moscas.

No obstante, el tiempo era hermoso, el cielo estaba tan azul, las nubes tan ligeras, las aves tan alegres en el aire libre. Por encima de nosotros la vida transcurría sonriente con una indiferencia generosa y tranquila. ¿Por qué no habíamos nacido pájaros, hojas de abedul o bellotas de roble, sin esperanza y sin memoria, mecidos alegremente por la brisa demente, por el aire fuerte y sin límites? Para enseñarle todo eso a Angélica, alcé el brazo, señalé la cima de los árboles, la nubecilla atrapada por las ramas, que tenía la forma de una col despeinada. Quería que volara un poco, que por un segundo se lanzara al espacio sin amor y sin miseria. Pero Angélica lloraba y suspiraba. Sin levantar la cabeza para ver el cielo que le mostraba, saltó al agua y pataleó pesadamente hasta el arenal, haciendo huir a las gaviotas y a los chorlitos asustándolos con grandes ademanes enojados, como para hacerles comprender que, aun sin saberlo, eran tan responsables como Maurice, Charles, la gorda barbada, el toro, el hacha y la botella, de las horribles desgracias del mundo. Corrí detrás de ella, demasiado despacio para mi gusto, pensando en cien cosas amables que hubiera querido gritarle. Al llegar al arenal me planté igual que un saúco y clamé a voz en cuello:

—¡Pero si usted es linda, y grande, e instruida! ¡Sabe llevar su falda como una María Magdalena, sus ojos son azules como el cielo después de seis días sin lluvia! ¡Es amable, graciosa y los pájaros, si no los asustara, se posarían en sus hombros para consolarla! ¡Ni mi padre ni mi madre ni mis hermanas ni mi hermano ni yo deseamos plantarle el hacha entre las piernas, beberla hasta que usted no sea más que una botella completamente vacía, sólo buena para que los cazadores le tiren encima! ¡Usted se queja de que las palabras le brotan fácilmente! ¡Podría escribir cartas, libros, un Nuevo Testamento! ¡Usted podría iluminarnos como un sol! ¡Qué sé yo, podría, podría...!

Sin aliento, carente de palabras raras, me detuve, convencido de que Angélica no había escuchado mi galimatías más que el león en su jaula o que las manzanas en el árbol cuando me trepaba a contarle al mundo entero lo que mamá llamaba mis "estupideces de vehemente". Sin embargo, Angélica se había detenido, y yo veía que le temblaban los hombros como si tuviera hormigas entre los omóplatos. Volteó lentamente, posó sobre mí dos ojos llenos de agua, con el azul tierno de la flor de lino. No era a mí a quien veía, sino a un guiñapo, a un gato perdido, o la encarnación de uno u otro de sus sueños y que le causaba lástima. De repente se adelantó hacia mí, estiró el brazo, me acarició la cabeza con una mano de ángel guardián que quiere recordarnos que sigue allí y que ningún agujero, ninguna barranca se tragará nuestro pobre cuerpo que anda por cualquier lado, sin pensar en los peligros. Por encima de mí, la oí murmurar, como una oración que uno dice para sí mismo:

—¡Qué amable eres... qué amable, Vallier!

Luego me dejó y echó a correr dando grandes zancadas, sobre el arenal. Cuando pasó la punta la perdí de vista y se internó entre los sauces.

Con frecuencia volví a ver a Angélica. En la misa donde, de tiempo en tiempo, se le desatornillaba la cabeza para observarme con su aire de maestra de escuela totalmente decidida a no perder de vista los avances de un destino más incierto que el buen tiempo entre dos rayos. En la explanada de la oficina de correos, de donde salía con los brazos cargados de misteriosos paquetes, de los que nunca nadie supo nada, y donde se detenía sólo el tiempo que duraba una mirada tierna que de inmediato se endurecía. Volvía a marcharse, moviendo la cabeza, como si el prodigio que había vislumbrado no fuera más que un espejismo demasiado hermoso para ser cierto.

Y luego, un bello domingo de junio, las campanas se echaron a volar invitando a los feligreses a la iglesia. Angélica se casaba en primeras y últimas nupcias con un llamado Flavien Dagenais, un empleado, un peón largo como un olmo y rizado como un borrego, especie de aparecido llegado poco antes al pueblo y que desconcertaba a todo el mundo —menos a mí, por supuesto— con su cabellera de san Juan Bautista y sus hombros de arcángel san Miguel. No hubo muchas risas, ni cuentos picantes, casi no se cantó en ese banquete de bodas más silencioso que un entierro. Los novios permanecían tranquilos, solemnes e incómodos, en el extremo de una enorme mesa en la que cada quien parecía no haber sido invitado sino para servir de testigo de esos desposorios más milagrosos que las bodas de Canán o que la multiplicación de los panes. En un viejo camión destartalado pero lavado, lustrado, brillante como una moneda nueva, se les vio desaparecer en dirección a un pueblo lejano, tiesos y ridículos sobre el asiento igual que prisioneros que llevan a la horca en el lindero de un bosque. No hubo ni botes de lata, ni listones, ni ruido de bocinas de despedida antes de un viaje de bodas que dejaba a todo el mundo pensativo y sin ánimos, no hubo siquiera una nube de polvo en la que hubiéramos preferido verlos desaparecer, como la carroza del cuento que arrastra a la Corriveau y a su amante maldito.

Poco tiempo después, llegó hasta nosotros el rumor de una desgracia conyugal que todos habían profetizado pero cuya violencia rebasaba la peor de las predicciones. Al parecer, Flavien golpeaba fuertemente a Angélica con el rastrillo y con la culata de la carabina. La loca atravesaba el pueblo, por la noche, lanzando lamentos de espanto en los que se repetían, como horribles estribillos, las palabras de antaño: ¡toro, hacha, botella, vestido de novia!

Un día —estaba esperando el tren que debía llevarme del colegio a casa para las vacaciones de pascuas—, vi subir frente a mí a una robusta mujer encorvada que al pasar me regaló una mirada de pronto misericordiosa que no tardé mucho en reconocer. Me senté en la banca contigua a la de Angélica y de inmediato traté de que me resucitara en su lejano recuerdo. La mujer me miró como si yo estuviera interesado en la bolsa que estrechaba contra su pecho y cuyo contenido fuera una astillita de la cruz de Jesús. Asustado, exclamé:

— ¡Soy yo, Vallier!

Alzó los hombros, súbitamente paseó una mano nerviosa frente a ella, como espantando a una avispa que la persiguiera desde hacía mucho tiempo. Me senté asombrado, y la observé detalladamente con el rabo del ojo. Era Angélica, y no era Angélica. Era Angélica, presente y sin embargo desaparecida. No quedaba de ella más que la postura de una maestra de escuela cansada de los niños y un par de ojos del azul de la flor de lino marchita. Bajó del tren en el siguiente pueblo, en donde casi estaba seguro que no tenía nada qué hacer, cargando un último y misterioso paquete, que tal vez contenía el vestido blanco que su padre había acabado por comprarle para su agonía. A pesar de mí, pensé en la mujer gorda de la feria, en mi viejo león dentro de su jaula, en las palabras de Angélica, tan inmerecidas antaño como hoy:

— ¡Qué amable eres, Vallier!

Si hubiera sido así de amable, la habría seguido, la habría amado, me habría casado con ella, no habría dejado que el toro, el hacha, la botella hubieran vencido a esta mujer, alta, extravagante y frágil, desparecida, irremplazable. Allí me quedé, en mi asiento, soñando con chocolates, con cacerías furtivas, sin servir para nada ni a nadie, pensando en vivir sólo mi propia vida, cuyo placer y dolor eran sólo para mí.

—¡Qué amable eres, Vallier!

Sí, tal vez. Pero también tal vez no. Sin duda eso era lo que el león trataba de decirme, dentro de su jaula, mientras yo me esforzaba en probarle que él seguía siendo el hermoso rey de la selva, siempre salvaje aunque ya desaparecido, irremplazable.

—¡Qué amable eres, Vallier!

Cuando de verdad se es amable, uno abre las jaulas, rechaza las hachas, rompe las botellas, amarra el toro a la estaca. Si no, ¿para qué sirve ser tan amable?

Tomado de *Le vaste monde*
Le Seuil, 1999

MICHEL DUFOUR

A lo largo de los años y de sus libros (Circuit fermé, 1989; N'a-rrêtez pas la musique!, 1995; Les chemins contrariés, 1999, Premio Adrienne-Choquette de cuento; todos publicados por L'instant même) Michel Dufour ha desarrollado una inclinación por el universo de los jóvenes. A la brevedad de sus textos, añade otra, la de la frase misma, lo que contribuye al despliegue de una intriga entrecortada. Los personajes de este autor, nacido en Quebec en 1958, abordan con dolor uno u otro de los momentos decisivos de la existencia: paso de la infancia a la adolescencia, entrada en el mundo adulto, vacío subsecuente a un drama familiar al que asisten impotentes. Las alusiones a la música (Schubert, Schumann, Mahler, Brel…) tejen un contrapunto por encima de esos dramas de los que con frecuencia no se sale indemne.

CINCO EN UN ESCONDITE

Buscamos a la diosa
En el corazón del incendio
Buscamos la caricia
Sin la tragedia

PIERRE FLYNN,
La vida es un sueño

NO ES UNA VIDA PARA NADA TRANQUILA. Somos cinco amontonados en un escondite sin calefacción, una vieja cochera abandonada donde apenas cabría una carcachita descompuesta. Por la noche nos pegamos unos a otros para evitar que el frío venga a robarnos lo que nos queda de futuro. "Maldita miseria, pensar que estoy aquí tiritando mientras mis padres se están tostando el pellejo en Florida." "Tus padres, lo que se merecen es un cáncer en la piel." "En cambio yo arriesgo el pellejo cada día por una botella o por droga." Así habla Antoine Laverdure. La primera vez que entró en el escondite, nos dijo: "Qué onda, banda, yo soy Laverdure, ¿y ustedes?" Respondimos: "Laverdure, vaya nombre para el tiempo que está haciendo". "Díganme Dio en honor a Diógenes el ilustre." Soltamos la risa. ¿Quién es ese ilustre? El frío se burla de nosotros. Seguimos congelados. Pasamos las noches en blanco, un blanco como el de la muerte. Nos rolamos la botella y, congelados cual focas, acabamos por dormirnos en la madrugada. Es todo lo que podemos sacar de la noche.

Durante el día vamos a pasar algunas horas al remolque,

que sirve de comedor ambulante. Hablamos con los demás. Comemos una buena sopa. A Dio le parece delirante una vida así. Dice que nunca había vivido una aventura más emocionante ni escogido mejor. Porque en su caso él escogió la calle, nosotros no. "Luego, tú te quejabas de que tus padres te habían dejado allí…" "Bah, ésa es otra historia. Me dijeron que fuera a la escuela y que no estaban bromeando. Eso me cagó. Me fui." "Nosotros nos desconectamos…" "¡Chitón! ¡Alguien está oyéndonos!" Un rayo de sol barre los muros. Una voz de muchacha: "¿Éste es el escondite de Laverdure?" Eso nos chocó un poco: después de todo, no fue Dio quien lo encontró, este escondite. "Me llamo Felicia, tengo quince años, huí de casa de mi madre porque su galán me acosaba." "Llégale, hada de mi corazón, bienvenida, ¿no, chavos?" Dio es poeta. "Apaga tu linterna, Felicia, tanta luz es riesgoso." "No lo van a lamentar: traje una estufilla de gas."

No tardó mucho: Felicia y Dio se conocieron más ampliamente bajo las cobijas. El único consuelo que nos quedó a nosotros fue meter la mano en nuestros calzones sucios, lo demás llegó solito. Felicia y Dio se encontraron en el comedor ambulante. Dio dijo que luego luego, la primera vez que la vio, supo que era una chica para él. Nosotros no nos dimos cuenta de nada. Ahora que ella está aquí y que Dio parece feliz, cerramos el pico. Formamos una pequeña familia. Eso es lo que nos sostiene. Prohibido repelar. Si Felicia y Dio se aman, todos lo asumimos. Sin contar con que nos congelamos menos desde que ella está aquí. ¡Qué maravilloso invento la estufilla de propano! "Cuando se nos acabe el gas, iré a robar más." ¡Condenada Felicia! ¿A quién no le gustaría encontrarse con ella debajo de las cobijas? "¿Por qué estás aquí?" "Se los dije la otra noche: el

galán de mi madre: ¡un pinche puerco! Se jode a mi hermana de trece años. Yo no le di chance de hacer lo mismo conmigo." Entendemos. Dio, por su parte, se revuelve. "Tuve
que vivir en la calle para enterarme de esto." "No es entre algodones donde habrías venido a encontrarme, ¿eh, Felicia?
Si no hubiera dejado la cómoda vida de mis padres, nunca
nos habríamos amado." Felicia está de acuerdo. "Ni tampoco a ustedes ¿no creen, chavos?" Nos lanzó eso como un
reto, como un palmo de narices. Gruñimos un poco. Luego
cerramos el pico, ya dijimos. Somos más bien *low profile*.
Broncas no, gracias.

Nos viajamos de lo lindo. Felicia tenía ácido. Todos nos
congelamos. Dio se encabronó: "¡Quítense de mi sol, no
me dejan ver el planeta!" Un verdadero delirio, de los buenos. Todos nos echamos a reír, a pendejear con él. Hacia
medianoche, paf, Felicia se desplomó encima de la estufilla.
Rápido regresamos a la realidad. Tiene una enorme mancha
roja en la cara. "Felicia, estás marcada por el fuego de este
invierno infernal." Dio siempre tiene la palabra exacta.

La primavera se declaró un poco tarde para nuestro gusto,
pero sabemos apreciarla. Siempre vamos al remolque para
comer. El resto del tiempo, nos paseamos en los parques,
vagamos en el centro de la ciudad, mendigamos un poco
teniendo cuidado con la policía: nosotros juntos, Felicia y
Dio por su lado. Cuando uno de nosotros da con alguna
botella o con mota, juramos compartirla, la guardamos para
el escondite. Pero Felicia y Dio no trabajan mucho que
digamos: se la pasan cogiendo casi todo el día. "Así los
molestaremos menos por la noche", dicen. A veces, cuando
la atmósfera está demasiado pinche, Dio hace bromas:
"Chavos, somos cinco en el mismo barco y así vamos a

quedarnos. Me da la impresión de que estamos pegados unos a otros y que nunca podremos salir de esto. Tal vez aquí no sea yo el que más aporta, pero si piensan que Felicia y yo cogemos todo el día, ¡miren nada más!" ¿Una grabadora? "Nos la robamos hace un rato en una tienda del centro. Fue idea de Felicia." ¿Y luego la música? Dio extendió sobre el colchón tres casetes de nuestros grupos preferidos: Orgiac, White Devils y Bad Snakes. ¿Y las pilas? "Seguro, también pensamos en eso. Nomás oigan."

No sabíamos que Felicia tenía tanto talento para la danza. El tiempo se va tan rápido que entre sus dedos las horas parecían segundos aplastados. No nos cansábamos. Dio fue el primero en disfrutarlo. Dijo que se excitaba como loco cuando ella se contoneaba. También nosotros.

La otra noche mientras que los Bad Snakes escupían su veneno de decibeles (la expresión es de Dio), Felicia nos hizo un *strip*. Para animarla, nos pusimos a aplaudir, a chiflar. Nos impresionaba tanto que hubiéramos querido trepar por las paredes. El fuego falló. Cuando se iba a quitar su pantaletita, Felicia se quebró como un cerillo viejo. "Un río de sollozos corre por tus mejillas. ¿Qué tienes?", le preguntó Dio. Mientras volvía a vestirse, respondió que la vida le dolía, "demasiados recuerdos suben a la superficie, tengo miedo". De repente todos teníamos ganas de mezclar nuestras lágrimas a su tristeza. Nos aguantamos. "La angustia es un cuchillo sangriento en el fondo de la garganta." Las palabras de Dio nos mataron. Nos dejamos caer sobre nuestros colchones podridos. Felicia salió a tomar aire. "¡No soy una puta!", nos gritó. Regresó dos días después, con los ojos hinchados, la cara verde. No, Felicia no era una puta. No tuvimos la honestidad de decírselo.

Felicia ya no quiere salir de la guarida. Su madre dio sus señas. La policía la busca. Oímos eso en el radio. Felicia sigue llorando. "Si me pescan, me van a encerrar en la correccional." "Ahora la llaman centro de ayuda, pero es lo mismo." "Quizá tu madre volverá a recibirte." "¿Y luego echarme entre las patas del fulano? ¡Háganme reír!" "Si vienen, los matamos", jura Dio. Por más que formemos una pequeña familia, a veces Dio nos hace enojar, se comporta como un perfecto canalla. Se cogió a Felicia frente a nosotros mientras ella sollozaba. Nosotros estamos asqueados de meternos la mano en los calzones. "¿Les doy envidia, verdad, chavos?" Le respondimos que no habíamos tenido la suerte de haber sido educados entre algodones con papás acomodados. "Nos conformamos con mucho menos." "Ustedes son unos verdaderos filósofos", dijo sarcásticamente. Hicieron el amor tres veces seguidas. Nos salimos. No podíamos más. Nos fuimos a limosnear al centro de la ciudad. Juntamos algunos varos, lo suficiente para pagarnos unas asquerosas papas a la francesa con mayonesa. Seguimos con hambre de vivir.

Dio pretende que las historias sencillas siempre acaban por complicarse a pesar de uno. La vida es demasiado estúpida, incluso cuando a uno lo educaron lejos de los peligros del mundo y que a los quince años uno eligió vivir entre cinco en un escondite. Conforme pasa el tiempo, él filosofa más. Entre Felicia y él, el amor loco continúa. Dura. Eso nos da gusto. Pero Felicia trabaja para un jamaiquino. Ya casi no viene al escondite. Dio se aburre, pelea, da vueltas en redondo. Le decimos: "Por más que formemos una pequeña familia y seamos libres, la calle es capaz de romper los lazos más fuertes entre un chavo y una chava". Dio no responde. Rumia sus pensamientos que huelen mal, amenaza

con regresar a casa de sus padres, de hartarse de comodida-
des, de retacarse con ellas las orejas, la nariz, la boca, el culo
y luego de reventar. Pero ya empezó a morirse ante nuestros ojos. Está desbaratándose como una vieja marioneta
sin hilos. Dos veces se ha metido la mano en el calzón, pero
nunca será como con Felicia, dice. "Tienes razón, Dio,
nunca será como. De todos modos te queremos." Se pone a
berrear. "Ustedes son de veras cuates." "En los momentos
difíciles, la solidaridad es lo nuestro." Alguien del remolque vio a Felicia bailar en el bar *La Nef*. También parece que no cobra mucho por el acostón. "Si encuentro al
jamaiquino…" "No haces nada, Dio, esos tipos son más
fuertes que nosotros." "¡Pero como sea no podemos dejarla
que se venda por un poco de mezcalina!" Eso, lo supimos
tiempo después: Felicia estaba enganchada de verdad. Con
eso Dio se tronó. "Es mi culpa."

Dio está decidido. "¿Vienen conmigo, chavos?" Ya sabíamos a dónde quería llevarnos. Sin duda era lo mejor que
podíamos hacer para volver a ver a Felicia, comprender,
sacarla de la bronca tanto como se pudiera. Un viernes de
feria. *La Nef* está a reventar. Allí están toda clase de cana-
llas, de zánganos mucho peores que nosotros, montón de
pirados, unos duros. Felicia, tú seguiste siendo digna. Eso
fue lo que nos dejó pasmados. Bailabas tan bien, todavía
mejor que en el escondite, nos conformábamos con mirar-
te, con devorarte, estábamos completamente paralizados
ante tu manera de moverte, Felicia tan pura, a pesar de la
música que nos perforaba los tímpanos, un ángel, un hada
que danza en el fango como sobre un hilo de seda, dijo Dio.
La tensión sube, el jamaiquino aparece junto al escenario,
Dio se lanza, empuja a algunos gañanes que responden,
unos guaruras tratan de impedir la gresca, cadenas y bóxers

brillan como relámpagos blancos alrededor de las mesas, perforan por encima de las cabezas, se clavan en nuestros ojos, revientan nuestras esperanzas, los gritos de Felicia corren por las paredes, el fuego consume las bocinas, la envuelve, va a la caza del jamaiquino, White Devils fuck Bad Snakes, Felicia se asfixia entre las flamas, Dio está a punto de llegar hasta ella, estás quemándote, amor mío, estás quemándote...

Regresamos al escondite mientras los bomberos trataban de apagar el incendio. No queríamos que la policía nos encontrara en el lugar. A veces más vale largarse y que lo olviden a uno. Treinta y seis muertos, unos veinte heridos. Dio no volvió. Por el momento ignoramos su suerte. Quedan muchos cadáveres por identificar. Felicia murió quemada desnuda, viva y desnuda, una antorcha humana consumida por la gracia y el horror, que gritaba: "¡Dio! ¡Dio! ¡Dios! ¡No me dejes!" Lo peor, esta catástrofe no cambiará nada: seguiremos estando en la calle aunque se trate de un reino maldito, mañana trataremos de encontrar tal vez un nuevo refugio. Porque el escondite quedará para siempre habitado por presencias invisibles y porque el verano está enlutado. Mientras esperamos, demasiado cobardes para salir, nos acordamos de los fantasmas. Dio a veces nos jorobaba, pero al menos nunca nos aburríamos con él. En cuanto a Felicia...

Alguien está llorando afuera. ¿Eres tú, Dio? Alguien está llorando afuera, frente al escondite alguien está buscando a una mujer y llora, y llora y se sigue quemando. No es el único.

Tomado de *N'arrêtez pas la musique!*
L'instant même, 1995

JEAN PIERRE GIRARD

Galardonado con el premio Adrienne-Choquette de cuento desde su primer libro (Silences, L'instant même, 1990), Jean Pierre Girard impuso de inmediato una voz nueva, una visión renovada del espacio americano, surcado de carreteras, habitable y deseable por aquellos que están dispuestos a moverse. En un género literario fácilmente propenso al mutismo (¿acaso el cuento no apunta a decir lo más con el menor número de palabras posible?), Girard se distingue en primer término por el uso de una voz narrativa locuaz (ya sea que provenga del narrador o de una instancia exterior). Hay cosas que hacer, ciertamente, pero sobre todo que decir.

Jean Pierre Girard creció en la granja, probó el deporte —relata esta experiencia en el inenarrable "Portrait sportif d'un auteur qui l'était peu, en somme"— (Léchées, timbrées, L'instant même, 1993), y emprendió el camino de la ciudad para continuar sus estudios. Allí encontró un espacio literario, sin perder la justeza de tono con la que habla del mundo rural.

El texto incluido aquí forma parte de su segunda antología, Espaces à occuper, publicado originalmente en 1992 y reeditado en formato de bolsillo en 1999. Además de los títulos ya citados hay que añadir Haïr? (L'instant même, 1997). Jean Pierre Girad vive en Joliette.

LA AMANTE DE MI PADRE

A veces se tiene el reflejo de frotar enérgicamente con la aspiradora una sección más sucia, como se haría con un trapo para borrar una mancha rebelde, sólo que en ese caso se reduce la eficacia de la aspiradora en vez de aumentarla.

Con utilizarla como de costumbre, si usted pasa más despacio y menos frecuentemente por cada sección, la limpieza durará el mismo tiempo, pero logrará quitar más mugre ¡a costa de un menor esfuerzo! Inténtelo una sola vez y es muy probable que pronto constate la diferencia.

Revista *Protégez-nous*
Test sobre las aspiradoras verticales
Septiembre de 1990

Después de todo no te importa, sabías que la vida es asquerosa, que el amor dura para siempre y que es allí donde a veces se encuentra la angustia.

RENAUD SÉCHAN
Me jette pas

I

ME ROZA EL CODO. Me lleva a esa pieza enmohecida y exigua que siempre hace las veces, según su propia expresión, tengo que precisarlo, de "¡cocina veraniega completamente excepcional!" Tiene razón.

95

Asegura que mi proyecto de festejar mi vigésimo quinto aniversario en Europa sigue en pie, y a todo esto ¿por qué, hijo? Pero sé que le importa un bledo el por qué. Aprueba unilateralmente ese viaje: si se me ocurrió la idea y si puedo, de una manera mínimamente honesta, conseguir los medios para hacerlo, qué importa, qué importa, hay que irse y ahora.

—Tú sabes, los viajes forman, hijo... Hacen madurar y forman al hombre.

—Lo sé... papá. Ya no me digas hijo, ¿O. K.? Figúrate que necesito... encontrarme, digamos, y que me ayudarías poniendo de tu parte.

Acerca dos mecedoras y se sienta frente a los vidrios rotos de la ventana que da sobre la cerca inclinada, la maraña de heno, la letrina conservada para el sello rústico y el lago. Su voz y su mano tiemblan, eso me intriga.

El viento sopla y los muros gimen. Los abedules se pliegan en dirección de la caleta. La lluvia golpetea la lámina del chalet y no tarda en resonar en la tina oxidada colocada debajo del mayor chorro que cae de la techumbre. El colador que hay por techo escurre sobre nosotros, y papá obviamente le ve el lado instructivo a nuestra ducha. Saca su libreta con cuidado, moja la punta de su *Bic* y anota algo.

Tengo los pies en el agua. Por supuesto me puse uno de los pares de altas botas de hule reservados para las visitas. Esto desentona con los vestidos de noche de las mujeres que esperaban "otra cosa, como casa de campo del arquitecto Rousseau...", es cierto, "eso rompe un look", dice papá, pero más vale las botas.

Afuera, una borrasca más violenta voltea el subibaja de madera. Uno de los extremos se estrella.

—Ah... Se acabó, el subibaja, constata el mismo Rousseau, papá, mi padre, él.

Anota algo más. La seriedad un tanto artificial con la que

se inclina sobre esa libreta atiza en mí una envidia que me crispa bastante.

—Habría que acabar por tapar algunas goteras, pa', ¿no crees?

—¿Hum?

—Los agujeros… en el techo… Tapar. Obturar, taponar, obstruir, ocultar. Embadurnar con algo encima, quizá, no sé. Y cambiar la tina, también, ¿por qué no? Sería una buena idea. Yo me encargo si quieres…

Ninguna respuesta.

—Y prenderle fuego a la choza antes de que se nos caiga sobre la cabeza.

—¿Hum? No… está bien. Así está bien, hijo… Te lo agradezco.

Cierra su cochina libreta. Echa una ojeada, no me equivoco, satisfecho, a su alrededor, a su chalet. ¡Por Dios!

Estoy aquí en una propiedad de unos cuarenta mil metros cuadrados a la que, pese a sus reticencias, papá consiguió traer a mamá un fin de semana cada quince días desde que me fui de la casa. "¡Un enclave de libertad en el mundo prisionero!" pregona a todo citadino que quiera oírlo. Una especie de campamento apartado donde por fin puede dar libre curso a ese aparente ocio que en adelante caracteriza su jubilación a medias. "¡Mi refugio propio!"

En realidad, ese chalet tambaleante es un pretexto para mi padre: ya no nos engaña, a nosotros, los de su sangre. Su casa de campo es para él el último lugar —lugar bendito— de una rectilínea inactividad física; un islote de vagancia en la acepción más restringida del término. Allí papá se deja dominar por una haraganería absolutamente admirable de la que se ufana sin remilgos; una pereza que sin duda le viene de sus antepasados del sur de Francia, los que Pagnol inmortalizó en situación de siesta, ocasionalmente perturbada por alguna comida bien regada con vino, o por la ordeña de la vaca, o *por-un-rumorrr-que-válganos-corriera*, o por alguna comida bien regada con vino, o por la ordeña de la vaca, o *un-rumorrr...*

El proyecto de mi padre confunde por su simplicidad: en el chalet, se conecta con el ritmo de las cosas. Y conectado así, con toda naturalidad deja la propiedad al abandono, como a merced de la duración, me atrevería a decir, para evaluar entre un sábado y otro el paso del tiempo y sus efectos, por ínfimos que sean, por ridículos, y sobre todo tan vanos que resultaría inútil hacer su inventario, igual que pasar su vida enchufado a un espejo espiando la aparición de las arrugas. Me imagino el universo de la serie *Arpents verts...* El Señor Douglas recogiendo de su pedregal la vajilla que allí lanza cotidiana y majestuosamente Zsa Zsa Gabor; pobre señor Douglas, escrutando el horizonte en espera de que, entre la grama, pronto crezca un chícharo perfumado, una espiga, un tractor capaz de funcionar o, más modestamente, cualquier cosa.

Además de anotar la evolución del deterioro —lo que tampoco es fácil— mi padre no realiza, en este lugar, ningún gesto destinado a modificar lo que él llama con una naturalidad dudosa: "la deriva de lo perceptible".

¡Santo Dios!

Se niega a intervenir, ésa es la triste y estúpida realidad.

Ocupa su cálido lugar sobre la roca más lisa de las inmediaciones del torrente, aguarda las ruinas, ve pasar los despojos, y se contenta con anotar. Así es.

Pero lo que es que anotar, eso sí, lo menciono subrayando cada sílaba, vaya si anota.

En realidad, no conozco en absoluto pereza más afanosa que la de papá. Consigna todo. Escribe: "Habría que haber reparado esa pared el mes pasado". Escribe: "Hubiera sido necesario colocar durante el otoño unos drenes para evitar otra inundación en la cava". Escribe. "Ella tenía razón: debí haber comprado veneno para ratas". Está chiflado.

—Esa *choza*, como dices, hijo, se derrumbará antes o después que yo, no lo sé, de verdad no quiero saberlo, pero nadie va a alterar nuestras techumbres, puedes contar conmigo.

Espiro profunda y, eso espero, ostensiblemente.

—Vaya pues, mi querido Douglas, la cosa no mejora para ti, ¿eh?

Mira hacia el techo y sonríe. Mi arquitecto y padre, cabeza de yeso repleta de planes audaces, mi padre que sin vergüenza pone en peligro la vida de sus invitados al convidarlos a compartir pan y lúpulo en esas ruinas, ese padre cuyos nada regalados servicios de consultoría todavía se pelean en media docena de países dizque desarrollados, sonríe ante la previsible y verificable decrepitud de su chalet de morillones. Es conmovedor. Lo digo sinceramente.

Un simpático joven de *Decormag* un día telefoneó con la esperanza de hacer un reportaje fotográfico sobre el chalet. "¡La casa de campo del arquitecto Rousseau!, soltó en el teléfono, me dijeron que era suntuosa, en todo caso excepcional…"

Dios santo de mi vida, papá dijo Sí, es completamente cierto, rigurosamente exacto, este chalet es excepcional. Preguntó quién le había pasado la información y aceptó la entrevista.

Se dieron cita una inocente noche de julio, pero el reportaje nunca apareció. Papá considera que en virtud de la esencia de su proyecto, debido a esa flama que con toda evidencia lo anima, a él, pero "cuyo calor no puede ser apreciado por el común de los mortales, acaso sea normal… seguramente así es mejor…", probablemente no se trataba de la revista idónea.

Tras un silencio, con los ojos clavados en el lago, un hilillo de voz, muy pálida, cosa que me da miedo, papá me pide que lleve a Francia, de su parte, un mensaje para una mujer de la que nunca he oído hablar, que no conozco, que nadie conoce.

—No puedo dormir muy seguido con ella, ¿entiendes? Eso me pone triste. Sólo unas cuantas veces al año. Dos o tres viajes. ¿Entiendes?

Escoge las palabras, no quiere asustarme.

—No estoy asustado, papá, estoy atornillado a la pared.

Me precisa que nunca haría el menor daño a mi madre. Jamás.

En la maravillosa cocina veraniega, rodeada de lagartijas que espían mi reacción, con los pies metidos en unas botas flojas y negras, sacudido por escalofríos que me erizan los pelos, la fuerza del primer aguacero de mayo se abate sobre mi alma extraviada en los murmullos de mi padre. Tantos murmullos. La humedad de la tormenta. La mía. El agua en la tina. Mi corazón en un viraje cerrado, antes del zigzag, a la entrada de los pozos, mi corazón. El subibaja estrellado. El agua en la tina. La sorpresa.

Así que, papá… así que.

Mi pobre papá… Sé perfectamente que nunca le harías el menor daño a mamá. Jamás.

Tu Hélène, mi madre, tu mujer, está allí, muy cerca, justo al lado, acercándose suavemente a Lucie, mi amiga, mi amiga que esta noche, es demasiado extraño, deja que se acerquen a ella. Las oigo chismear. Mamá explica a Lucie lo que piensa respecto a la naturaleza quebradiza tanto de las pastas comestibles como de los hombres. Habla de las precauciones que hay que tomar. De la decisión de hacerlas. Tranquiliza a Lucie acerca del estado general de la propiedad, de la solidez de esas sorprendentes estructuras engastadas, y de la de las patas de la mesa de roble, cuando todo se derrumbe, por supuesto, hay que reaccionar rápido. Se ríen.

—¿Una amante, pa'? Tienes una...

Coloca su mano sobre mi rodilla. Me callo, me callo. No tengo mucho que decir frente a la mano de mi padre sobre mi rodilla, no puedo evitarlo.

Entonces, ganas de beber.

Con mi padre, muchísimas ganas de beber.

Este mierdero desvencijado cobija esta noche a la mayoría de la gente que quiero, esas mujeres soberbias por tanta ternura ríen, justo al lado, a pesar de nuestra presencia en su vida, el padre tiene una amante, y la mano del padre está sobre mi rodilla.

Entonces beber.

Enterado de mi situación financiera a saber por qué siempre peligrosa, quizá porque prefieres cambiar de tema, sacas del bolsillo dos sobres ya listos.

Dentro del primero, setecientos dólares, plaff, de tu mano a la mía, tus ojos cafés en mis verdes, siete billetes. En el segundo, sellado, el mensaje.

—No insistas, hijo, y cierra el pico.

—No tengo la intención de insistir, papá, pico de cera. ¿No tienes nada que beber, aquí?

—Imagínate que es un regalo de cumpleaños, que le pongo el sello al boleto o que pago el taxi hasta la estación del Este... Imagínate algo... Eres mi único hijo, hijo.

Sabía perfectamente que me ofrecería algo... tangible. Y entonces mamá, en esta porquería, ¿qué sucede? Pero confieso: yo contaba con ese algo... tangible: al menos me permite pasar otros diez días, ir a Besanzón, ver a Olivier, y quizá llegar hasta Ginebra con él y su amiguita. Pero una amante, ¿desde cuándo? ¿Desde cuándo la cultiva? Pero setecientos dolarucos, setecientos, aunque eso a él no le haga mella, es una fortuna para mí, es más que... es más que mucho.

—Ya no me llames hijo, papá.— Miro el armario que está a su derecha.

—¿Tienes algo que pueda beberse, no lejos? Algo firme... ¿Y si echaras un ojo dentro de ese armario?

¿Está escrito en mi cara que no lo juzgaré...? ¿Cómo sabe que no lo juzgaré? ¿Dónde encontró tiempo, este hombre de fin de siglo, para aprender que justamente hay que arreglárselas sin juzgar?

Mi pobre papá... Me guardo el dinero y deslizo el sobre debajo de mi camisa.

—¿Me estás comprando?

Por un momento observa la lluvia sobre el lago. Voltea hacia mí.

—No puedo decirlo...

De nuevo mira el lago.

—Tal vez... No puedo decirlo... Pongamos... Ja... ja.— Cuenta los segundos entre el relámpago y el trueno.

—...cinco, seis...

La cabaña tiembla hasta los cimientos —lo que es hacerle una gran concesión, cimientos, a esta pequeña...

—Me siento bien de que lo sepas, hijo —murmura—. Y bien por poder decirte que me siento bien de que lo sepas. Sobre todo.

Dirige el brazo hacia el armario, a su izquierda. Trae un tinto y dos copas. Excelente idea, padre. Abre el tinto. Con gestos firmes y seguros.

—Sobre todo... —repite.

Mi mano, bajo la camisa, se pone a trabajar, tritura el sobre, dobla la esquina, la desdobla.

—Bueno…, bueno —declara al servir el vino, hasta el borde, como de costumbre; siempre me pregunto si lo hace para incomodar al que va a tomar la copa, pero él se impone el mismo tratamiento, entonces.

Me inclino hacia la copa. Le doy una lengüetada. Él también. Tomamos las copas.

Vaya… Es un hombre de verdad el que está meciéndose allí, ante mis ojos, creo, eso creo. Después del primer trago, levanto mi copa, la choco con la suya, brindo de buena fe con un hombre de verdad, mi padre, un hombre de buena fe de quien soy hijo, ja-ja, un hijo que no tiene lecciones que darle a nadie a propósito del amor y del deseo. Mi otra mano retuerce otra esquina de la carta, obviamente.

De acuerdo, papá, no diré una palabra a Lucie, si quieres, entendido. ¿Por qué? Sí, papá, una amiga. Una excelente amiga. Es todo. Es mucho. No, papá, no íntima, una amiga personal, personal. Sé que ya hace un rato de eso. Ya era tiempo de que se las trajera. Lo sé. No empieces otra vez, ¿quieres?

En el auto, de regreso, me pregunto sobre los riesgos que corre. Al confiarse totalmente a mí, se entrega con manos y pies atados a mi discreción. ¿Equivale eso a decir que quería a toda costa que alguien lo supiera, que yo lo supiera? O entonces, ya le confesó todo a mamá, y por una razón u otra, me hace creer que necesita mi auxilio. Me convertiría en uno de sus experimentos. Tal vez está tomando nota de mis reacciones. El muy canalla es bien capaz de eso.

A mí también me gustó la velada. Contento de que te haya agradado. Es cierto que mamá es encantadora, lástima, está casada… Pero claro, tú le caes muy bien, le gustas le gustas le gustas, no te preocupes… No, nos quitamos las botas sólo al salir, ves, así se conservan limpias para el interior. Tienes razón. Me siento lo máximo.

II

Esa mujer. Su amante. Bonita. Más bien hermosa. Morena y profunda, vivaz y segura en el paso y en el porte, hasta en las caderas, bien plantada, pero agitada en sus adentros y sin disimularlo. Tal vez un tanto flacucha, con las mejillas levemente hundidas, pero muy muy francesa, con voz que canta agudo, como un ave que se aparea, tierna y dulce a la vez que extraña y distante, una mujer mayor que yo, sin duda alguna, pero seguramente mucho más joven que él, colada entre nosotros, en cierto modo, por la edad. Esta mujer me libera. Sus tobillos como colmillos de jabalí contra mis puertas de América. Sus manos ajadas, finamente retorcidas, anzuelos que se clavan en mis párpados. Tan seductora como para hacerme desear otra vez el seminario, cuando cada beso era un nuevo caramelo. Su amante. Una canción. Un agua.

Nos encontramos sobre el Pont-Neuf. Hace un viento como para arrancarle los cuernos a un buey. Con una mano se detiene el sombrero que dijo que llevaría. Sabe que soy el hijo. Sin duda una foto.

Le entrego el sobre con las esquinas arrugadas y rápidamente meto las manos en la chamarra para evitar que adivine que yo fui el autor del daño. Mira largo tiempo la letra de mi padre. No abre la misiva. Extiende el brazo y de inmediato el sobre flota en el Sena, rumbo al Grand Palais, allá, carajo.

Veo a mi padre alejarse sobre la superficie del río sucio. Dado que no está presente, aprecio tanto como puedo, en su lugar, la inopinada deriva, y la lentitud de la corriente me permite reflexionar en lo que tendría que decir.

De repente tomo conciencia de que ella ama con pasión

ese trozo flotante; no se contenta con permitirle ese sudario acuático, sino que lleva su amor hasta ofrecérselo.

No quiero quedarme a la zaga ante alguien que ama al mismo hombre que yo, oh no, estoy pensando en la fórmula perfecta. Después de treinta segundos, un poco tambaleante, pero creo que es debido al viento, exclamo: "Ah... He allí un mensaje que aguanta el agua. No sucede con todos".

Me siento más o menos orgulloso de mi frase. Alzo los hombros y añado: "Son asuntos de ustedes..." Espero estar a la altura.

No manifiesta ninguna reacción. Permanece inclinada hacia el Sena, hacia papá.

Un barco se abalanza sobre la carta. Papá se hunde, o se queda adherido al casco, no sé, en todo caso ya no veo el sobre. El viento mismo, respetuoso del trauma evidente que el naufragio de mi padre provoca en mí, se aplaca de repente.

Por fin, ella se endereza. Me mira. Se marcha. No propone nada, entonces por supuesto me quedo aferrado a su sombra. Caminamos, yo un poco a la zaga. Al cabo de quince minutos, ella disminuye el paso para que nos emparejemos.

Se hartó de ese amor de lejos, creo, y del secreto, sobre todo, de la tórrida estupidez de la distancia, y de la inmunda lógica del secreto y de la mentira. La decisión —quiero decir soltar todo cuanto podía venir de mi padre— debió de haber estado tomada desde hacía mucho tiempo. Así es. Ahora cumple su duelo de una sola vez, como cuando se extrae una muela.

Rápidamente me enamoro de esa mujer, de las riberas de arena pedregosa que sola recorre dentro de sí misma. El fenómeno amerita una atención considerable, pienso, ya que ella también se enamora de mí, de lo que llevo conmigo sin ver y sin saber. Locamente enamorada. En los muelles. En el tramo y el olor de los libros usados. Así. De mí.

Nuestro amor, estoy convencido, es visible de lejos, pues incluso para nosotros que sin embargo caminamos uno al lado del otro, resulta límpido. Casi no me ha mirado, pero lo sabe. Y de inmediato, desde esos primeros pasos, incluso antes de conocer mi nombre, insiste en no disimular nada de lo que nos está sucediendo, durante el paseo. Nada, a nadie. Escupe al suelo.

Basta de secretos... Esto hará bien, ¿comprende usted? Sobre todo esto. Entre nosotros. Que exista, que pueda nacer en un instante. Hay que decirlo. No disimular más. ¿Comprende usted?

Toma mi brazo.

Claro que comprendo. Estoy un poco bajo el impacto, pero no hago remilgos, comprendo.

Ya estamos en su casa, en la calle de Vaugirard, allí se deja ser libremente. Hace el amor entre encajes, desde esa primera noche, con los ojos bien abiertos y velados por esa diáfana película que los imbéciles llaman lágrimas, ese telón luminoso del que ya no podría prescindir, lo sé, y que sin embargo me aprisiona fuera de ella. No le bastaba con tener el cuerpo de mi padre dos veces al año. Es una mujer que se muere por tomarlo a uno, pero también por ser tomada. Ésa es la verdad. Es un ser humano que se atreve a exhibirlo.

Aquí estoy propulsado como polvo en su noche de mármol, como vela temblorosa, como veladora que difunde alrededor de este ser tan humano su luz incierta, nuevo y vigoroso amante hijo que sigue al padre y que es perseguido por éste.

—Perdóname... ¿Qué edad tienes? Perdóname por esta distancia, ya. ¿Te gustaría vivir en París? Perdóname todo lo que ignoro y un poco lo que olvido. ¿Podrías imaginar que te estoy usando, que pueda querer vengarme? Es posible que puedas imaginarlo, pero no quiero vengarme. Créeme, ¿de acuerdo? Sería tan sencillo, si me creyeras... O entonces, déjame tranquilizarte antes de que te dé miedo. Fiu...

Volamos alto, eso sí, lo juro, la primera noche...

Creo que voy a respirar calmada, tranquilamente, durante unos minutos.

Pero le creo... La respiración no servirá de nada. Tampoco el tiempo.

Le creo a esta mujer. Creo en el sabor de su boca cuando la junta a la mía, creo en su olor y creo en el sonido de su voz. No quiere vengarse de nadie. No es una mujer que busque a quién achacarle la culpa.

En serio, necesito pensar.

Parar un segundo y caramba reflexionar.

Estuve estudiando en París hace unos diez años, a la edad ingrata entre los doce y catorce años.

Una mala suerte, en aquella época, los contratos en serie, la familia entre maletas, el liceo Condorcet, la trompa parada y el acento contraído para engañar a los proyectores concentrados en mí y los comentarios que los acompañan. Te lo juro, papá, la estupidez francesa y la quebequense, en el hormigón de la adolescencia y mucho tiempo después, vocacionales o liceos, semilla de holgazán o fósil proletario, cuatro treinta por un dólar, clones, crueldades gemelas, papillas en el mismo caldero.

Sin embargo, del brazo de ella, París se transforma en ciudad de todos los besos, ciudad en la que su risa me hace erguirme sobre una sola rueda, corriendo por mis venas, ciudad donde su falda cual planeador al ras del suelo

siguiendo la vertical de las calles estrechas, ciudad donde
quiero que todo esté al revés, papá, los terrones de carbón
del lado del sol, los caracoles en topless bronceándose el
cuero, el Elíseo convertido en mercado de las pulgas y la
torre Eiffel estrellada en el asfalto por su antena ¿te das
cuenta? Ciudad donde nada, de no ser mis tristes jaquecas,
impone límite alguno a lo que todavía puedo seguir imagi-
nando como posible en este mundo de cubos de hielo tritu-
rados.

No distingo la extremidad de su mano, papá, no estoy
bromeando, por más que me froto los ojos antes y después
de haberme mandado a paseo, en la Ciudad Luz no veo traza de ella, sus dedos se pierden en la sombra, sus uñas se
funden en el nowhere de sus caricias, en las que aspiro a
perderme, cien veces y una, largo subway húmedo en el que
me abandonaría en cualquier momento, en electrocución
permanente, y pongo todo esto por escrito, papá, y todo
empieza de nuevo como en cuarenta, me pongo a cristali-
zar: poemas alambicados como sólo yo sé parir, pentáme-
tros a punto de turrón, mecanos del corazón, le escribo y
deslizo mis castillos de naipes en su bolso, en sus bolsillos,
sus cajones, debajo de su ropa íntima perfumada de *Lutèce*,
que hacen palidecer mis huecos, que excitan mi médula y
por supuesto la endurecen, ¿es posible que te lo confiese
aquí, papá? ¿Lo entenderás?

¿Besanzón y Ginebra? Un cuerno.

No hemos dejado París desde hace cinco semanas.

Recorrimos la Cité a lo largo y a lo ancho, y por esta ciudad, por el recuerdo que bajo mis pasos ha ido construyén-
dose, arraigándose, por el recuerdo que no consentí en pre-
cipitar por encima de ningún parapeto, recuerdo que he
arrastrado conmigo, con precisión, y porque me veía a mí

mismo vivir, progresivamente, por el olvido que conscien-
temente me negué, también por la amante de mi padre, claro está, y sin duda por todo ese travieso cuarto de siglo que
quizá me alborotó y confundió mis propias pistas, sentí
que esa mujer era a la única que podría amar en toda mi
vida, que amar significa amarla a ella, papá. Eso es todo.

Estaba aguardando a esta mujer. Estoy en mis cabales y
convencido de que si no es ella, no será nadie.

Todo el amor del mundo, o más bien todo el amor que
me ha sido dado sentir, a mí, en este mundo, albergue de
tránsito, tan honrado como ignorado, dentro del cuerpo
de esta criatura. Encerrado durante cien meses, el amor, durante el tiempo necesario para que a su lado se transforme
en algo vagamente eterno, o cien años, lapso suficiente para
que a su lado me apague. Eso es todo. No haré de esto más
cuentos, lo sabes: si no es esta mujer, no será nadie. Y no
tiene nada de desolador, nada que ver con la resignación.
Por lo demás, es evidente que si no es ella habrá otras, y
algunas tan dulces, e infinitamente apaciguadoras, pero ya
no hablaremos de amor porque ellas y yo, ellas como yo,
estoy convencido, ya no podremos hablar de ello. Existirán
otras palabras, papá, para lo que en ese momento nos
moverá. No hablaré dos veces de amor... Más vale, en mi
caso, vivir del recuerdo del amor, antes que creer en la posibilidad de volver a empezar. Y con toda seguridad no me
aferraré a este mundo para caminar de nuevo sobre mis
propias huellas… Lo considero singular, el amor, papá, para
nada en plural, y ciertamente tú tienes algo que ver en ello.
Entonces esa inmensa llanura, dentro de mí, ese lugar sin
embargo tan pequeño, para el amor, nadie podrá ocuparlo
como ella, no dejaré que nadie lo logre, ¿comprendes? Si
esa mujer debiera dejar de existir, sería porque yo habría
agotado el amor que soy capaz de alcanzar, y pintaría mi

calavera, iría a intentar a otra parte, otra cosa, existen tantas zonas que hay que intentar iluminar.

Y no necesito que me compadezcan, carajo. Soy un suertudo. Métete esto en la cabeza.

Esta duración que te obsesiona, tampoco a mí me deja descansar mucho, ¿no crees?

Tu estás allí en la habitación, papá, en la calle de Vaugirard, 43 bis, en el segundo piso, en el fondo de esa improbable habitación estás tú, en esa cama donde has dormido te agitas conmigo, buscas conmigo la cumbre de esa mujer, igual que el mío tu cuerpo se despedaza, lo haces nudos y lo tuerces, lo conviertes como yo en una pasarela, un puente para ella, suspendido, proyectado en las gruesas lianas, hacia su cima.

Sé que estás allí, papá.

Si el cielo nos guía, esta noche, sí padre, esta noche vuelve a colocar tu mano sobre mi rodilla, y tú también, por Dios, detén un poco tu tren y presta de una vez por todas ese brazo, para rasgar la maleza frente a esa mujer, para que por un instante yo sea la corneta de su voz, la de ella, para que sus gritos broten, y si eso me es concedido, para evitarle las grietas más evidentes, escoltarla hasta lo más alto, acompañarla hasta el pináculo.

Sí, padre.

Si ella tiene a bien dejarme oír su voz luego sus gritos, si se abre lo suficiente como para dejar que me deslice a lo largo de sus paredes, hasta el fondo, respirar ese aliento tórrido que desde las cosechas de trigo de mi infancia siento formar parte de ella, si logra convencerse y no ocultarme nada, cortaré esas lianas, papá, aplastaré los retoños y arrancaré los troncos, despejaré salvajemente el camino frente a ella, puedes estar seguro de que seré muy salvaje, y luego en lo

más alto, a un paso del cielo, colocaré el palanquín, volveré
a ser yo, me deslizaré hacia los encordados, volveré a mar-
charme sin tropiezos ni ruido, volveré a bajar para esperar-
la. Y mañana subiré de nuevo.

¿Está bastante claro? Volveré a subir.

La amo más que a mi vida, papá. Es la única mujer que
podría abandonar mientras yo viva, tengo la desarmante
certeza de ello, la única por la que consentiría en borrarme,
por el amor, por el lugar que, quizá, nazca entre nosotros.
Por ella y por lo que ignoro de nosotros. Un horrible
homenaje a lo que nos resulta imposible discernir en los
charcos y que a pesar de todo patalea entre la tierra y el cielo, en el agua de nuestros cuerpos, sin duda.

Cuánto puede uno amar, papá, cuando el amor está en el
centro. No existe nada más que pueda contar. Cuán fácil y
bueno es dejarse tomar y derrotar.

Estoy desvariando, caramba. Quizá estoy perdiendo la
cabeza ¿eh, papá? Me dejo llevar. Como en una erección de
la esencia del ser. Tal vez. Tienes razón.

El viejo puente Mirabeau oculta al sol, viejo padre mío.
Sus ninfas verdosas soplan hasta reventar en sus trompetas
y de pronto tengo calor, en su brazo, casi me sofoco. Se lo
digo. Ella me propone ir a comprarme un helado o algo
frío, se va, se aleja, ya casi no la veo, pero ella continúa para
dejarme solo, lo sabes tan bien como yo.

¡Oh, sí estoy desvariando…! Es muy muy agradable.

Existen momentos para el amor, y otros para la confe-
sión. Los segundos, querido padre, a veces se dislocan, ¿no
es así? ¿y se borran? Y se deslizan para perderse entre los
pliegues de las piernas y de las rodillas que rozan de nuevo
por primera vez. Las hélices de la muerte giran en las nebu-
losas, papá, como las de un cucú apenas bueno para la cha-

tarra, un CF-315 que, a pesar de todo, durante el último vuelo, antes de la pesada lona negra, se iría de pique en dirección del bosque en llamas, hacia los cuerpos soldados ¿verdad? ¿Es el crash? La muerte, igual que un molino para segar en un pastizal, como una podadora animada, una Lawn-boy loca, ¿te imaginas? En tu simulacro de césped, en el chalet. ¿No es así?

Dime. No tengas miramientos conmigo.

Pero, padre, todo este énfasis, estas invenciones, estas proezas, estas acrobacias, todos estos verbos en torno al amor, como quiera que sea es increíble ¿no?

Mañana será un día repleto de cartas. Mañana regreso a Trois-Rivières, a verte, a decirte, a darte noticias de nuestra dama. Me voy a colgar unas palabras, poniendo en ellas esas formas que detesto, sobre lo que ya sabes, sobre esos mástiles que has levantado, cuyo cemento para la base tú mismo mezclaste. En estos momentos, tus notas son probablemente muchas.

Hemos comprendido, querido padre. Nos hemos preguntado cuál había sido tu papel en nuestra relación. La esperaste y la preparaste cuidadosamente ¿verdad? Lo sabemos perfectamente bien, canalla. Hiciste todo para pasar tú mismo. En el arroyo o en el río, frente a nosotros, ir a la deriva. Como si nos ofrecieras el tiempo.

Canalla.

Febriles, sudorosos todavía, salimos a caminar.

Tomo su antebrazo, me aferro a ella tanto como puedo, tomo impulso y escupo en el Sena tan lejos como me es posible. Ella escupe más lejos que yo, sin impulso, me río. En su oreja deslizo picardías que me figuro bastante osadas.

Bajo el peso de mis cuchicheos, coraza de seda con rasgaduras abiertas, ella cede de inmediato, me aprieta el brazo, se estrecha contra mí, pienso que desea protegerme por un momento. Saca de su calzón un recadito amoroso que tiene el olor de mi mano. Es una cuarteta de una ramplonería desconcertante, insípida y deslavada, que sin embargo lleva el olor de mi mano, y me parece que eso salva mi poesía. Ella toma mi mano. La respira a fondo. Se yergue en paralelo a mi cuerpo y su lengua moja mi cuello, mis mejillas. Voy a dinamitar el museo de Orsay. Ella suspira: "No, no, no vas a incendiar nada, relájate... No hay nada tan excitante como tu mano que huele a mi sexo..." En los muelles la gente voltea, a vernos. Con sus labios roza cada uno de mis dedos. "Tu mano, querido, es una verdadera artista..." Odio a todos los que voltean. Coloca mi mano en su seno derecho y la conserva allí. De nuevo recorre el papel. Primero da bufidos para sí misma y luego repite en voz mucho más alta las cursilerías que huelen al amor. Adivino su mirada de sauce posada sobre mi sien, esos gritos que quiere lanzar muy alto. Los transeúntes nos observan. Río y me sonrojo, creo. Miro fijamente un punto gris, exactamente enfrente de mí, un puente sin duda. Sus dedos se alojan en el bolsillo de mi pantalón. Aceleramos el paso. Me cago en los transeúntes. Ella murmura obscenidades. Estoy en plena erección. Me aferro. Tengo veinticinco años.

El aeropuerto Charles de Gaulle dentro de doce horas. El de Mirabel dentro de veinte.

Sainte-Marcelline-Joliette,   Tomado de *Espaces à occuper*
marzo de 1991-enero de 1992   L'instant même, 1998

MONIQUE PROULX

"Su libro se titulará Les Aurores montréales *porque Montreal es una ciudad que cambia sin cesar, una ciudad que suma a tal grado los nuevos rostros que uno siempre acaba perdiendo el que creía conocer",* declara el narrador de uno de los textos de la antología publicada por la editorial Boréal en 1996. Con esas Auroras montréales, *Monique Proulx recordaba a sus lectores que el Quebec contemporáneo, y en primer término Montreal, había sufrido una profunda transformación demográfica, al grado de que quien se hubiera dormido con el sueño de Rip van Winkle (héroe de los inicios de la literatura estadunidense, concebido por Washington Irving) ya no podría reconocerse en la ciudad actual. Monique Proulx, originaria de la capital provincial pero residente en Montreal, emprendió brillantemente la carrera literaria (en la actualidad es más conocida como novelista y guionista). Con* Sans coeur et sans reproche *(Québec Amérique, 1983) recibió el premio Adrienne-Choquette.*

SÍ OR NO

Es la historia de una mujer que encuentra a un hombre sin encontrarlo de verdad. Existen muchas historias de mujeres que encuentran hombres sin encontrarlos de verdad, demasiadas, lo sé bien. Una más, vamos, una última, la del estribo.

También es la historia de un pequeño país confuso engarzado en uno grande y blando. El pequeño no cuenta con papeles oficiales que atestigüen que en efecto se trata de un país. Tiene todas las demás cosas que constituyen a un país, pero lo que es papeles, no los tiene. En ocasiones, se adormece apaciblemente en el lecho del grande y blando soñando que está en su propia casa. Otras veces, sueña que el gran país blanco lo ciñe y se lo traga entre sus pantanosas sábanas y se despierta antes de desaparecer.

La mujer de la historia vive en ese pequeño país. Se llama Eliane. Desde hace años vive con Philippe, al que de cariño llama Filippo por razones ya olvidadas. Al principio de la historia, ella se encuentra recostada en un sofá mientras que Filippo juega con el control remoto del televisor. Ella lo mira pero está pensando en Nick Rosenfeld, con quien se acostó la semana anterior. Es la hora en que el día se hunde en sí mismo, inmaterial y agotado. También es la hora en que el pequeño país habla, en la televisión.

Se trata quizá de un momento histórico. El pequeño país atraviesa por un periodo de despertar y de asfixia, reclama un lecho para él solo para huir de los sofocantes abrazos. Eso requiere papeles en regla, cartas, credenciales, un diploma que certifique que se trata en efecto de un país. Pero he ahí que... Los papeles no son gratuitos, hay que pagarlos caro, hay que consentir en hacer sacrificios. Entonces el pequeño país consulta a su población, consulta, consulta. Pregunta: "¿Nos permiten comprar los papeles que nos permitirán estar suficientemente en regla como para permitirnos tener una cama propia? Sí o no". Cuando se haya consultado a todo el mundo, todavía habrá una última consulta, luego todo el mundo se irá por fin a dormir.

La semana pasada también hablaban del pequeño país, justo antes de que la boca de Nick Rosenfeld se apoderara de los dedos de Eliane y los devorara de manera tan audaz como sorprendente. Después ya no hablaron de nada. Del otro lado de la ventana, el edificio del *Toronto Star* dirigía hacia arriba sus letras luminosas. Ella no imaginaba que la boca de Nick Rosenfeld, tan fría e inteligente, pudiera metamorfosearse en órgano sexual. No imaginaba palabras febriles en esa boca que poseía el discurso *(Oh Eliane. My dear. Oh you. You).* Lo que uno no se imagina y que de todos modos sucede es un elixir poderoso.

Todas las noches, el pequeño país resume en la televisión el avance de las encuestas. También es posible seguir todos los detalles en los periódicos, pero la televisión ofrece un mejor espectáculo de las verdaderas pasiones que incendian a los verdaderos rostros. Y además en la televisión está Philippe-Filippo. Hace comentarios y formula preguntas en transmisión diferida. El Filippo que está junto al sofá de Eliane no es exactamente el Philippe de la televisión. Éste permanece sonriente e imperturbable sin importar lo que se desencadena a su alrededor. El que está al lado de Eliane se exalta y fulmina y a veces entierra el sonido de su propia voz televisiva debajo de una emoción incontrolable.

La emoción es un aceite tembloroso que se enciende

rápidamente entre los habitantes del pequeño país. Tal vez
sea por culpa de sus antepasados latinos. Por ejemplo, hace
un rato en el teléfono, mucho antes de que llegara Filippo,
la emoción cortó en seco la respiración de Eliane. *(Hello,
Eliane. It's Nick Rosenfeld. Is it a good time to call?...)* Y la
situación se agravó durante los treinta minutos que duró
la llamada, no pudo recuperar ni el aliento ni la capacidad
de construir frases completas. La voz de Nick Rosenfeld se
abría un paso inexorable en su oído, cálida y segura igual
que un pilar, como un órgano sexual. *(When are you
coming back to Toronto?)*

El Philippe del televisor escucha tranquilamente a algunos conciudadanos del pequeño país que tergiversan, sope-
san, se asustan. ¿De verdad es preciso cambiar? ¿Una cama
nueva no será demasiado dura, demasiado pequeña, demasiado grande? ¿Dormir solo no resulta aterrador? ¿Cómo
asegurarse de que no habrá pesadillas? ¿No existen maneras menos draconianas de escapar a los puntapiés y a la asfixia? ¿Por qué no arrastrarse hacia la orilla del viejo colchón? ¿Por qué no atascarse de somníferos? El Filippo que
está cerca de Eliane en la sala deja explotar la cólera tan
magistralmente ausente en sus presentaciones televisivas.
"Escúchalos, dice a Eliane. Oye cómo hablan su dignidad y
su grandeza. Ovejas valientes, gruñe. Ése es un emblema
totémico a su medida, *Oveja valiente.*" Eliane comparte las
convicciones de Filippo. ¿En qué momento preciso una
pareja se aleja de la pasión para encaminarse a la semejanza?

Nick Rosenfeld y Eliane gravitan a años luz uno de la
otra. ¿Dónde se encuentra ahora el espacio que juntos ocu-
paron febrilmente? Cuando ella escucha su voz por el teléfono, varios días después, ese espacio resurge ante ella
como el único territorio habitable. Ya no ve la pantalla de
su computadora, los muros familiares que abrigan su uni-

verso, ya no sabe dónde se encuentra, vuelve a convertirse en un cuerpo vencido y transportado que Nick hurga obstinadamente con el sexo y la lengua buscando con voracidad algo que no se cansa de no hallar. Pronuncia su nombre "Alien", como el monstruo del espacio, como el extranjero que son uno para la otra. Ella no comprende todas las palabras que él dice. Lo que comprende es que él desea con mucha intensidad. Quiere regresar con ella, lo antes posible, en ese país inflamado donde no existe ni frontera ni nacionalidad, donde resulta maravilloso arder, finalmente desposeídos de lo tibio y de lo accesorio. *(Are we going to let* this *die? When are you coming back to Toronto?)*

El pequeño país, a pesar de él, ya produjo una primera víctima. Durante una sesión de consulta, un hombre muy emocionado confesó que era la primera vez que participaba en algo importante, luego se derrumbó, fulminado por un infarto. Filippo y Eliane discuten sobre el suceso, recostados una al lado del otro, como hermanos. Las víctimas nunca caen ahí donde uno puede temerlo. Por primera vez, Eliane se siente incómoda por el calor del cuerpo de Filippo. Por primera vez, lo siente en peligro. Lo abraza como para protegerlo de Nick Rosenfeld. Peligro. *Jeopardy.* Durante mucho tiempo creyó que *Jeopardy* era una especie de leopardo, antes de mirar en el diccionario.

Siempre hablan en la lengua de él, aunque diga que comprende la lengua de ella. La conversación es, por supuesto, peligrosa ya que ella debe navegar entre el escollo de la emoción y el de las palabras extranjeras. Cada vez que en el otro extremo de la línea Nick Rosenfeld cuelga, ella busca en el diccionario y encuentra demasiado tarde lo que habría tenido que decirle, prepara frases terriblemente eficaces que se desvanecen en el momento de pronunciarlas. (*Your accent is adorable.*) La conversación es peligrosa y desigual.

Cuando por fin ella logra, tras laboriosos retorcimientos, expresarle la perturbación que le provoca su voz por el teléfono y sobre todo el pavor que le causa dicha perturbación, la respuesta de Nick la fulmina. *(Same here.)* ¡Oh, qué lengua lapidaria la suya, esa lengua que abofetea! ¿Cómo resistir a una lengua que va al grano y que permanece durante tanto tiempo en la memoria? *(Oh Eliane. My dear. Oh you, you!)*

Las esperas son fuente de palpitaciones y de sufrimientos, pero la humanidad no ha encontrado nada mejor para permanecer despierta. El pequeño país, por ejemplo, espera que su población acepte con exaltación los sacrificios que conducen a la cama nueva, espera que el gran país acoja con benevolencia sus veleidades de independencia y hasta le preste unas almohadas. Eliane se espera a una revolución fundamental si obedece al canto de la sirena de Nick Rosenfeld presionándola sin descanso para que regrese junto a él. *(Are we going to let* this *die?)* ¿Qué sucederá si él dice *"I love you"*, aterradoras y cinematográficas palabras que desembocan en un abismo? ¿Qué sucederá si no las dice? ¿Qué ocurrirá con el pequeño país si no consigue convencer a nadie? Es preciso dejar de tener miedo. Hay que ir a ver.

Nada resulta más rápido como dejarse deslizar del pequeño país al grande, nada se hace de manera más automática. Tomar el avión entre gente de negocios con portafolios llenos de estadísticas y aterrizar una hora y media después al lado de Nick Rosenfeld.

Eliane había olvidado que Nick Rosenfeld es grande y frío, como un paisaje polar. Unos lentes oscuros disimulan sus ojos. En el auto que abandona el aeropuerto, él conduce rápidamente y habla con reserva. Eliane está petrificada por el susto hasta que de repente, en un alto, Nick Rosenfeld se apodera de su mano y la tritura en la suya. En su casa, casi inmediatamente después, la libera de su bolso, de sus titubeos, de su ropa, y entonces la magia vuelve a comenzar: su boca fresca y ávida sobre ella como sobre un Stradivarius, la ardiente música de su voz. (*Oh you. Eliane. Oh my dear. My love.*)

Hacen el amor durante todo el día, toda la noche —ocho veces seguidas; mentalmente Eliane se maravilla cuando una tregua le devuelve la facultad de contar—. Rápido despachan el foie gras y el champagne traídos por Eliane: el hedonismo triunfante de Nick Rosenfeld se concentra por completo en otra parte. (*You're so sexy. You're so. Oh you.*) Ya tarde en la noche, con las piernas que siguen aprisionadas entre las de Eliane, él estira un brazo y juega un rato con el control remoto del televisor. El mundo habitual, un mundo de repente extraordinariamente extraño invade la pantalla que tienen frente a ellos: ¿qué hace allí toda esa gente vestida y ansiosa, por qué discute dolorosamente en lugar de acariciarse? Eliane se endereza y se apoya en un codo cuando reconoce a Filippo. El pequeño país está hablando, en transmisión diferida. Visto desde aquí, entre sábanas ajenas mojadas por el placer, el pequeño país parece tan triste y patético. El rostro de Filippo es el de un caballero extenuado en busca del Santo Grial que no deja de esconderse. Desde aquí, entre las sábanas arrugadas que ningún miedo congela, puede verse a qué grado la búsqueda del pequeño país es una prueba. ¿Cómo abreviarla y evitar que se repita incansablemente? ¡Oh el desamparo aparente del pequeño país, que desearía tanto ser fuerte, mostrarse seguro de sí mismo y ya no sentir el temor de desaparecer! Eliane pide a Nick Rosenfeld que apague el televisor.

Nick Rosenfeld es presa de una misteriosa alternancia. De pie, se pone tieso y se le ve atrapado en frases acompasadas. (*We get long so well. I am sure we will be friends.*)

Recostado, él arde cual volcán de lavas inagotables. (*Oh Eliane. Oh lovely. Oh you. You.*) Todas esas horas en que se recuestan uno en el otro son terriblemente explosivas. Pero como hay que levantarse para ir a alguna parte, es el Nick Rosenfeld vertical y glacial el que conduce a Eliane al aeropuerto. ¿En qué heridas, en qué hoyos invisibles pierde tan de repente su calor? Más vale no empecinarse en preguntas sin respuesta. Más vale tomar un periódico en el avión para huir de lo inexplicable. Lo inexplicable también está en los periódicos del avión. Está escrito, en esos periódicos del avión publicados por el gran país, que el pequeño país no es un país. Está escrito que el pequeño país no tiene nada que lo distinga, nada que lo preserve, nada que pueda exigir. Si cambia de cama, le harán el sueño imposible. ¿Por qué el pequeño país, compuesto por todo lo que forma a un país, no es un país? Los periodistas del gran país no lo dicen. Otra pregunta sin respuesta, realidad inexplicable de la que resulta imposible huir.

Lo que habría que hacer de regreso es volver a la computadora y a las paredes familiares como si no hubiera pasado nada. Quizá no ha pasado nada, puesto que Filippo no percibe ningún olor nuevo en Eliane. Los olores están disimulados en el interior, en compañía de la voz horizontal y febril de Nick Rosenfeld, y esa entidad clandestina patalea y ruge en busca de aire.

¿Se puede estar enamorada del recuerdo de una voz y de una boca, obsesionada por lo que una sabe que es sólo un espejismo que nos dejará más sedienta que antes si una se obstina en resucitarlo? Parece ser que sí. Eliane conoce las partes frías de Nick Rosenfeld y la exigüidad de su territorio común. También constata que el encuentro de sus cuerpos ha desterrado el de sus inteligencias: desde aquella vez en que la boca de Nick Rosenfeld rompió en ella un dique,

entre ellos ya no se volvió a hablar de gran país y de pequeño país, no se habló más de nada razonable o profesional.
Sin embargo, ella desea reconstituir un todo a partir de las
partes tórridas de Nick Rosenfeld, como si sus partes frías
no hubieran ganado ya la batalla. Nick Rosenfled la recha-
zó, puesto que no le vuelve a llamar.

La muerte por un rechazo es la más dolorosa. Hay
momentos frente al televisor en los que Filippo y Eliane no
hablan. Cuando escuchan los testimonios de gente venida
de otra parte, instalada aquí desde hace tiempo, y que siempre niega la existencia del pequeño país que le sirve de
cómodo nido, Filippo y Eliane se sienten oprimidos por un
dolor que les aplasta las palabras dentro de la boca. Las
palabras no existen para condenar a esa gente venida de otra
parte, de cara simpática, que rechaza, de sus anfitriones, el
derecho a la sobrevivencia. Filippo y Eliane han trabajado
colectivamente tan duro para ponerse en el pellejo de los
demás que incluso comprenden los complejos motivos de
ese rechazo. Pero el dolor sigue allí, abrumador: ¿cómo
soportar que los demás, a su vez, nunca se deslicen dentro
de su propio pellejo?

Eliane decide escribir a Nick Rosenfeld. Quiere saber
qué era ese algo esencial que exigía, so pena de verse comprometida, que regresara junto a él (*Are we going to let* this
die?) y que concluyó allí antes de que ella lo viera florecer.
No resulta fácil formularlo. Es preciso librar una vez más la
batalla en el terreno de él, palpar en todos los sentidos las
palabras extranjeras hasta extraer el alma que las anima.
Eliane traduce mentalmente en la lengua de Nick Rosenfeld
todo lo que oye, a modo de ejercicio. *Pass me the butter.*
Give me a break. Do you agree with the law voted by the
National Assembly and proclaiming a new bed? Yes or no.
Traduce las consultas televisivas en transmisión diferida

nocturna. A veces, no necesita traducir porque las intervenciones ya están en la lengua de él: por ejemplo, las de los
jefes de los pueblos amerindios, envueltos dignamente en
su propia trágica extinción, que vienen a oponerse a la
sobrevivencia del pequeño país. Entonces, sólo le queda
traducir a Filippo, sus imperturbables preguntas: *"What do
you mean when you say that we are not a nation?"* Pero
traducir mentalmente a Filippo es una experiencia difícil,
que la deja terriblemente avergonzada. Es en ese momento
cuando ella siente que de verdad lo está traicionando, que
lo traiciona mucho más que con Nick Rosenfeld.

Finalmente, Eliane no necesita escribir a Nick Rosenfeld, porque la respuesta a su informulable pregunta de
repente brota de todas partes. No tiene más que pronunciar
su nombre, en un tono vagamente indiferente: una cantidad
impresionante de gente que la rodea conoce a Nick Rosenfeld, o más bien conoce a una cantidad de mujeres que
compartieron las fiebres horizontales de Nick Rosenfeld.
Tal parece que cualquier mujer que se mueve al alcance de
la mirada fría de Nick Rosenfeld acabó abrasada por el fuego dentro su lecho, en un arranque fugaz que tenía poco
que ver con ella.

Es posible entender todo acerca de la gente, de las naciones, en cuanto se comprende el sentido de su búsqueda. La
búsqueda de Nick Rosenfeld es onírica y abstracta. Va
mucho más allá de Eliane, mucho más allá de las mujeres
reales. Las mujeres reales sirven de trampolín hacia el sueño. La búsqueda de Nick Rosenfeld exige que se acueste de
inmediato con los ojos cerrados junto a ellas para poder
evadirlas mejor. Eliane comprende, ahora. Lo más difícil de
comprender es que la musiquita perturbadora de Nick
Rosenfeld no le estaba personalmente destinada. (*Oh Eliane. Oh Carole. Oh Teresa. My love. Oh you.*)

La búsqueda del pequeño país, por su parte, tiene un destino real, aunque pospuesto durante mucho tiempo. Y ahora, después de todos esos preliminares, llegó el momento de afrontarla. La Última Consulta se presenta, entre los ciudadanos del pequeño país pasmados por el insomnio. ¿A dónde irán finalmente a dormir?

Filippo y Eliane están en la televisión cuando el veredicto cae. Participan en una emisión especial acerca de la Última Consulta. Igual que los demás invitados, hacen comentarios mesurados y eligen las palabras menos contundentes para reaccionar tranquilamente ante la situación. No es sino mucho después, en el sofá de la sala, cuando la emoción los arroja a los brazos uno del otro.

Es una pena aguda, una decepción tan violenta que podría desembocar en odio. Sí, el odio sería fácil y acaso consolador. Eliane y Filippo se ven tentados por el odio hacia sus conciudadanos, hacia esas partes de sí mismos que se volvieron medrosas por temor a convertirse en fanáticas. Ovejas valientes. Luego, el odio se esfuma, pues no apacigua nada. La mitad de la gente del pequeño país tiene miedo de dormir en una cama desconocida. La otra mitad tiene miedo de morir en la vieja cama conocida. ¿Cómo saber cuál de los dos miedos es el más digno?

¿Hay que ver una relación metafórica entre la decepción amorosa de Eliane y la decepción ideológica del pequeño país? Por mi parte, desconfiaría como de todo lo que es demasiado fácil. Ciertamente, Nick Rosenfeld pertenece al gran país cuyo abrazo asfixiante provoca el miedo de Eliane. Pero la vida está llena de azares circunstanciales, y una mujer no es un país, por pequeño que éste sea.

A pesar de todo, el final de la historia viene de Nick Rosenfeld. Telefonea a Eliane, al día siguiente de la Última Consulta. *(Hello, Eliane. It's Nick Rosenfeld.)* Y mientras ella no habla, tiesa por la desconfianza, él pronuncia unas cuantas palabras, las más tiernas que ella hubiera escuchado en la lengua de él, y no hace sino repetir esas breves palabras de verdadero apaciguamiento. *(I'm sorry. I'm sorry.)*

Tomado de *Les Aurores montréales*
Boréal, 1996

LOUIS JOLICŒUR

Louis Jolicœur ya es conocido por los lectores mexicanos por Ausenciario *(Conaculta, 2000, traducción de* Saisir l'absence, *finalista del premio del Gobernador General de Canadá), antología en la que se despliega en toda su extensión el registro con el que este autor se ganó un lugar específico en el panorama literario quebequense: bajo el tema del viaje, del descubrimiento de lo desconocido, vemos despuntar una dimensión metafísica. El tema por sí solo da cuenta del título de uno de los relatos que publicó en* Les virages d'Émir *(L'instant même, 1990): "Quelques centímètres au-dessus des choses". En "Nadette et autres noms", se afirma la interferencia de la narración en el relato, sensible en el punto de vista escalonado y en la cadena de los nombres. El texto está sometido a un dato intercambiable —que actúa sobre la categoría a la que los lectores son probablemente más sensibles: la del personaje, en la que podemos proyectarnos y que, en este caso, se vuelve difusa—. El efecto de desamparo es sobrecogedor: el texto cuenta en primer término una historia, es cierto, pero puede afectar la relación existencial que sostenemos con el mundo.*

Louis Jolicœur nació en Quebec en 1957 y sigue viviendo en esa ciudad. Inició la carrera literaria a través de traducciones de Juan Carlos Onetti. Su primer libro, L'araignée du silence *(L'instant même, 1987), pone de manifiesto ante la crítica su propensión a un imaginario cercano a la literatura latinoamericana. En 1993 realizó la traducción de la antología* Nouvelles mexicaines d'aujourd'hui *(L'instant même) y el prólogo y la selección de* Autores contemporáneos de Quebec *publicada por la* UNAM.

NADETTE Y OTROS NOMBRES

Un día, una joven mujer decidió ir a instalarse a un pueblecito perdido en los confines de un país lejano. Llegó rendida tras un largo viaje, dispuesta a volver a empezar su vida en la medida en que todo fuera nuevo y por hacer. Cuando bajó del tren, nada le resultaba familiar, ni la lengua, ni las casas, ni siquiera los árboles y las flores. Las caras de la gente le parecían todas extrañas, mientras que ella, sorprendentemente, no atraía la mirada de nadie. Esto la alegró, tomó sus maletas y se echó a andar en dirección de la plaza central. Se detuvo en un hotelito cuyo suelo estaba tapizado de basura y en el que, como el viaje en tren la había entumecido un poco, decidió descansar. Todavía nadie había notado su presencia. Se quitó los zapatos, el sombrero y el saco, luego se recostó sobre una banca y en seguida se durmió.

No sentía temor alguno.

A su alrededor, la mañana parecía haberse detenido.

Nadette tuvo un sueño: un hombre la acaricia con vehemencia, le lame los labios y los dientes que ella le ofrece como un caramelo, luego la penetra con avidez. Otro hombre se acerca entonces y le hace señas de que no, que hay que volver a empezar, que eso no resulta verosímil, que ella no parece estar gozando, que debería gritar, transpirar, caer, jalarle el cabello al hombre, sacudirle los hombros, hacerlo entrar más profundamente dentro de ella.

Despertó lentamente, sorprendida por el chalet, por la plaza, por los transeúntes extraños y despreocupados.

Encogió las piernas sobre la banca y miró el muro detrás del chalet: graffitis en lengua extranjera, dibujos obscenos, corazones atravesados por flechas, banderas. Se pasó la mano por la cara, por el cabello, por los pies. Cuando se enderezó, vio que le faltaba una maleta, o más bien una bolsa, donde guardaba su dinero, su cámara fotográfica, su calculadora, su lámpara de bolsillo, la pequeña marioneta de madera que pensaba utilizar para trabajar en sus bocetos. Miró a su alrededor, hurgó en sus bolsillos, se percató de que le habían sacado el pañuelo, los fósforos, los condones, las aspirinas, todo menos su pasaporte —cosa de la que se alegró—. También vio que le habían dejado dinero local y una nota que decía: "El próximo tren parte a las 11 hs".

Tomó la maleta grande, se presentó en el hotel rosa y verde que se encontraba en el otro extremo de la plaza y trató de entablar conversación con el hotelero. En francés, luego en inglés, por fin en alemán, lengua que pareció entender un poco el anciano rechoncho y taciturno que la miraba con lentos ojos azules. El hombre acabó por sonreírle y decirle "Nur ein yacht", le dio una llave indicándole el primer piso. La sombría escalera, el olor a pescado y a encerrado, los crujidos del piso y de los muros, de repente todo le recordó su tierra natal, la casa familiar, los techos que chorreaban, los insectos detrás de las puertas. Su habitación no daba hacia la plaza sino a un patio cerrado donde no jugaba ningún niño. Depositó sus cosas, dio algunos pasos alrededor de la cama y, contra toda lógica en vista del calor que hacía, fue a cerrar la ventana. Los pájaros se callaron, la brisa de inmovilizó, el calor se volvió insoportable.

Nadette se desvistió: la playera, el brasier, la falda corta, la pantaleta que hacía juego con el brasier. Se recostó sobre las sábanas, su cabellera de alga cubrió la mitad de la almohada, el vello púbico pelirrojo y al ras contrastaba con su

piel blanca y lustrosa. Se puso a mirar un grabado colgado
en la pared que tenía enfrente: una mujer que hace muecas
y cuyos miembros desarticulados recordaban vagamente a
su marioneta desaparecida. Su mano empezó a deslizarse
sobre sus caderas, sus piernas, luego se hizo ovillo entre las
piernas y de golpe todo su cuerpo se dobló como el de un
niño a punto de dormirse. Así permaneció un rato, luego el
narrador de esta historia de pronto se cansó y de nuevo se
interesó por la plaza central. Lo que observó allí fue la calma, la pereza, la lentitud de todas las pequeñas ciudades del
mundo. De todos los pueblos. Sin embargo, sí, algo parecía
extraño. No habría sabido decir el qué, ni por supuesto
describirlo. Algo no funcionaba, no existía.

Eran las nueve y veinte. Hacía un calor tórrido.

En la plaza, un hombre limpiaba la basura que estaba
alrededor del chalet, otro repintaba los muros llenos de
graffitis, unos niños jugaban con una bolsa de TWA y pro-
yectaban el haz de luz de una lámpara de bolsillo de una
cara a otra en medio de grandes carcajadas. El narrador
escuchaba reír por primera vez desde el comienzo de su
historia, y eso lo regocijó, como por cierto se regocijó con
la llegada de su personaje, el primero desde hacía mucho
tiempo.

Nadette, quizá Adine. Tenía veintinueve años, treinta y
dos a lo sumo. Era hermosa, venía de lejos, le gustaba
recostarse desnuda bajo la canícula, no sabía por qué la
gente de ese pueblo parecía tan extraña. Sobre todo, acababa de abandonar todo. Durante cinco años había actuado
en Nueva York en películas pornográficas, cosa que nunca
la había apartado del placer la carne, que sabía distinguir
del placer relacionado con el dinero, pero que la había dejado vacía de energía. Estaba en busca de otra cosa, de su propia vida que la había abandonado poco a poco, dejándola

sola, dislocada y como cubierta por una fina película de plástico. Fue así como emprendió ese viaje a un país lejano y desconocido, con una última esperanza de reencontrar su vida.

Elisa se durmió y tuvo otro sueño: va caminando entre la basura de una playa pestilente, tropieza con ratas y culebras y, mientras canta una tonada lasciva y tropical, fotografía viejas botellas y manubrios de bicicleta oxidados. Aparece un hombre frente a ella, hacen el amor en la arena viscosa y, cuando él está a punto de gozar, ella le tiende una navaja de afeitar resplandeciente y le propone hacerla deslizar por sus respectivas gargantas.

El narrador de esta historia, sin embargo, prefiere desviarse del sueño de Alice, que considera más bien siniestro. Mejor hablará de los niños que jugaron con la marioneta de la joven mujer, doblando sus extremidades en todos los sentidos, y con el reloj de bolsillo, abriéndolo y cerrándolo sin parar, preguntándose la hora que sería en diferentes países, haciendo apuestas con el dinero encontrado en la bolsa, decidiendo luego quién era el ganador mediante un cálculo en el que intervenían factores tan sorprendentes y disparatados como el horario de los trenes y el ciclo de la luna.

Durante ese tiempo, Esther se levantó, volvió a vestirse, se pasó la esponja por la cara y salió del hotel.

Se paseó un rato alrededor de la plaza, encontró cerca del chalet algunas de las fotos donde posa desnuda y cuya ausencia en sus pertenencias no había notado; en vano sonrió a un policía que a todas luces no la vio en la esquina de la calle y, con la gruesa maleta en mano, se dirigió lentamente a la estación. A las 10.55 subió al tren con rumbo a W.

El narrador de esta historia la siguió, nada complacido de ver desaparecer a su personaje. Cuando ella se marchó, despechado, dejó trotar la mirada por la plaza, recorriendo en silencio el escenario desierto, las calles ardientes, el cielo blanco. Hasta el momento en que su atención se fijó de repente en un graffiti olvidado por el pintor que a su vez dormitaba sobre la banca del chalet. El graffiti, escrito en tres lenguas, sin duda para bien de los escasos turistas de paso, decía: La vida también nos ha abandonado, favor de buscarla en otra parte.

Tomado de *Les virages d'Émir*
L'instant même, 1990

GAËTAN BRULOTTE

El título del primer libro de Gaëtan Brulotte, con el que obtu-
vo el premio Adrienne-Choquette de cuento, constituye en sí
un programa estético y ético: los personajes de Le Surveillant
(publicado inicialmente en 1982 en las ediciones Quinze y des-
pués retomado por Leméac y, en formato de bolsillo, por la
Bibliothèque Québécoise), están sometidos, en efecto, a una
estrecha vigilancia. El texto que aquí presentamos revela
una de las facetas, el absurdo, de la que el autor tal vez sea el
más brillante representante quebequense en este género. Gaë-
tan Brulotte, autor también de las antologías Ce qui nous
tient: nouvelles en trois mouvements obstinés, avec une
ouverture, une clôture et quatre interludes, où l'on raconte
l'universel entêtement à être et à devenir *(Leméac, 1988) y*
L'audition *(Leméac, 1999), ha sido comentarista de la literatu-*
ra quebequense en numerosas publicaciones especializadas y
ha propuesto, entre otras observaciones, el perfil general del
protagonista tipo del cuento actual en Quebec, un protagonista
hecho de soledad.

TALLER 96 SOBRE LAS GENERALIDADES

Como de costumbre, el señor Rossi preside la reunión y la señora Berg se propone para tomar nota de las deliberaciones. Argumentando un principio de igualdad, alguien se opone a que sea una mujer la que haga las veces de secretaria. Se sugiere el nombre del señor Stack. Éste acepta siempre y cuando sean indulgentes con él dada su inexperiencia, condición que se acepta de inmediato y de buena gana.

El presidente da inicio eficazmente a la reunión leyendo de prisa el breve informe de la Comisión de Estudio sobre los Objetivos Generales. Propone su adopción. Esta propuesta recibe el beneplácito unánime. Después de una lectura rápida ratificamos también el acta de la última reunión.

El presidente anuncia que se va a llevar a cabo una nueva ronda de opiniones sobre nuestras empresas anteriores, con el fin de sondear de manera más precisa el punto de vista de los miembros presentes sobre los objetivos que debe perseguir nuestra asociación.

Vuelve a darse la palabra a la asamblea. Cada cual puede expresar su punto de vista, dice el presidente, con la condición de no tardarse mucho (pone su reloj sobre la mesa), con la condición de no salirse del tema, con la condición de levantar la mano y de anotarse antes de tomar la palabra, con la condición de hablar en orden y cada cual cuando le llegue el turno, con la condición de... (faltan algunos elementos de procedimiento).

Se abre la sesión.

Se hace un largo silencio en la asamblea.

Por insistencia del presidente, la señora Kegg hace el primer esfuerzo con mucha sencillez, proponiendo una corrección al último *hansard* oficial, en la página 5079, sexto renglón del primer párrafo. Debe decir: "Asociación para la ileítis y la colitis" y no "Asociación para la élite". La señora Lucie Wyck plantea el problema de la repetición en nuestras reuniones. Recomienda que se suprima lo que pueda contribuir a crear esta impresión de repetición.

El señor Tarb responde que la repetición de la que habla la señora Lucie sólo es aparente. Las numerosas asambleas del Comité Especial de Objetivos para el Establecimiento de la Orientación General que él presidía han demostrado fehacientemente que la repetición no aparecía como una de nuestras constantes.

La señora Wyck, dirigiéndose al presidente, suplica a la asamblea que no la llamen señora Lucie. Ya ha hablado de esto muchas veces. Esta forma de denominación corresponde a las dueñas de prostíbulos y le parece irrespetuosa.

En respuesta a la inquietud que se deja sentir en el salón por esta susceptibilidad que se juzga excesiva, el presidente hace un llamado a la calma y pide que se respete el deseo de la señora Wyck.

El señor Poquey protesta indignado contra una posible supresión del café y los pasteles en las reuniones. Insiste en la necesidad de conservar una tradición de servicios mínimos para garantizar la plena eficacia de nuestros encuentros. La presencia de los miembros, su grado de atención a los problemas, su buena voluntad en la acción de nuestro círculo pueden depender, según él, de ese tipo de atenciones que forman parte de la calidad de la vida.

El presidente altera el orden de las intervenciones ya inscritas para pedir a la señora Cobb, la anfitriona de esa noche, que aclare de inmediato la situación que le preocupa al señor Poquey. La señora Cobb dice que, hasta donde ella sabe, jamás se ha pensado en suprimir la merienda. El señor Poquey replica que creyó oír eso en el pasillo antes de la reunión. Se muestra más tranquilo con las palabras de la señora Cobb y la invita a servir los bocadillos. La señora Finn, invocando de nuevo la igualdad, se opone a que sea una mujer la que desempeñe el papel de anfitriona. La señora Cobb protesta, sin embargo, que a ella le gusta mucho hacerlo. Con todo, alguien propone al señor Poquey. Mientras éste sirve el café, la ronda de opiniones va viento en popa.

El señor Janet opina, como fundador de la asociación, que esta noche es la más decisiva de nuestra historia: nuestra existencia colectiva parece estar cada vez más en juego, y si no tomamos las cosas realmente en serio, vamos a tener que disolver la corporación. Amenaza a la asamblea con leer los incontables papeles que ha traído y que invaden las mesas vecinas. Pero no lo hace; las miradas de desaprobación lo desalientan. Sólo hace un repaso rápido de las reflexiones planteadas por la Comisión de Estudio sobre los Objetivos Generales. Estas observaciones ponen de relieve la necesidad de una concertación para definir la orientación de nuestro grupo. Se han hecho varios intentos de acercamiento a diferentes ponentes en nuestros numerosos comités sobre los objetivos específicos, pero tales iniciativas sugieren, cuando mucho, una disponibilidad para esbozar una articulación al respecto. La asamblea actual sigue siendo el lugar privilegiado para encauzar cualquier movimiento global de entendimiento.

El señor Thub quiere saber si hay que compilar concretamente la totalidad de las iniciativas esbozadas hasta ahora en los diversos comités donde se ve despuntar un esfuerzo de constitución. ¿No deberíamos reunir todos los elementos previos con el fin de definir nuestros objetivos, generales y específicos? Aventura la opinión de que el objetivo primario a corto plazo, o, mejor dicho, inmediato, podría ser efectivamente reagrupar todos los datos en el tiempo y en el espacio, e ir a solicitar para ello el apoyo de los poderes públicos y de los organismos sociales. Esta gestión tendría la ventaja de hacer posible una alternativa y nos permitiría obtener resultados más convincentes. Con los recursos reagrupados y puestos a disposición de una eventual acción concertada, podríamos sin duda amplificar el impacto de nuestra intervención al nivel del establecimiento de los objetivos generales.

El señor Tarb recuerda que el deseo de un apoyo externo no podría darse como objetivo general.

Se oye al señor Tromb masticar rodajas de plátanos deshidratados directamente de una gran bolsa transparente. Como todos los ojos se posan en él, las ofrece a sus vecinos ruborizándose hasta las orejas. La señora Finn se queja del trabajo del señor Poquey. Aún no le han servido su café. El señor Poquey alega que trata de servir a las personas en el orden en que están dispuestas en el salón.

El presidente vuelve a la carga para replantear las dos perspectivas entre las cuales debemos escoger: una orientación más cerrada o una orientación más abierta de nuestra sociedad. La asociación se halla en un momento decisivo de su historia: jamás se ha visto ante semejante dilema. Y hoy tenemos la posibilidad de examinarlo juntos con calma, de reflexionar sobre nuestra situación, de medir su alcance y de encontrar una solución. Estamos ante un problema, dice, e incluso varios problemas. Debemos decidir todos juntos, y de común acuerdo, qué camino vamos a tomar en el futuro.

Para terminar, garrapatea estadísticas en el pizarrón que está a sus espaldas. Las cifras muestran que el número de miembros disminuye cada año. Ya no somos más que sesenta y nueve.

El señor Seil, riendo, hace un chiste sobre el carácter erótico de la cifra.

El señor Brodsky, sin reír, comparte sus eruditas deducciones: el seis es el número simbólico de la prueba y el nueve expresa el fin de un ciclo, la terminación de una trayectoria, el cierre del círculo. La cifra, según él, es de muy mal augurio.

El señor Renoti, con el dedo levantado, advierte a la asamblea que no tenga demasiado en cuenta a los miembros y su número. Eso significa menos de lo que se cree.

La señora Cobb propone, con la punta del pensamiento, dice —así de relegada se siente en el fondo del salón—, crear una comisión encargada de estudiar los medios para defender los intereses de nuestra *guilda* (la palabra es suya) y para examinar las formas de promoción que puedan usarse con el gran público. Dicha comisión se encargaría específicamente de establecer fórmulas de reclutamiento y modelos de publicidad. A ella le gustaría formar parte activa de esta comisión.

El presidente nos recuerda que estamos trabajando para determinar nuestros objetivos generales. La discusión gira en torno a este asunto preciso y a ningún otro. Ha dado cifras únicamente para que al expresar nuestros puntos de vista tengamos en cuenta la evolución de la situación.

La señora Vendler piensa, a diferencia del señor Renoti, que debemos vigilar de cerca el número de miembros. Es un asunto capital.

A la señora Grave le interesa que se conserven los viejos objetivos, es decir, los actuales. Ella los propuso hace algún tiempo, asegura, antes de tomar su licencia de maternidad, y le gustaría tener ahora la oportunidad de ver qué efectos producen si realmente se les persigue.

El presidente lleva de nuevo la discusión a los objetivos generales que hay que dar a nuestra sociedad. Los objetivos de los que acaba de hablar la señora Grave son objetivos específicos muy parciales que están siendo revisados a fondo.

La señora Kegg recuerda la prohibición de fumar que se aprobó anteriormente, página 256 de nuestras minutas, y que figura en el artículo 5, inciso 1, punto 2 de nuestros reglamentos de administración interna.

En consecuencia, el presidente pide a los fumadores apagar sus cigarrillos o retirarse.

El señor Thub, dando un puñetazo sobre la mesa, declara que no somos una asamblea deliberativa sino consultiva, y que no tenemos poderes, pues éstos fueron entregados por votación al consejo ejecutivo de la compañía *(sic)*.

El presidente impugna esto y asegura que sí tenemos poderes. Reanuda el debate.

El señor Tarb toma de nuevo la palabra. Insiste en que el número de miembros no constituye más que un elemento de la revaluación de nuestros objetivos generales y que no hay que darle demasiada importancia.

El señor Tytell propone los siguientes argumentos: hasta ahora han tenido lugar muchas reuniones sobre el tema de los objetivos de nuestro club *(sic)*; en cada ocasión la participación ha sido desigual; la comprensión de nuestro papel no ha progresado en absoluto desde el año pasado en esta misma fecha. Desea proponer que cese la ronda de reuniones y que la cuestión quede provisionalmente en suspenso.

El presidente asegura que entiende esta impaciencia. Sin embargo, no podemos pasar a la acción mientras nuestros objetivos no queden claramente redefinidos.

El señor Tytell replica que desde la fundación hemos consagrado todas nuestras energías a eso, y no hacemos nada.

El presidente responde alabando el sentido de la planificación que nuestra comunidad manifiesta. Deberíamos estar felices de comprobar que nos negamos a emprender acciones a ciegas. En cuanto a los talleres, agrega, se han realizado de acuerdo con la cantidad prevista por nuestros estatutos y reglamentos.

El señor Tytell afirma que perdemos el tiempo reuniéndonos con tanta frecuencia sin un objetivo preciso; que eso demuestra una gran incapacidad para tomar decisiones; que debemos cambiar nuestros estatutos a ese respecto para reducir la cantidad de reuniones. Según él, esta medida serviría para reducir el ausentismo, que se ha vuelto alarmante, y para volver más operativas nuestras asambleas. Apunta que la sesión actual, con veintitrés miembros presentes de sesenta y nueve, no tiene quórum y no es democrática.

El presidente interviene de nuevo para decir que la idea de fijar un quórum había sido rechazada por votación en una asamblea anterior, porque su aplicación demasiado estricta volvía inoperantes las reuniones obligatorias de nuestra asociación. Si el señor Tytell quisiera reconsiderar esta decisión, podría proponer el punto en un próximo orden del día.

La señora Kegg expresa la opinión de que nos reunimos por amistad y por el placer de la camaradería más que por deber profesional.

El señor Seil interviene de pie, sonriendo, en el vano de la puerta, al lado de otros tres fumadores. No traspone el umbral y resulta difícil escucharlo, pues su voz no nos llega. Le gritan que hable más alto.

El ruido interrumpe el sueño del señor Trom, quien se

sobresalta, alza la mano, quiere tomar la palabra, comienza a hablar, se arrepiente y dice que es demasiado complicado, que mejor no.

El señor Anderson insiste en la importancia, importante sobre todo, de armonizar armónicamente la estructuración estructural de los objetivos generales.

El señor Renoti dice que primero tenemos que establecer nuestra filosofía. ¿Debemos determinar nuestros objetivos tomando en cuenta el número de miembros, o no, y en función de las necesidades de todos, o no?

La señora Vendler confirma que nuestras necesidades son la base de todo. Tenemos que identificar primero nuestras necesidades. Propone una.

La señora Wyck repite que nos estamos repitiendo; que esas necesidades ya fueron definidas por los fundadores de nuestra cofradía (así la llama).

El señor Thub protesta que tenemos la obligación de responder a las interrogaciones presentes de los miembros de esta asamblea.

El señor Renoti pregunta de qué interrogaciones se trata.

Nadie le responde.

El señor Brodsky sugiere que se distingan las necesidades y los deseos de los miembros. Podemos traducir la palabra *necesidad* como aquello que le hace falta a un miembro para alcanzar un objetivo. Y la palabra *deseo* como aquello que un miembro desea que la liga (la palabra es suya) le aporte. Las necesidades difieren de los deseos. Muchas veces damos a los segundos el sentido que tienen las primeras.

La señora Cobb propone que se haga una encuesta por medio de un cuestionario escrito para conocer las necesidades y los deseos de cada uno de acuerdo con la definición ofrecida por el señor Brodsky.

El señor Tytell sostiene que semejante encuesta sería totalmente inútil. Para elaborar un cuestionario así harían falta innumerables reuniones más, sin contar con que un cuestionario de ese tipo no va a revelar a fin de cuentas más que lo que uno desee que revele.

El señor Anderson anuncia una enmienda que desearía hacer eventualmente si se presenta una propuesta, para introducir la palabra *deseo,* que le parece de una importancia tan importante como la palabra *necesidad,* puesto que el deseo es el deseo del deseo, y la necesidad es la necesidad de la necesidad.

Al señor Tytell le parece que ésta es una distinción totalmente ociosa. Estos bizantinismos no hacen que la discusión progrese un ápice.

El señor Brodsky no está de acuerdo con el señor Tytell y considera incluso que debería tomarse en cuenta una tercera variante: la petición. La petición es distinta de la necesidad y del deseo. Se sitúa entre los dos. Para entender bien lo que está en juego, invita a la asamblea a examinar las categorías de la carencia, de las que identifica tres (se acerca al pizarrón para explicarse mejor): la privación (la ausencia), que es una carencia real; la frustración (la presencia), que es una carencia imaginaria; la postración (símbolo de la intermitencia), que es una carencia simbólica. El deseo pertenece al orden de la privación; la necesidad se sitúa del lado de la frustración; la petición (de mediación, de ayuda, de apoyo) se asocia con la postración. Esta última es inactividad, adinamia. Se trata de una carencia en la que predominan el fastidio y el agobio. Nuestra liga experimenta en realidad, y claramente según él, una situación de postración. En consecuencia, nos ubicamos en la petición. Es importante agregar esta categoría.

El señor Tytell expresa su aprecio por las sutilezas intelectuales del señor Brodsky, pero insiste en que estos sibilinos razonamientos no tienen cabida en las circunstancias presentes. Complican inútilmente las cosas. Al querer ser demasiado claros, muchas veces nos enredamos. He ahí lo que nos pasa.

El señor Janet piensa, al contrario, que estas distinciones simplifican las cosas. Existe una gran diferencia entre una elección binaria y una ternaria. Agregando un tercer término nos acercamos a una lógica del infinito…

El señor Anderson subraya la importancia importante de la petición para pedir a cada miembro las necesidades de deseos y los deseos de necesidades, así como para pedir las peticiones de deseos y de necesidades de nuestra unión (la palabra es suya).

El señor Renoti lanza una idea nueva que suscita la sorpresa. Si hablamos de las necesidades-deseos-peticiones de los miembros de la federación *(sic)*, ¿por qué no invocamos también las de los no miembros? Es un camino que sería interesante explorar con miras al reclutamiento. Podría tenérsele en cuenta en los objetivos.

La señora Grave no sabe muy bien si debe atribuir su confusión a su larga ausencia por maternidad, pero siente que a ciertas intervenciones les falta seriedad y se disculpa por no siempre entender bien otras.

Para la señora Berg, hay que definir las cosas si se quiere responder a las peticiones. Ése es el punto de partida. Ahora bien, definir las necesidades es difícil, pues éstas pueden ser determinadas en realidad por el exterior, por alguien distinto de las personas interesadas. Además, nuestro sindicato *(sic)* no puede intervenir en los deseos para satisfacerlos, ya que éstos están sujetos a la moda y cambian constantemente. Sería absurdo introducirlos en un objetivo. Sólo nos queda una cosa: la petición. En eso debemos concentrarnos.

La señora Vendler vuelve con la idea de tener en cuenta las necesidades y los deseos de los miembros.

El señor Thub agrega que habría que consultar también a los antiguos miembros; es decir, a los que han dejado de cooperar. Las razones por las que nos dejaron podrían ayudarnos a definir los tres elementos previos.

La señora Cobb propone una pausa para tomar café y aclararnos las ideas.

Aplausos.

Las discusiones se reanudan después de un cuarto de hora. Según el señor Tromb, las cosas son muy sencillas: la orientación de la sociedad no puede ser más que cerrada o abierta. ¿Debemos especializarnos en un campo de actividad, como, por ejemplo, la asociación SDS: Separados, Divorciados, Solidarios, o el reagrupamiento de los suicidas? ¿O abrirnos a muchos campos de actividad como, por ejemplo, el organismo sin fines lucrativos Le Rivage que socorre a los miserables de la ciudad, pero que también tiene preocupaciones ecológicas y se interesa por los problemas humanos globales? Hay que escoger *una* orientación, y no dos. En seguida podremos definir una filosofía.

La señora Wyck vuelve a intervenir: estamos retomando, dice, cuestiones eternas que siempre han dividido a nuestra confraternidad *(sic)* en dos. No puede haber *una* filosofía al respecto. Podemos tomar una decisión como asamblea, pero esa decisión satisfará a una parte y dejará a la otra insatisfecha. Además, no debemos rivalizar con otros grupos análogos al nuestro. Propone que retomemos punto por punto el informe del Comité Especial sobre los Obje-tivos Generales y que nos pronunciemos sobre dicho informe.

El presidente rompe el orden de las intervenciones. Podemos proponer una moción de censura contra él, y él estaría dispuesto a dimitir de inmediato si esto ocurre, pero le parece apropiado tomar la palabra para subrayar que el informe de la Comisión sobre los Objetivos Generales acaba de ser presentado. Se necesitaba que el comité en cuestión presentara su informe en una reunión de la asamblea, lo que se hizo hace unos instantes, y luego se adoptó. No podemos volver sobre lo mismo. Por lo tanto, hay que olvidarlo. Por otra parte, tenemos en nuestros archivos un viejo balance del anterior consejo de administración, redactado a la luz de los elementos que poseía en esa época y hecho desde una perspectiva de renovación. Los interesados pueden consultarlo en los archivos, previa cita con la responsable, la señora Kegg.

La señora Wyck vuelve a la carga. Cuando se trató de inscribir uno u otro de los objetivos en la constitución actual, se hizo en nombre de una u otra filosofía, en asamblea general. ¿Hay que abrir, o no? Siempre es el mismo problema. Nos estamos repitiendo. La cuestión de los objetivos se ha debatido siempre con la misma división de opiniones. Ella propone que el último informe de la Comisión sobre los Objetivos sirva de trampolín para los intercambios.

La señora Vendler apoya lo anterior, pidiendo que se tengan en cuenta las estadísticas indicadas en el pizarrón. Subraya que las discusiones se alargan a medida que baja el número de miembros. Esto es revelador.

Risas.

El señor Thub, subiéndose a su escritorio, con la cara amoratada, propone tomar como base de discusión el informe antes mencionado, pues sirve de conclusión a un largo debate del Comité Especial y también porque ese documento colectivo debería contener los elementos de una orientación filosófica.

El señor Tromb, sin ponerse de pie y alargando el cuello, manifiesta su acuerdo. El informe de la Comisión proporciona los elementos de un análisis de las generalidades que no es posible ignorar. En ese sentido debemos deliberar.

El señor Tytell, disimulando una sonrisa, encuentra singular que después de horas de debate estemos todavía en la etapa de preguntarnos sobre qué vamos a discutir. Exige que no se reproduzca este comentario en ninguna parte porque eso nos desacreditaría ante los lectores eventuales y, sobre todo, ante nuestros sucesores.

El señor Poquey piensa que el círculo *(sic)* debería organizar más cenas para charlar.

El señor Bone, un miembro nuevo, dice que se integró a nuestro partido (la palabra es suya) con el fin de lanzar el FLI, el Frente de Liberación de las Ideas, y de fundar un órgano de reunión que podría llamarse *El Vínculo.*

El señor Tromb replica que la SDS (Separados, Divorciados, Solidarios) publica ya una revista que lleva precisamente ese título (involuntariamente irónico, por cierto): *El Vínculo.*

Risas.

El señor Thub hace notar que antes de pensar en el nombre de una posible revista, le parece más importante revisar el de nuestra agrupación.

El presidente opina que esa cuestión no viene a cuento.

El señor Tytell desea que se lea el último artículo del informe de la Comisión sobre los Objetivos Generales. Pide que se le lea en voz alta y de manera inteligible, es decir, a un ritmo normal.

El presidente acepta releerlo.

En ese artículo se hace saber que el Comité Especial propone su propia disolución, así como la de la asociación.

Ahora bien, dicho artículo, subraya el señor Tytell, fue sometido a votación al principio de la reunión, junto con la totalidad del informe. Por eso mismo, el Comité Especial ya no existe y nuestro club *(sic)* se hizo el haraquiri. Lo único que queda es que cada cual se vaya a su casa.

El presidente da un nuevo impulso a la asamblea suplicándole que considere que estamos aquí para discutir, pese a todo, la orientación de la asociación. Afirma que, según nuestras reglas de procedimiento, una proposición aprobada no puede volver a ponerse en juego en el curso de la misma asamblea. Esto puede hacerse en una reunión subsecuente, después de un aviso de moción por escrito.

El señor Tytell replica invocando el irrealismo total de este taller. De todas formas necesitamos dinero para hacer cualquier cosa. ¿Por qué no hablar de este problema fundamental e intentar resolverlo?

La señora Cobb sugiere en seguida que se organice un "mecetón"* para reunir fondos con el fin de poner en marcha proyectos concretos.

La señora Berg opina que un concierto de beneficio sería más indicado.

La señora Finn propone que mejor se mande imprimir un calendario con dibujos de pintoras y textos de poetisas, lo que reflejaría el espíritu de igualdad de nuestra mutualidad (la palabra es suya).

El señor Seil sugiere camisetas unisex con el nombre de la corporación. El señor Bone, gafetes con eslogans.

La señora Grave prefiere la maternal idea de vender caramelos en colaboración con un fabricante.

El señor Poquey sugiere, recordando sus días de niño,

---

* Explica que esta actividad consiste en mecerse en una mecedora el mayor número de horas posible sin parar. Los benefactores pagan a los participantes por hora.

que los caramelos tengan forma de pececitos rojos y sabor de jengibre.

El señor Tromb toma partido radicalmente por las rodajas de plátanos deshidratados.

El señor Thub, forzando la voz y gesticulando, hace una moción de aplazamiento para poner fin a estos discursos. La moción difiere las discusiones para más tarde. Y eso no se discute.

El señor Brodsky quiere saber qué es una moción de aplazamiento y qué la diferencia de una moción de suspensión.

El presidente piensa que el problema es sumamente interesante y pide a nuestra experta en procedimientos, la señora Kegg, que se lo explique al oído. Vuelve a la asamblea que se agita diciendo: "Eso no se discute".

La moción de aplazamiento se aprueba por mayoría de votos con tres abstenciones.

El secretario *ad hoc*
H. G. Stack

Durante la siguiente reunión se someterá a votación una moción de condena contra el señor Stack por su trabajo, considerado fantasioso. Se dirá que le faltó objetividad en la transcripción de las deliberaciones. Después de esta torpeza, se creará una comisión especial para estudiar las posibles formas de las comunicaciones escritas en el seno de la sociedad, con el fin de normalizarlas. La función de esta comisión será definir claramente y en detalle la "reseña", el "acta", el *"hansard"*, el "balance", las "minutas", que son, todos ellos, textos de información; el "reporte", el "documento colectivo" y la "relación", que son textos de intervención. Dado que en el ejercicio de sus funciones la asociación está llamada a recibir, a conservar y a producir textos de información y de intervención, nos esmeraremos en determinar sus reglas oficiales de presentación, el protocolo de redacción, los estatutos de signatario y de destinatario, y los límites específicos.

Tomado de *Le Surveillant*
©Bibliothèque québécoise, 1995

ROLAND BOURNEUF

La fructífera carrera universitaria de Roland Bourneuf (a quien se debe particularmente, en co-autoría con Réal Ouellet, L'Univers du roman, PUF, 1972) ha estado marcada por su interés acerca de las relaciones entre el arte y la literatura, de lo que da cuenta en su ensayo Littérature et peinture *(L'instant même, 1998). Él mismo cayó en su juego, esta vez como cuentista: una tarjeta postal en la que aparece una de las Salomé de Gustave Moreau se desliza en la obra ficticia de un pintor cuyo talento lo expone a peligrosas envidias.*

Roland Bourneuf nació en Riom, en la provincia francesa de Auvernia, y se instaló en Quebec hace más de treinta años. Su obra como cuentista se pliega sin dificultad ni trampas al onirismo, por la forma como reorganiza la sustancia con que están hechos los sueños. Ha publicado los siguientes libros: Reconnaissances *(Parallèles, 1981),* Mémoires du demi-jour *(L'instant même, 1990),* Chronique des veilleurs *(L'instant même, 1994) y* Le traversier *(L'instant même, 2000), al que pertenece el texto aquí incluido.*

LA APARICIÓN

Miro las fotos, una por una. La persona que las tomó cuidó muy bien el ángulo y el encuadre. Buscó manifiestamente el efecto. En ésta, el interior del automóvil que nos conducía hacia el hotel en medio de la nieve. La manga de mi suéter con un desgarrón perfectamente visible, un bolso de cuero sobre el asiento, una cobija con la que a menudo nos envolvimos. Luego una habitación con papel tapiz azul, la cama destendida, y sobre ella esa jovencita semirecostada, casi desnuda. Está posando con sus lentes oscuros. Ahora un taller de pintor. Cuadros apoyados contra la pared, cuerpos de hombres y de mujeres casi de tamaño natural, esbozados a grandes rasgos con algunas manchas de color.

Encima de eso un silencio. El silencio que con los años ha cubierto mi vida. Debí haber hecho algo, defenderme. Algunos se habrían levantado para gritar. Guardé todo eso dentro de un cajón, como voy a hacer con estas fotografías. En el reverso hay unas fechas escritas. La primera, la más vieja, es de hace casi treinta años. Entonces me encontraba en la plenitud, yo, el hombre que envejece y que dentro de poco —pero no tanto por el peso de la edad— será un anciano.

A veces me pregunto si es demasiado tarde, sobre todo por la noche, cuando, durante horas, permanezco despierto. Y tengo los días completos para pensar en ello. Es más, ya no tengo otra cosa que hacer. Es como un ácido que actúa, muy diluido, unas cuantas gotas en mucha agua estancada. Pero ¿demasiado tarde para qué?

Y sin embargo eso pudo haber empezado peor. A los doce años me creí destinado a la música. Tenía buen oído y un hilillo de voz no del todo despreciable. Me aventuré a componer algunas niñerías melosas. Cuando, para el recital mensual de nuestro gran salón victoriano, ocupaba mi lugar cerca del pianista, nuestros invitados me reconocían cierta gracia. Mi padre y mi madre opinaban con un aire que pretendían modesto: ¡Gracia! Es justamente una de las cosas de las que más ha carecido mi vida. Esa elegancia del gesto que se considera natural en las almas bien nacidas... Los sacerdotes que me enseñaban —y a los que tampoco les sobraba esa gracia— siempre tenían esa palabra en la boca, pero nunca entendí bien lo que querían decir.

Luego la voz me cambió. Desde entonces, nunca supe colocarla. El ruido sordo y velado que sale de mi garganta subraya el acento provinciano heredado por mis progenitores y del que jamás pude deshacerme. A decir verdad nunca hubo necesidad en los consejos de administración de entonar una romanza o un trémolo. Lo que importa es plantar el clavo en el lugar y en el momento precisos. En este ejercicio mi talento fue unánimemente reconocido, y con toda justicia me lo concedo. En mi cuadro de honor cuento incluso con algunas caídas de competidores que no pudieron volver a levantarse. En aquellos momentos Louisa desbordaba de júbilo y casi me habría admirado. Provisto por mi padre de un jugoso viático, supe hacerlo fructificar, seguí al pie de la letra sus recomendaciones. Me hice de un patrimonio y Louisa no tuvo de qué quejarse. En vez de fregar las cacerolas, tuvo toda la libertad para frecuentar hoteles de lujo y casinos y, como decía ella, dedicarse a su arte. Y también de allegarse los servicios de diversos caballeros acompañantes. Nunca me importaron mucho, excepto uno o dos menos discretos que los demás. Cosa que me garantizaba una libertad de movimiento que, por mi lado, aproveché.

Pero para empezar hubo esa excursión nórdica. Después de haber surcado un laberinto de islotes, el barco nos conducía hacia la Gamla Stan de techos verdosos. El mar transporta rocas con pequeños trozos de bosque hasta el corazón de Estocolmo, y el sol primaveral encima de todo eso. Ella estaba sentada junto a mí y entablamos la conversación. Se echó a reír: "¿Louis?, y yo ¡Louisa! Estamos hechos para entendernos…" Le agradecí no haber dicho: "destinados". Una vez al año me concedía un paréntesis en mis negocios que, para entonces, ya iban por buen camino. Una escapada de una o dos semanas. Por su parte, ella había querido conocer la tierra de su abuelo. Sin duda había heredado de él el cabello rubio y los ojos azules que sabía agrandar con algunos toques de maquillaje.

Visitamos austeros templos luteranos, museos, el enorme buque desencallado que, por el peso de sus adornos, cañones y desmesura, se hundió por el fondo al momento de botarlo. Vagamos por los restoranes coquetos de esa plaza donde —no me enteré de ello sino mucho tiempo después— se llevaban a cabo las ejecuciones públicas: hace menos de tres siglos allí se decapitaba a los condenados. Igual que los habitantes al salir del invierno, nos paseamos en bote, nos asoleamos. Poco antes de nuestra partida, conocimos algunas recamaritas detrás de sus cortinas de cretona floreada. Sentía a Louisa prudente y sedienta a un tiempo, casi ávida. Había tenido una pena amorosa que tiempo después contó en varias ocasiones con otros detalles o nuevas variaciones. Observé cómo le resultaba fácil hablar con los meseros, los choferes de taxi, los vecinos de mesa, y yo, por lo general tan artificial, también me veía arrastrado a hacerlo, me volvía casi locuaz. Me dejé llevar por el placer del paseo, del *dolce far niente* y de la cama. Ésa fue nuestra primavera escandinava.

¿Y después? Los negocios debieron de parecerme un poco más prosaicos, y a ella más mediocre su suburbio. Llamadas telefónicas, fines de semana en albergues rurales, luego la nieve. Pero esa foto del hotel en invierno que acabo de mirar no remonta a esos comienzos: en ella ya estamos más viejos. Como desde mucho tiempo atrás ya compartíamos la vida de pareja, a pesar de los notorios entrecejos fruncidos de nuestra correcta sociedad, no quise legalizar. ¿Para marcar una independencia y hacerme yo mismo la ilusión? O ¿para reservarme una puerta de salida, que con frecuencia estuve tentado de tomar?

Muy pronto saqué a Louisa de su modesta oficina. Había tenido la delicadeza de no pedirme nada, o al menos no abiertamente. Le ofrecí, o más bien le asigné una tarea a la medida, lo que hoy día llamaríamos relaciones públicas. Se trataba ante todo de tener buena presentación y de conversar con mis eventuales socios. Y llegado el caso —que fue cada vez más frecuente— de hacerla de anfitriona. Para Louisa ésas eran las grandes noches. Yo, que había conocido las recepciones familiares entre el piano de cola y los vasos de limonada que había que poner mucho cuidado en no beber de un golpe, le dejaba carta blanca. Ella tenía gustos artísticos, o lo que entonces yo creía que eran tales. A falta de personalidades demasiado solicitadas, engalanaba gustosamente nuestras cenas con algunos artistas prometedores. Yo, conservaba mi lugar, es decir hacía y decía lo mínimo, pero no olvidaba mis intereses y preparaba el terreno.

Hoy reconozco que, en esa época, la cotidianidad fue más tolerable y que llegamos a vivir réplicas de aquella primavera escandinava. Cambiábamos de aires, hacíamos visitas. En esas circunstancias no me fijaba mucho en los gastos. Quería complacerla, pero no era la única razón. Después de esos viajes, después de esas recepciones que ella se las ingeniaba para hacer si no brillantes, por lo menos divertidas, y para mí fructíferas, Louisa se veía animada por un vigor festivo, casi un furor, que también me beneficiaba. Luego se apagaba y se deslizaba, o caía sin previo aviso, en una morosidad de la que nada podía sacarla. Desde nuestros inicios, me había prevenido sobre sus "humores". Era poco decir: se irritaba por una nada, regañaba con aspereza a nuestra servidumbre, a mis empleados, durante días y semanas me trataba con frialdad. Entonces me sumergía con mayor obstinación en mis asuntos.

Louisa creyó encontrar un sucedáneo eficaz. Compró un caballete, colores y pinceles, frecuentó una academia, asistió a exposiciones. En sus lienzos aparecieron entre flores y follajes rostros de jovencitas de mirada extática bajo sombreros de paja. Solicitaba mis comentarios, no tenía nada qué decir —si no es que esta repentina pasión me convenía—. Entonces ella se dirigió a espectadores más competentes y más complacientes. No faltaron.

Debe de haber sido en esa época cuando "descubrimos" a Serguei. Había conseguido pasar la Cortina de Hierro cuando la caza de los artistas enemigos del pueblo se convertía en una despiadada persecución. Solo, hambriento, seguía pintando, pero nos enteramos de su situación por terceros. No se quejaba, no hablaba de él. Su francés era aún demasiado pobre, pero creo sobre todo que ese muchacho de cabello al ras y barba corta era demasiado orgulloso. Me agradó. Había en su persona algo que impresionaba desde el principio, una especie de transparencia, de agudeza, como si estuviera en carne viva. Aceptó recibirnos en la buhardilla congelada que había convertido en su vivienda y taller. Yo creía ingenuamente que así era como vivían los desheredados del arte y que en nuestros tiempos los artistas le hacían a la bohemia para darse importancia. Con reticencia, nos mostró algunos cuadros. Sombras erguidas, cuerpos, algunos torturados, y sin embargo de ellos se desprendía una especie de luz, como si el sufrimiento no contara, es más, como si hubiera transformado a los seres en otros. De manera discreta conseguí la intervención de algunas relaciones. Una galería aceptó una media docena de lienzos. No resultó un éxito: Serguei incomodaba. Compré, le hice llegar el dinero sin identificarme.

Louisa tenía visiblemente otras expectativas. Invitó a Serguei al apartamento y, con la actitud que ella sabía convertir en desenvoltura, le mostró sus cuadros. Él inclinó ligeramente la cabeza, como si saludara. Esos vaporosos rostros de jovencitas, allí, frente a ese hombre... Tuve la sensación de una suerte de incongruencia, casi de un insulto. Él tampoco dijo nada. Vi que Louisa se crispó de ira. Serguei nunca volvió al apartamento.

Luego, heme por fin en el meollo, apareció aquella que vendría a embrollar todo. O a aclararlo, a tal grado que, para cualquier otro que no fuera yo, hubiera resultado enceguecedor. Se hacía llamar Kari. Pretendía trabajar en el medio de la moda, más especialmente de las pieles, y en invierno lucía un abrigo de lince. Tal vez fue lo que le agradó a Louisa, a quien le gustaba llevar gorros de astracán y un manguito pasado de moda, para recordar a su madre, según decía. Pero ¿cómo podía esa joven permitirse atuendos tan lujosos? Debí haberme mostrado más alerta, tratar de averiguar. Probablemente Louisa me hubiera respondido con sus acostumbradas evasivas, risas o mimos burlones, hirientes como una injuria. En ese aspecto nada tenía que envidiarle y no era tanto a ella a quien debí haber interrogado. Y yo dejaba que las cosas corrieran, que se pudrieran y era como si estuviera pudriéndome por dentro, a pasitos, por minúsculas traiciones, que preparan a las grandes.

¿Quién de los dos dejó que se acercara y se interpusiera entre nosotros? Kari habría podido ser la hija de Louisa. No teníamos hijos y no era por un error de la naturaleza. No me hubiera imaginado para nada ver a Louisa cuidar con convicción a un bebé, a pesar del apego a los valores familiares que predicaba. Y por mi parte, después de algunos intentos, no insistía. Era mejor así, pero luego Louisa me lo reprochó.

Una mujer muy joven, decía yo, salida de Dios sabe dónde. Morenita de cabello corto que dejaba la nuca al descubierto, cejas marcadas sobre unos ojos garzos, labios carnosos bien dibujados. Bajo una blusa sedosa, los senos menudos, las estrechas caderas torneadas en una falda de piel, botas de cabritilla blanca. O sobre todo ese vestido corto con el cierre oblicuo que dibujaba una raya cual latigazo desde el hombro izquierdo hasta la pierna derecha. Casi siempre vestía de negro y blanco con, en ocasiones, una pañoleta roja abultada, un pesado dije de cornalina y arracadas de gitana. Yo sólo saludé cuando Louisa nos presentó de manera vaga. Muy tardíamente me percaté de que también habría podido ser mi hija.

Llegaba en cualquier momento, se sentaba en el sillón más profundo, cruzaba las piernas. Estaba allí, podría haber estado en otra parte, no manifestaba ni agrado ni impaciencia. Ninguna situación parecía afectarla. Invitada, visita o intrusa.

Louisa, que había abandonado la pintura por la fotografía, la tomó como modelo. En ocasiones yo sorprendía o bien observaba a hurtadillas esas sesiones de pose: el talle arqueado, el puño sobre la cadera o los brazos anudados por encima de la cabeza. Y Louisa caracoleaba, ajustaba, volvía a empezar sin cesar. Ahora la asaltaban chifladuras repentinas. Usaba joyas exóticas. En el centro de la sala, extendió una piel de oso blanco con el hocico abierto mostrando los colmillos como se ven en las películas. Despidió a una sirvienta que trabajaba en casa desde hacía mucho tiempo, so pretexto de que había estado a punto de romper alguna porcelana cursi comprada a un vendedor de viejo. Detalle que empeoraba, al decir de Louisa, las faltas pasadas de esa muchacha. En efecto, Louisa no transigía, no olvidaba nada.

Kari no tardó en parecer haberse instalado definitivamente. Me la encontraba en el desayuno vistiendo la bata de seda color ciruela que yo había regalado a Louisa. Luego las dos se eclipsaban para ir a ver las últimas colecciones de moda, el lanzamiento de un nuevo perfume. A veces se ausentaban dos o tres días: Louisa necesitaba espacio, otros paisajes, otra compañía. Hacía una pausa antes de precisar: diferente a la mía. No podía culparla. En cuanto a mí, me dedicaba a mis negocios, lo bastante florecientes como para no quejarme, ensanchaba mi campo de acción, los periódicos, la información. Tenía buenos contactos un poco por doquier. Me sabía buscado y temido por quienes manejaban el dinero.

En un principio fingí no ver a Kari y de este modo establecí una distancia. Y resulta que ahora quería franquearla, es más, abolirla. Aguardaba que regresara con su vestido corto zigzagueado y sus botas blancas. En su presencia lo único que sabía era embrollarme en confusos discursos o quedarme sin chistar. Me encontraba pues en ese estado, como músico abortado sin saber qué registro elegir. ¿Era el efecto de esos lentes oscuros que llevaba tan a menudo, aunque las circunstancias no los exigieran para nada, o esos ojos fijos indescifrables que ponía en la gente, en los objetos y en mí? A veces creía ver una sonrisa en sus labios muy rojos, pero no estaba seguro de que realmente sonriera.

Cuando estaba sentada en la sala y me acercaba, ella me tendía su vaso para que se lo llenara como habría hecho con un sirviente. Cuando iba a entregárselo, ella estaba absorta en una revista manifestando su intención de no ser molestada. O bien se dirigía a correr las cortinas, salía de la pieza e iba a reunirse con Louisa que nunca estaba muy lejos. También intenté la distracción o la desenvoltura que me sentaba muy mal. No habría podido decir si me provocaba, si simulaba la prudencia o si entraba en un plan que no había sido montado por ella. Pero en aquella época yo era totalmente incapaz de hacerme esas preguntas como hago ahora. Una vez más, todas esas interrogantes que nos abstenemos de formular ¿no son acaso otras tantas cobardías? Y con ese "nosotros", con ese "uno", trato, al volver común una práctica, de hacerme más ligero su peso. Muy en vano. Me quedé con mis fantasmas. Múltiples, únicos. A cada quien su turno, y ellos iban cobrando fuerza. Volvían a empujarme, me asediaban. Tenían una forma, la tocaba. Desnudar ese cuerpo. Más que desnudo, como un animal que uno despojaría de su melena. Para que vibrara, para que sus ojos miraran, para que yo mismo…

Del cajón secreto saco unos papeles para clasificarlos, es decir para quemarlos. Allí había puesto un día mis partituras. Huele a enmohecido igual que los legajos de viejos periódicos que absurdamente uno piensa consultar más tarde. Catálogos de exposiciones, folletos turísticos, vistas de la ensenada, los canales, refugios de montaña, menús gastronómicos, hoteles de lujo. ¡Al fuego! Por más que atice, aplaste, pulverice, nunca será suficiente. Mariposas negras siguen revoloteando por todas partes.

En todo este fárrago, una pequeña postal. Una bailarina en equilibrio sobre la punta de los pies, con el brazo extendido, la frente un poco inclinada, el cuerpo desnudo adornado con joyas. Sale de la sombra de algún templo en el que aparecen otros personajes, pero la reproducción es demasiado mediocre como para distinguirlos. Tal vez hay un hombre sentado debajo de un dosel. En el centro del espacio, flota una cabeza aureolada y cortada, de ella gotea sangre.

De tiempo en tiempo me encontraba con Serguei. Todavía sigue gustándome llamarlo por su nombre eslavo, abrupto como el ser que lo llevaba. Siempre igual de despreocupado por complacer. Por fin se le había ofrecido la posibilidad de presentar una exposición de cierta envergadura –cosa a la que yo no era ajeno—. ¿Pero quién, en nuestro mundo, podía entenderlo? En sus ojos, una llama negra ardía hacia el interior y al mismo tiempo devoraba lo que tocaba. Resultaba difícil cruzar esa mirada. En su presencia, las frases que yo formulaba caían en el vacío, como era mi costumbre. Entonces, me callaba, miraba esos cuerpos que sobre los lienzos sufrían y eran radiantes.

Salvé algunos de mis cuadernos de música en los que antaño garabatee trozos de melodías. También la pequeña reproducción. Y sólo una modesta invitación dirigida a mí para asistir a una inauguración. Les perdoné la vida, no puedo deshacerme de esos papeles porque me queman. O bien para que sigan quemándome. Sin embargo me falta algo. El cuerpo del delito.

Louisa continuaba con sus escapadas y sus tejemanejes con su joven protegida. Kari, cada vez más lejana y que me carcomía como una lepra. Recuerdo haber leído en alguna parte la historia de Hércules. Vestido con una túnica envenenada regalada por su esposa, no se libró del dolor sino en la hoguera.

Una tarde encontré a Kari en uno de los saloncitos contiguos a mi despacho, como si estuviera aguardándome. Sentada, con las piernas cruzadas en alto y el pie que quedaba libre meciéndose lentamente. ¿Por fin dejaría que me acercara, que la convenciera? El sol pegaba en el vaso que tenía en la mano y en su dije de cornalina, rojo oscuro sobre la blusa de seda. Me senté frente a ella. Entonces, con el mismo aire distraído me tendió una hoja de papel. Era un texto mecanografiado, una inscripción manuscrita y un subrayado en el margen: "Para publicación inmediata". Lo leí rápidamente: se trataba por supuesto de una reseña de la exposición de Serguei. Hasta abajo, una firma, un prestanombres. Sin dificultad adiviné quién lo había inspirado. Se hablaba de "un primitivismo trasnochado que no conseguía convencer", de una "falta de oficio auténtico", "bonito ejemplo de aquello que ya no podía permitirse hacer en materia de arte". Al pintor se le reconocía "una cierta amplitud en la pincelada", y el artículo concluía: "No obstante el conjunto no está totalmente desprovisto de interés". De seguro palidecí ante la mirada de Kari quien, como si nada, y sin dejar de balancear el pie, me observaba. Sin trabajos entendí: ése era el precio que había que pagar. Ella era ese precio.

Conocí su cuerpo. Es todo. Sigo dudando de que otros hombres hayan podido conmoverla. Luego pasé a la acción.

El artículo apareció en un periódico de gran tiraje, podría decir que gracias a mis buenos oficios. Intentaba convencerme de que así se estilaba, de que se sólo se trataba de una de esas reseñas que el lector ya insensibilizado a la ironía rebuscada y arrogante lee superficialmente. ¡También el público está hastiado! Nada nuevo, y por tanto anodino. Y remití a Louisa a sus propias perfidias.

Algunas semanas después, encontraron a Serguei muerto en su buhardilla. La conclusión fue que se trató de un paro cardiaco. Ni cartas, ni papeles, sólo dos o tres lienzos apenas esbozados. Al principio creí ser víctima de un engaño. El día del entierro yo tenía algunas citas, envié flores.

Kari parecía haber desertado y, por periodos cada vez más frecuentes y largos, Louisa también. Yo la veía entre maletas y velices. Vaciaba su guardarropa. Yo pagaba facturas para evitarme pleitos de abogados.

Poco a poco me alejé de los negocios. Ya era suficiente de consejos, reportes, maniobras, acuerdos y traiciones. Los jóvenes ambiciosos sólo estaban esperando mi retirada para entregarse a la rebatinga. Con gusto les dejé libre el terreno. Para mis necesidades contaba con un cojín bien mullido. O con un lecho de espinas.

No he dejado de dar vueltas y vueltas en él. Dormito, me enderezo sobresaltado. El único sirviente que conservé, o más bien el único que no huyó porque es demasiado viejo, me trae la merienda. Las galletas, la leche, la fruta que mi estómago todavía tolera. Guardo mis cuadernos de antaño al alcance de la mano, y me pregunto por qué ya no tengo nada que escribir en ellos. Errabundo paso de un sillón a otro, voy a la ventana. Los gorriones no vienen a ella, los árboles ya no tienen hojas. Existiría un remedio, pero sé perfectamente que no me arrojaré a las llamas. Ya estoy en ellas. Cortas flamas rojas, nunca más altas, cortas flamas negras que apenas se mueven. ¿Era necesario sacrificar así a alguien en esta historia? ¿Tenía que ser él? El que me desalojaba. Sí, igual que un animal agazapado en su agujero. A mí y a todos los demás. Era, sigue siendo sin apelación. Quizá me queden algunos años, probablemente mucho menos, para hacerme frente, a mí mismo, viejo en un palacio vacío.

Tomado de *Le Traversier*
L'instant même, 2000

HANS-JÜRGEN GREIF

La disposición de los relatos de L'autre Pandora (*Léméac, 1990, finalista en el premio del Gobernador General de Canadá*) recordaba a Boccaccio, es decir que resucitaba el espíritu y el estilo radiante característicos del creador del cuento occidental: una mujer recibía a su mesa "a los hombres que le pertenecían" y les confiaba la tarea, uno tras otro, de narrar una historia después de la comida. En Solistes (*L'instant même, 1997*), la asociación de los placeres del paladar sigue presente, incluso en el texto en el que un joven restaurantero prendado de María Callas y de Mado Robin se hace tatuar la imagen de "Las divinas", título del cuento que el personaje hace escribir sobre su pecho esculpido por el fisicoculturismo. En esta ocasión, la organización de la antología se inspira en los Diez Mandamientos de Dios, y el texto aquí incluido se centra en el sexto. "Su último amante" está aderezado al estilo de los churros televisivos.

Hans-Jürgen Greif escribe en francés, aun cuando por su origen podría hacerlo en alemán. Ha recurrido a su lengua materna en el caso de ensayos sobre temas literarios y algunos relatos reunidos en Kein Schlüssel zun Süden (*traducidos al francés bajo el título de* Berbera, Boréal, 1993, *y al italiano*). Ha trabajado simultáneamente en la Facultad de Letras de la Universidad Laval y en el Conservatorio de Música.

SU ÚLTIMO AMANTE

Paula detestaba el nombre que había adoptado al casarse con Harry. Cuando se establecieron en Marriot Cove, pequeña localidad de Nueva Jersey, le habían hecho sentir la ridiculez de ese apellido. "¿Bullhyde?" decían frunciendo el ceño el carnicero, el tendero, el farmacéutico, y hasta el vicario. "No es un apellido de por aquí ¿eh?", continuaban, sin esperar respuesta. Paula los oía reírse quedo a sus espaldas y de inmediato supo que nunca formaría parte de Marriot Cove. Sin embargo, a ella le habría gustado pertenecer a un clan cualquiera, como en los tiempos de sus últimos grupos en la escuela del Bronx. Su apellido de soltera era Fish. Pero con semejante apellido, habría sonado todavía más chistoso en un lugar donde todo lo que había como industria era una planta transformadora de pescado.

De haber tenido hijos, sus amiguitos se habrían burlado con toda seguridad del "Bullhyde", llamándolos "bully" o "Sra. Hyde", según el caso. A pesar de sus esfuerzos, Harry no conseguía hacerle un hijo, cosa que le arreglaba a Paula, pues no le interesaban los niños. Se cuidaba bien de no confesar su indiferencia, no hablaba del tema ni con Harry ni con las vecinas cuyos chamacos fingía admirar aunque, las más de las veces, los considerara feos, sucios y malcriados. Cuando alguno de ellos lloraba, le habría gustado plantarle dos buenas bofetadas para callarlo. Los veía como accesorios más o menos inevitables en las parejas casadas, simpáticos durante unos cuantos años pero que, al crecer, causan problemas. Cada mes, Paula daba gracias al cielo por haberle ahorrado la faena de la maternidad, la suciedad de los pañales, los constantes cuidados que hay que prodigar a esos pequeños seres diabólicos que despiertan a sus padres en plena noche para infligirles, algunos años después, otras noches de insomnio por andar haciendo asiduamente barrabasadas.

De joven, Harry había sido un muchacho ni guapo ni feo. Sedujo a Paula en primer lugar porque se ganaba bien la vida como electricista; luego porque sabía explotar bien su lado animal, cubierto como estaba, de la cabeza a los pies, por un espeso vello negro. Al principio, cuando hacían el amor, ella tenía la sensación de tener entre sus brazos a una especie de gorila. Durante el invierno, Harry se dejaba crecer el pelambre; al empezar la primavera, ella tenía que pasarle una podadora para barba por todo el cuerpo. Paula acabó por encontrar odiosa esa lana, sobre todo porque él sudaba constantemente, en particular en la cama, y la sensación de todo ese pelo mojado pegado a su piel terminó por asquearla a tal grado que le daba hipo con sólo pensarlo.

Además, había empezado a engordar, demasiado. Cuando volvía del trabajo, rápidamente se quitaba el pantalón y la camisa que le apretaban mucho y lo hacían transpirar, según decía, para enfundarse en un mono de trabajo. Después, desaparecía en la cochera, convertida en taller, donde fabricaba toda clase de cosas complicadas, destinadas a simplificar las tareas domésticas, dispositivos a distancia para correr las cortinas, por ejemplo, o bien mecanismos teledirigidos para poner el cerrojo a las puertas antes de acostarse. Era obvio que el pobre hombre quería complacer a Paula, a su manera, pero a ella le importaban un bledo, decía, todos esos dispositivos. Sin embargo, él se esmeraba en ello con gran entusiasmo. Cuando salía de su "laboratorio de ciencia ficción", como lo llamaba, sudaba tanto que la tela de la ropa se le pegaba al cuerpo, dibujándole las lonjas de la cintura. Con frecuencia ella lo exhortaba a consultar a un médico para resolver ese problema, pero él se negaba con obstinación. Según él, no estaba enfermo. Luego, se pasaba la mano por los hombros erizados de pelos negros chasqueando la lengua y decía que a otras mujeres seguramente les vendría bien esa marcada muestra de su virilidad.

No obstante, para Paula el matrimonio resultaba una gran decepción, y soñaba con otra cosa. Con esa frente despoblada y los mofletes colgantes, Harry se parecía cada día más a un gordo minino. En la mesa, engullía tranquilamente sus alimentos, luego regresaba al "laboratorio". A veces, cuando había bebido con los amigos, refunfuñaba al ir a la cama, jalaba a Paula junto a él y rápidamente liquidaba su faena, no sin brusquedad y siempre siguiendo la misma receta muy sencilla, que ya no tenía nada que ver con los impulsos del joven de antaño al que, durante los primeros meses, nunca le faltaba imaginación en el apartamentito que ocupaban. Ella soportaba los asaltos, perfectamente impasible, volteando la cabeza en espera de que terminara.

Y sin embargo, Paula no podía quejarse de Harry. Había construido la casa y le había dado su salario, conservando sólo sumas insignificantes para sus aficiones en el laboratorio y para algunos tragos de cerveza. Pero después de diecisiete años de matrimonio y con una mujer de mármol, la relación se había deteriorado al grado de que Harry se había encaprichado con una mesera del *Golden Ox,* su taberna favorita. Paula, muy feliz de deshacerse de un marido que la molestaba, solicitó el divorcio. Como Harry se ganaba bien la vida, se vio condenado a pagar una elevada pensión alimenticia; además, Paula se quedó con la casa. Lleno de remordimientos, le decía que no podía olvidar el sueño que ella le había confiado muy al principio de su relación. A la salida de un cine donde habían visto una maravillosa historia de amor entre Cary Grant y Katherine Hepburn, Paula, pensativa y todavía conmovida por esa pareja extraordinaria, había afirmado que la única cosa importante en la vida era un amor intenso, absoluto, heroico, que resistiera a todas las tentaciones que el diablo sembraba por el camino. Él se reprochaba amargamente haber traicionado a su mujer con una cualquiera que ya no quería soltarlo.

Para Paula, las cosas se presentaron bajo un ángulo diferente. Estaba feliz de deshacerse de King Kong y a la vez adquirir una independencia financiera que le permitiría vivir su vida y sus sueños a su antojo. Para mostrar a qué grado sabía ser generosa frente al desamparo de Harry, le permitió venir a trabajar a su "laboratorio", verificar de tiempo en tiempo si todo marchaba bien y si sus inventos no estaban descompuestos. A los ojos de los demás, Harry y Paula se frecuentaban como buenas amistades, como pareja moderna en la que uno no guarda rencor por el otro.

Ella era libre y hubiera podido conocer a otra gente. Algunas vecinas, viudas o divorciadas, se habían acercado a ella con el fin de atraerla a un círculo de mujeres. Jugaban bridge, organizaban excursiones que las llevaban hasta Nueva York donde conocían, según decían, "*hombres*". Pero pasados los cuarenta, Paula no se creía lo bastante bonita como para ese tipo de cosas. Adoptó un aire digno, un tanto mojigato, y declaró que prefería permanecer en Marriot Cove. Dedicarse a la casa sería su mayor placer, decía, agregando que la convertiría en una joyita. Las demás la abandonaron de inmediato tratándola de snob. En el supermercado y en el centro comercial, hubo hombres que intentaron acercársele, pero su mirada de asombro o de severidad no tardó en ganarle una reputación de estirada o incluso de mosca muerta. En realidad, seguía sintiéndose extranjera en Marriot Cove, aunque viviera en el pueblo desde hacía dieciséis años. Apenas si intercambiaba algunas frases anodinas con sus vecinas a propósito del tiempo o de las flores que había que plantar. Desde que dejó de compartir su vida con "Hairy Harry", llevaba una existencia ejemplar. Oficialmente, había renunciado a los hombres porque creía que todos eran iguales.

Con la partida de Harry y su sustento garantizado, Paula pasaba los días a su antojo, y sobre todo sin remordimientos, pues como quiera se había ocupado de ese hombre estorboso mientras estuvo casada. En otro tiempo, se levantaba temprano por la mañana, preparaba el desayuno de su marido y los sándwiches. Luego, después de haberse tomado un tazón de cereales, se instalaba en la estancia con un termo de café y el periódico que leía hasta las diez. Enseguida, se ponía los jeans, una camisa de franela y los guantes. Durante los últimos años de matrimonio, trabajaba metódicamente en el terreno que rodeaba la casa. No era más que una parcela de tierra, pero Paula la había transformado en una maravilla desde que seguía al pie de la letra las indicaciones del *New England Gardener,* al que se había suscrito. Con la brisa constante que llegaba del mar, había escogido plantas robustas y a la vez decorativas, cuyo florecimiento seguía el ritmo de las estaciones. Ahora, poseía el jardín más hermoso de Marriot Cove y una bonita casa de campo, completamente blanca, con una escalinata adornada de geranios rosas. El primer año, Harry plantó un arce al lado de la casa. Ahora, era un árbol grande cuyas ramas rebasaban el techo. Estaba tan lindo que la gente decía que parecía salido directamente de un catálogo. Cuando el tiempo no le permitía cuidar el jardín, Paula le sacaba brillo a la casa donde todo relumbraba de limpieza, desde las cortinas de tul frente a las ventanas hasta los bibelots colocados sobre la chimenea. Después de un almuerzo ligero, compuesto siempre de una ensalada, un huevo cocido y un vaso de leche, se arrellanaba con un suspiro de satisfacción en el gran sofá frente al televisor. Allí era donde empezaba su verdadera vida. Allí se olvidaba de Marriot Cove y de la mediocridad de Harry.

Cuando tenía quince años, Paula y sus amigas de escuela no tenían más que sonrisas de desprecio por las telenovelas, tan apreciadas por sus madres. Según ellas, se trataba de historias idiotas y rebuscadas, con problemas que no entendían. Al principio de su vida conyugal, Harry la había convencido de dejar de trabajar como vendedora, aunque en aquella época hubiera podido encontrar un puesto en una tienda de souvenirs en el otro extremo del muelle. Él aportaba un salario suficiente para una prole numerosa. Y como los hijos nunca llegaron, Paula asumió plenamente su papel de ama de casa.

Un día de lluvia, al terminar sus tareas, encendió el televisor y se sirvió una copita de aperitivo. Tenía tiempo por delante, apenas eran las cuatro y Harry estaría de regreso a las cinco y media. Estaban pasando una serie de gran éxito popular, *The Hartford Ranch*. El personaje principal, un rico granjero texano llamado Brad, había contratado a Joan, una joven y magnífica jinete, para que se encargara de sus caballos. En realidad, ella estaba en busca de su padre que la había abandonado cuando era muy pequeña para irse a hacer fortuna al Oeste. A Joan, una rubia alta, le habían echado el ojo todos los hombres que trabajaban en el rancho. El capataz la quería mucho, el granjero todavía más, y Paula adivinó de inmediato que entre los tres personajes se estaba tramando algo misterioso y grave. Al final de la emisión, apagó el televisor y permaneció sentada en el sillón, pensativa, mientras terminaba a sorbitos el resto de su copa. La verosimilitud del acento, la decoración de la casa, los grandes espacios en los que esos hombres quemados por el sol realizaban un duro trabajo, todo le agradó. Decidió seguir de cerca la historia, sólo por ver si su intuición resultaba acertada. Aguardó con impaciencia la continuación. Al día siguiente, otro hombre, joven y apuesto, hizo su aparición. Desde el principio, a Paula le gustó mucho, a pesar de sus aires de chiquillo. Muy pronto, brotaron las chispas entre Joan y Hill, y el granjero así como el capataz, tan conmovedores en su derrota, mordieron el polvo. Pero un día, cada uno de ellos hizo a la chica una maravillosa declaración de amor. El episodio terminó en un close up: el rostro de Joan expresaba una inmensa angustia. Y Paula, más perturbada de lo que se hubiera creído, se preguntó a cuál de los tres elegiría si estuviera en lugar de Joan. Estuvo pensando en ello hasta en sueños. Más tarde, resultó que Joan era una pequeña descocada que no se decidía, ni ese día, ni durante las siguientes semanas. Cuando los tres pretendientes la presionaban demasiado, le daba un ataque de nervios. Hacia el final de la estación, Paula se enteró, con estupefacción, que el granjero era el padre tan buscado por Joan. La serie se terminó con una pregunta: ¿cuál sería el destino de Joan?

De mayo a septiembre, los canales difundieron diferentes telenovelas ya transmitidas, y Paula su puso a explorar seriamente ese mundo complicado. Sin abandonar el rancho texano que seguía siendo su programa favorito, se inició en *Mastermind* y en el juego del poder dentro de una familia de magnates petroleros donde el clan de los malvados engañaba sin empacho al de los buenos. Así, Paula aprendió muchas cosas: que el espíritu humano es insonda-

ble y pervertido, que nunca hay que confiar en una cara
bonita o en un cuerpo seductor. Al mismo tiempo, desarro-
llaba su pasión por los jardines cuando Tess, la hija del
millonario, se enamoró de un inglés que la había llevado a
su casa en Gales para pasar las vacaciones de verano. En su
casa de campo, la mirada podía abarcar un inmenso jardín
lleno de flores. Paula se quedó deslumbrada. Esas flores le
parecían el lujo supremo de una existencia en el campo y
exactamente lo que necesitaba para asumir el papel de dueña de su propio castillo. Mandó traer obras especializadas,
en la biblioteca municipal estudió con gran empeño incluso
los viejos números que le faltaban del *New England Gardener*, luego recorrió las florerías y los viveros para encontrar las flores y arbustos descubiertos en la televisión en
Mastermind.

El interior de la finca británica sedujo a Paula a tal grado
que, una vez que Harry se había marchado al trabajo, terminaba lo más rápido que podía sus tareas con el fin de ir a
los almacenes de muebles y de decoración a ver si localiza-
ba los objetos que aparecían en la casa vista en la pantalla.
Como no quería irritar a Harry con gastos que sin duda
juzgaría insensatos, sólo compraba unas cuantas cosas,
bagatelas en realidad, uno o dos floreros, flores artificiales
"que se veían bien", como decía el vendedor, o también
figuritas de porcelana barata parecidas a las que podían verse en la vitrina de Alistair, el apuesto inglés de acento distinguido y que a ella le resultaba absolutamente magnífico.
Este hombre esparcía un aire de superioridad, de elegancia
natural, una sencillez acentuada por sus chaquetas en tweed
y su pipa que llenaba con gesto despreocupado. Ella se
decía que, si lo hubiera encontrado, de carne y hueso, en
una de sus excursiones por los almacenes, seguramente se
habría comportado como una estúpida, a tal grado la

impresionaba. Su voz suave, su mirada penetrante, su sonrisa triste y a la vez incitante borraban por algunas horas el
recuerdo de su gorila doméstico. Se construía una pequeña
novela para ella sola y que transcurría únicamente en su
cabeza. Con Alistair, daba largos paseos por la playa; lo oía
decir cosas tan dulces que le dejaban un sabor almibarado
en la lengua. Por la noche, la consolaba. Soñaba que le hacía
las caricias que Harry había olvidado mucho tiempo atrás.

Después de su divorcio, y a pesar de su relación con
Alistair, Paula seguía viendo otras emisiones, particularmente *The Hartford Ranch*. Ahora poseía tres televisores,
uno grande en la estancia, otro, de tamaño mediano, en la
mesa de la cocina, y uno pequeñito en el baño. Además,
consiguió un aparato de video para grabar otros programas
que no quería perderse. Así podía seguir, sin parar y en
cualquier lugar de la casa, sus telenovelas favoritas hasta
tarde en la noche.

Ahora que se había liberado de Harry, Paula se sentía en
plena forma, equilibrada, de buen humor. Por fin llevaba
una existencia cuya meta consistía en hacer la vida tan agradable como fuera posible. Con recursos financieros ampliamente suficientes, floreció, se volvió casi bonita al lado de
Alistair y de algunos otros hombres, unos más fantasmales
que los otros. Pasar el verano al aire libre, a proximidad del
mar, en esa encantadora casa con el jardín más hermoso de
Marriot Cove, todo convergía para volverla más sonriente.
De ser una común y corriente mujer responsable de las
tareas domésticas, se convirtió en una amable ama y señora
de su casa, reina de un universo concreto y a la vez imaginario, reservado exclusivamente a Paula Bullhyde, apellida-
da Fish de soltera.

En cierta ocasión, Harry se mostró sorprendido y vagamente inquieto por los cambios realizados en la casa, y

sobre todo por la presencia de todos esos televisores. Pero
ella le respondió, calmadamente, que no resultaba fácil vivir
sola y que la televisión le daba la impresión de estar menos
aislada. Con lo que le cerró el pico. Él admiraba el gusto
exquisito de su ex mujer y se deshacía en halagos en el *Gold-
en Ox,* cosa que una vez provocó una escena bochornosa
entre él y la mesera, quien lo intimaba a regresar a vivir con
Paula puesto que no podía desprenderse de ella. En efecto,
contaba a quien quisiera escucharlo que Paula había esmal-
tado —"¡ella misma, imagínense!"— la tina de baño, decorado la ventana con cortinillas de encaje, puesto un nuevo
tapete de baño y remplazado el viejo espejo por una audaz
creación de formas barrocas, lo que, según Harry, imprimía
mucha categoría a un lugar que ya no tenía nada de escueta-
mente utilitario. Era "muy femenino", decía, con frascos de
perfume, lociones de todas clases, tarros de crema, toda una
parafernalia de esteticista que hizo que él ya casi no se atre-
viera a echar un vistazo en ese santuario de un lujo visto de
lejos en revistas. De cualquier manera, todos esos gastos le
preocupaban un poco, pero Paula lo miró de arriba abajo
con esos ojos altivos y fríos —que copió de un personaje de
Mastermind al que temía mucho— diciéndole que cualquier renovación no hacía sino aumentar el valor de la casa.
Por otra parte, no había que olvidar que no tenía —o ya
no— por qué rendirle cuentas.

Harry no sospechaba a qué grado el mundo de las telenovelas se había cerrado sobre Paula. Los personajes masculinos no la abandonaban, poblaban sus sueños, le hablaban en todo momento. Sin embargo, sus preferencias por
los hombres cambiaban. Durante un tiempo, y paralela-
mente al profundo afecto que sentía por Alistair que no
parecía querer decidirse por Tess, la hija del millonario de
Mastermind, había empezado a encariñarse con una pareja,

un abogado y una doctora en medicina, en *Harbour Front*. Esos dos afrontaban valientemente las intrigas tejidas en contra de ellos por colegas envidiosos de esa felicidad. Para Paula, se trataba de la pareja modelo que había que poner como ejemplo al mundo entero. Nada los estremecía, era maravilloso, su amor resistía todas las pruebas. Cuando el abogado se dejó tentar por una empleada de la oficina, una guapa intrigante, eso puso en peligro su matrimonio. Paula se sintió tan indignada y angustiada a la vez que envió una severa carta al canal de televisión quejándose de la inmoralidad en la que estaba cayendo la historia. ¿Acaso no se daban cuenta del daño que hacían a los espectadores al mostrar cómo y con qué medios tan viles se destruye a una pareja? ¿No comprendían que en ningún caso había derecho para separar a esos magníficos esposos? ¿Y qué no se daban cuenta de que Jeff sólo podía ser dichoso con Elizabeth, su mujer? Era preciso conservar intacta a la pareja, a toda costa, para dar el ejemplo a los Estados Unidos que registraba una tasa de divorcio siempre en aumento (ella sabía algo al respecto, añadió Paula, dando la impresión de que también su matrimonio había naufragado por un ataque similar). Para firmar, buscó un nombre imaginario, distinguido, pues "Paula Bullhyde" le parecía demasiado vulgar, y se le ocurrió "Penélope Wadsworth", que consideró el summum de la elegancia británica.

Tres semanas después, el cartero, un tanto inquieto por ese nuevo nombre en la dirección que conocía perfectamente, le llevó la respuesta de un estudio de California, impresa sobre papel muy caro, con membrete en colores. El productor le agradecía vivamente, se disculpaba por esa lamentable equivocación cometida por los guionistas y prometía remediarla. Le escribía que sólo se trataba de una prueba pasajera infligida a la heroína para subrayar su carácter de mujer fuerte. Y terminaba afirmando que Elizabeth concebiría un hijo, inmediatamente al empezar la siguiente estación, para consolidar ese matrimonio, ejemplar para el público norteamericano.

Esta carta significó un éxtasis para Paula: acababa de entrar en la vida de sus personajes favoritos. Como a partir de la una de la tarde seguía los destinos de varias familias, de sus amigos y enemigos, con giros inesperados, sentía la necesidad de tomar notas con el fin de no mezclar los acontecimientos. Los cuadernos dedicados a cada telenovela le permitieron identificar errores flagrantes en la trama de las series y, con pruebas de por medio, era capaz de citar, escena por escena, lo que tal o cual personaje había dicho o hecho.

No tardó en sostener una correspondencia asidua con los más importantes estudios de Hollywood y de Nueva York. Para los productores, se había convertido en una especie de barómetro de las reacciones del público. Cuando recibió una carta donde se le pedía abiertamente su opinión acerca del destino de un personaje aún mal definido en una nueva serie, *The New Planet,* su alegría llegó al colmo. El "Querida Sra. Wadsworth" y la exquisita amabilidad que emanaba la carta colocaron a Paula durante unos días en una nube de la que no bajó más que para intercambiar algunas palabras amables con una vecina o con la cajera del supermercado. La vida le parecía maravillosa: amaba a Alistair sin dejar de frecuentar a su antojo a sus amigos de *The Hartford Ranch* o a los de *Between you and me*, para quienes se había convertido en una consejera indispensable.

En una de las esporádicas visitas de Harry, ella se puso a examinarlo como si se tratara de un ejemplar de una especie bastante asquerosa que uno contempla furtivamente en un zoológico. Él estaba perdiendo el cabello a un ritmo pavoroso; la cara, donde se dibujaban profundas arrugas, brillaba como si la grasa debajo de la piel saliera a la superficie; no llevaba más que una camiseta a la que había cortado las mangas, dejando al desnudo unos brazos rechonchos cubiertos por ese horrible vello negro que tanto detestaba. La tela, demasiado tensa sobre la panza, no podía ocultar las lonjas, y su pantalón azul, mal sujetado y mugroso, formaba por detrás unos pliegues bastante tristes. Se sintió indignada por tanto descuido. Cuando le preguntó cómo estaba (por pura cortesía, pues ella sabía que seguía viviendo con la arrastrada del *Golden Ox*), él suspiró y alzó los hombros lanzando una mirada de profunda nostalgia en dirección de la estancia. Desde su partida, Paula había sabido imprimir a esa pieza una atmósfera efectista, con algunos vejestorios comprados por una bicoca en las tiendas de viejo, las vaporosas cortinas blancas y una imitación de tapete turco de vivos colores. Era la réplica del *living* de los Crawford, una adorable pareja de *Between you and me*, donde la mujer, Linda, encarnaba el ejemplo de una esposa abnegada a pesar de las dificultades de su marido Morton, un hombre de negocios abrumado por la recesión y que, pese a todo, seguía siendo un perfecto gentleman. Cuando la pareja aparecía en el lecho, temprano por la mañana, los cobertores y las almohadas reproducían exactamente el suave desorden de las fotos de las revistas de decoración, y Morton se dejaba crecer la barba justo lo necesario para aparecer aún más atractivo, mientras que Linda sólo tenía que cepillarse un poco la anillada cabellera antes de ponerse una bonita bata rosa. Tomaban el café en la terraza, rodeados de flores, mientras conversaban sobre el programa del día. Luego, Morton dejaba la casa para ir a un destino amenazador, reconfortado por Linda que acababa de fundar una revista femenina.

Nunca de los nuncas, Harry y Paula habían tenido esas

conversaciones matutinas tan importantes. Después de haber sorbido ruidosamente su café, de haber engullido el tazón de cereales, de pie, sin una palabra, corría a ponerse la ropa de trabajo, dejando tras de sí una estela de olor acre de hombre desaseado, pues según él había que ducharse sólo cada tercer día. Entre los soñados hombres y mujeres que Paula frecuentaba asiduamente desde su divorcio, las salas de baño brillaban de limpias. A Paula le hubiera parecido inconcebible que Alistair, Morton, Jeff, Hill, Brad o cualquiera de sus hombres hubieran podido dejar la ducha en un estado tan lamentable como Harry. A éste en ningún momento le sucedió limpiar los mosaicos de la regadera y sus pelos aparecían pegados no sólo en la cortina, sino que obstruían el desagüe, formando así una especie de bola de fieltro negro, repugnante. Ahora, la muchacha del *Golden Ox* debía encargarse de eso, pero a saber si ella encontraba algún placer en limpiar esas porquerías. "Ya veremos cuánto tiempo le durará", decía Paula, bebiendo a traguitos su café matutino. Y suspiraba satisfecha al pensar que la suerte la mimaba.

Como aquel año el principio del verano había sido excepcionalmente caluroso, ella se ofrecía el lujo cotidiano de un baño de tina a las cuatro de la tarde, saboreando el placer de estar completamente sola en la casa. Se lo merecía con justa razón ya que, decía, las labores en el jardín le producían un fuerte dolor de espalda. Y además, le gustaba sumergirse en el agua tibia adornada con una espuma perfumada mientras seguía *The Hartford Ranch* en el televisor colocado frente a ella, sobre la mesa. El contraste le parecía embriagador: instalada confortablemente en la tina, con la cabeza apoyada sobre un cojín, asistía a las faenas de Hill, que se había casado con Joan, y de Brad, el rico granjero. Con James, el capataz, recorrían las vastas praderas de

Texas bajo un sol de plomo. Cuando regresaban al rancho, sus camisas de mezclilla estaban negras de sudor, pero en el acto, se duchaban para bajar al inmenso vestíbulo donde tomaban un aperitivo antes de la merienda, preparada bajo la vigilancia de Joan, que estaba encinta y ya no podía ocuparse de los caballos.

La cámara a veces captaba a los hombres cuando salían de la sala de baño. En esos momentos, Paula no sabía qué era lo que más le agradaba. La cara de James le seducía mucho, con su mentón cuadrado, su mirada azul acero y su magnífica cabellera plateada. Su voz lánguida la arrullaba suavemente y Paula se preguntaba cómo le haría el amor, aunque no se atrevía a imaginar los detalles ya que Alistair seguía gustándole mucho. Con Hill era diferente: ese joven alto, de apenas los veinte pasados, casi habría podido ser su hijo. Todavía decía algunas tonterías, se dejaba llevar por sus frustraciones sin recapacitar mucho. Pero cuando se quitaba la camisa para dormir con Joan, enseñaba un soberbio torso de hombre fuerte, cada uno de cuyos músculos estaba cincelado y sin la menor traza de vello. Era verdaderamente excitante; tal vez le vendría bien una relación pasajera con una mujer madura que se pareciera a Paula. En cambio, James tenía un vellón sobre el pecho y un fino vello café sobre los antebrazos, nada desagradable, al contrario. También con ése había un potencial que explorar. Y Paula se puso a montar un libreto tras otro que luego quería comunicar a los productores de la serie.

A pesar de su matrimonio con Hill, Joan en realidad estaba enamorada de James, y andaba en busca de un hombre maduro, una especie de padre, y no un pollito como el apuesto Hill que todavía no había visto nada de la vida. Puesto que Joan ya no podía acaparar a Brad, que era su padre, y tenía una relación mal disfrazada con James, Paula

se decidió por el granjero que, con su complexión colosal,
la atraía desde hacía mucho tiempo. A partir del momento
en que Alistair parecía acercarse a Tess, la hija del millonario, y como ninguna otra mujer se había aparecido en el
horizonte, Paula se inclinaba con toda naturalidad por
el gran Brad cuyos ojos castaños, simpática sonrisa, confianza en sí mismo, ingenuidad y holgura financiera ella
admiraba. Al parecer él no quería elegir a ninguna de las
mujeres de su entorno. Cuando por el rancho pasaban ricas
herederas texanas, las trataba con esa amabilidad exquisita
de los machos sureños, pero siempre miraba en dirección
de Paula, que sentía la espuma de su baño deshacerse bajo
la mirada de ese hombre.

Ningún otro personaje atravesaba la pantalla como él.
Parecía natural, sin afeites; ella detectaba hasta los granos
de su nuca que le habría gustado cuidar. Brad era un hombre en el umbral de los cincuenta y extraordinariamente
vigoroso, sin excesos de grasa, justo con la suficiente carne
firme que indicaba que comía bien y disfrutaba la vida. Una
de sus expresiones favoritas era justamente "me gusta mor-
der la vida con todos los dientes" descubriendo sus blancos
y fuertes incisivos. Cuando regresaba de una jornada de trabajo al aire libre, con manadas gigantescas, chorreaba de
sudor. Paula estaba segura de que no olía tan desagradable-
mente como Harry después de haber pasado el día ins-
talando alambres eléctricos en edificios sin interés. Brad
debía de oler a almizcle, y para sentirse más cerca de él, había comprado un agua de toilette a la moda, cuya envoltura
negra llevaba a un cow-boy montando un caballo encabri-
tado. Acostada en la tina de baño, conservaba el frasco des-
tapado al alcance de la mano. El perfume almibarado de su
baño de espuma se mezclaba entonces con ese olor fuerte,
varonil, y Paula se agitaba dentro del agua.

Por la noche, cuando las intrigas se complicaban en el rancho, alrededor de la mesa o frente a la enorme chimenea de cantera, Brad se instalaba en su amplio sofá de cuero, rasurado, lavado, la imagen misma de la salud. A pesar de los reveses de la fortuna, de los pleitos a propósito de un pozo, del ganado extraviado o reclamado por vecinos envidiosos de la gran fortuna de Brad, éste conservaba su buen humor, su risa sonora y jovial, incluso después de haber perdido el amor de Joan para recuperar a su hija, abandonada a raíz de un doloroso acontecimiento del que nadie hablaba y que Paula se imaginó dramático.

Desde que Brad había quedado libre de verdad, Paula le encontraba atractivos irresistibles. Los demás palidecieron, en particular Jeff, el hombre de negocios, que a final de cuentas ella consideraba demasiado blando ante el destino. Morton y Linda se mostraban demasiado unidos; hubiera sentido escrúpulos de inmiscuirse en ese matrimonio y de traicionar a una mujer simpática, trabajadora, honesta, que se merecía un marido fiel. Sin embargo, su pena fue muy sincera al desistir de Alistair que la había seducido durante meses, pero ella se decía que, después de todo, él la impresionaba demasiado con su acento británico, sus modales impecables, esa condescendencia a veces hiriente hacia quienes lo rodeaban. Con Brad podía soñar —ese hombre era algo sólido, mientras que con Alistair había que estar todo el tiempo a la defensiva para evitar su sonrisa burlona o triste.

Aquel día, el cartero había entregado un sobre grande de un estudio de California. Se trataba de un cuestionario de varias páginas, destinado a "nuestro selecto círculo de consejeros", donde el productor de una nueva serie sondeaba el terreno acerca de los gustos y las preferencias de los telespectadores.

"Querida Señora Wadsworth, decía la carta, cada semana quisiéramos insistir en un tema central concerniente al público norteamericano, como la violencia, la droga, el embarazo en adolescentes, las madres embarazadas, el aborto, la eutanasia, la gente sin techo, y muchos más. Le solicitamos sus sugerencias acerca de otros temas relacionados con la actualidad, y nos sentiríamos muy contentos de que nos propusiera tipos de personajes, frecuencia e intensidad de sus intervenciones. En suma, nos importa mejorar la calidad de nuestro producto, que apunta esencialmente a que el país recupere sus antiguos valores."

"¡La calidad de nuestro producto!" La alegría de Paula alcanzó la cima. Debido al calor, abandonó sus tareas en el jardín, se instaló frente a la gran mesa con chapa de caoba del comedor y respondió, llena de entusiasmo, a todas las preguntas. Cuando terminó, eran casi las tres. No sólo se le había olvidado comer, sino que acababa de perderse *Mastermind*, donde Alistair seguía por fin a la hija del millonario a los Estados Unidos para ingresar en el emporio del petróleo, cosa que no agradó a los hermanos de Tess que temían perder una parte de su influencia sobre el padre cuya salud decaía rápidamente. Furiosa por no haber programado la video, Paula no alcanzó más que algunos anuncios publicitarios entre el final de *Mastermind* y el comienzo de *Harbour Front*, que seguía con menos interés desde hacía unos meses. Jeff la decepcionaba cada vez más, incluso la crispaba, pues confiaba demasiado en su mujer y hasta lloriqueaba cuando algo salía mal. Paula se dijo que había que sugerir al estudio introducir una aventura para Elizabeth, quizá con un médico que la deseaba desde tiempo atrás. Jeff no vivía más que para el trabajo. Era injusto que tratara así a su mujer, sobre todo después de la pena en que había quedado tras el aborto prematuro. No parecía

conveniente negarle una recompensa por todo lo que hacía
para mantener viva la pareja. Una aventura sería perfecta para volver a poner a Jeff en el camino correcto. Eso le mete-
ría miedo y así apreciaría a Elizabeth en su justo valor.

Cuando Paula subió para tomar su baño de las cuatro,
corrió a abrir las ventanas del primer piso: hacía un calor
asfixiante, y la humedad había alcanzado un nivel tan alto
que sus pies descalzos se pegaban al piso de madera. El
tiempo estaba bochornoso; cuando abrió los postigos de la
ventana, las primeras ráfagas sacudieron el arce plantado
por Harry. Abrió el chorro de agua tibia, añadió el gel
espumante y se desvistió rápidamente, pues *The Hartford
Ranch* empezaría en unos instantes. Cuando se metió en el
agua, apareció la primera escena.

Casualmente, en el rancho de Brad también estaban en
medio de una fuerte tempestad. En plena noche, Brad, Bill
y varios peones se atareaban en clavar tablas en las ventanas, mientras Joan estaba a punto de dar a luz. Con un
tiempo semejante no podían llevarla al hospital. El viento
rugía de dar miedo, llovía a cántaros. James todavía no
había regresado y Joan gritaba que no pariría sin él. Mientras que la tormenta sacudía la casa, la cámara hizo un close
up de la cara de Hill: como él no era muy inteligente, apenas empezaba a dudar si ese niño no era suyo sino de
James. Este último entró finalmente, como disparado por la
fuerza del viento en medio de la pieza, empapado y agotado, y se precipitó a la recámara de Joan. Luego Paula oyó
una especie de maullido. Unos instantes después, James
salió con su hijo que ahora lloraba a todo pulmón. La escena siguiente mostraba a Hill, cabizbajo y fuera de sí; parecía
dispuesto a cometer una tontería, pero en ese momento
Brad se impuso con una magnífica autoridad. Dijo cosas
conmovedoras sobre la nueva vida que llegaba a la casa, que

formaban una familia unida, que ese niño no tenía uno, sino tres padres, y que esa noche de tempestad debían sentirse animados por esa nueva esperanza.

Nunca antes Paula lo había admirado tanto. Alistair con sus modales sofisticados quedó borrado. De cualquier manera, éste tenía muchas otras cosas que hacer desde que había llegado a los Estados Unidos. Pero la voz de Brad con su acento metálico le llegaba a Paula hasta el fondo del corazón. Los ojos castaños, dulces y velados por la emoción del solemne momento brillaban llenos de promesas. Paula habría querido acariciar la hermosa cabeza angulosa, el cuerpo maduro que la ropa mojada ceñía de manera más provocativa que si hubiera estado desnudo. Brad dominaba a los hombres igual que a los elementos; permanecía inquebrantable frente a la adversidad y con su sola presencia imponía su voluntad. Al desabrocharse la camisa, Brad le lanzó una mirada tranquila y penetrante —Paula tuvo la sensación muy clara de que estaba observándola desnuda en su baño—. Sin decirlo expresamente, la invitaba a unirse a él. Un estremecimiento casi doloroso recorrió su cuerpo, se anidó en la parte baja del vientre que sentía hecho un nudo, más fuerte que todo lo que había experimentado con Alistair. En ese preciso instante supo que amaba a Brad desde la primera vez que lo vio. Representaba lo que ella admiraba y nunca había encontrado en un hombre: poder, riqueza, inteligencia, fuerza física, autoridad. Cerró los ojos ante esa mirada, atrajo la espuma para ocultar sus pechos.

Pero el agua le pareció de repente demasiado fresca. Afuera la tormenta estaba en su apogeo, casi tan furiosa como la de Brad en Texas. Paula lamentaba haber dejado abierta la ventana. El viento empujaba contra los vidrios las cortinas de encaje empapadas, el arce se doblaba bajo la fuerza de la borrasca. Pero detestaba salir del baño. Para recalentar el agua, abrió el grifo y rió de placer cuando sintió que el calor le subía por las piernas y se deslizaba bajo su espalda. Era como si las manos de Brad le dieran un suave masaje. Se abandonó a este calor, se agitó de placer, prestó su cuerpo a las caricias de esa voz que le hablaba al oído, la transportaba a un lugar donde sólo estaban Brad y ella. Abajo, la puerta de entrada se cerró de golpe. Sin embargo, no estaba esperando a nadie, y lanzó un suspiro de enfado. Al mismo tiempo, el rayo decapitó al arce frente a la ventana. Las ramas cayeron sobre el techo, hicieron añicos los vidrios, arrancaron las cortinas, cuyos jirones tapizaban el enlosado. Brad seguía con ella, en primer plano.

De repente, reconoció la voz de Harry que la llamaba, iba subiendo la escalera. Furiosa por no haber puesto el cerrojo en la puerta con la ayuda del dispositivo que no obstante Harry le había proporcionado, Paula se levantó para salir de la bañera. Se inclinó, quiso atrapar su bata del taburete de tocador, pero resbaló, quizá atontada por el calor del agua, por la pared lisa de la tina o también por la emoción provocada por el rayo. Su mano tiró al suelo el televisor del que seguía saliendo la voz de Brad. El aparato golpeó el borde de la tina, la imagen de Brad estalló en una especie de deflagración, luego todo desapareció en la espuma de donde en el acto se elevó un humo blancuzco.

Harry llegó demasiado tarde. Los médicos ya no podían hacer nada por Paula. Después de los funerales, él regresó a vivir en la casa que durante mucho tiempo conservó como un santuario a la memoria de su mujer, muerta en circunstancias dramáticas, en plena tempestad. La mesera del *Golden Ox* lo abandonó, al no poder adaptarse a ese duelo prolongado. Tal vez ya había disfrutado lo suficiente el encanto del vello. El caso es que se consoló con otro cliente de la taberna, dejando a Harry solo con sus recuerdos. Durante un tiempo, recibió muchas cartas dirigidas a Penélope Wadsworth. Las devolvía sin abrir una sola, con la anotación "domicilio equivocado" en letras grandes. Todavía durante meses, siguieron llegando cartas. Luego dejaron de hacerlo. Intentó leer los cuadernos de Paula, no comprendió nada de todas esas complicadas notas, las guardó en un cajón, luego las olvidó.

Harry sigue viviendo solo en la linda casa. Pero aun cuando es hábil para inventar toda clase de dispositivos electrónicos, el desorden empieza a reinar en ella y el jardín está descuidado.

Tomado de *Solistes*
L'instant même, 1997

DIANE-MONIQUE DAVIAU

Los cuentos de Diane-Monique Daviau con frecuencia han sido objeto de adaptaciones radiofónicas por su musicalidad, su escritura requiere tanto de la voz como de la inteligencia. Las intrigas de sus libros (Dessins à la plume, *Hurtubise HMH, 1979;* Histoires entre quatre murs, *Hurtubise HMH, 1981;* Dernier accrochage, *XYZ éditeur, 1990 ;* La vie passe comme une étoile filante: faites un vœu, *L'instant même, 1993) son sobrias ya que para esta escritora la apuesta dramática no estriba en campear una acción decidida, sostenida. El movimiento de la frase se adapta a un propósito que podría resumirse en la siguiente fórmula: una historia reiterada del desplazamiento.*

*A los títulos arriba citados hay que añadir otro de un tipo particular, escrito en colaboración con Suzanne Robert, en el que las dos voces forman una cámara de eco (*L'autre, l'une, *Le Roseau, 1987).*

PASAJE

Se prohíben los perros,
los pericos y
los fonógrafos

Los reglamentos expuestos a la entrada del pasaje se remontaban seguramente al siglo XIX y ya nadie prestaba atención al letrero colgado por encima de la reja de hierro forjado que se cerraba hacia las diez de la noche para que los transeúntes ya no tuvieran acceso a la callejuela que atraviesa el edificio donde se situaba la oficina de correos.

Pero Malou Rousnov, que con toda seguridad tiene los ojos más bellos del mundo, frente a esas palabras se paró en seco, leyó en voz alta el letrero, se volvió hacia mí y me miró con tanto desconcierto que me eché a reír.

Con su cara espantada me dejó reír y seguir riendo, dejó que me calmara, que recuperara la respiración, luego "Un día, en Mongolia", dijo muy lentamente sin dejar de mirarme, "tuve como paciente a un extranjero que quería suicidarse a causa de un perro, de un perico y de un fonógrafo…"

De seguro, a mi vez, puse cara de estupefacción, pues Malou se apresuró a agregar: "Pero no se preocupe, no es tan grave, estoy acostumbrado a esas cosas increíbles, sabe… ¿No va usted a sentirse mal?"

Me tomó del brazo y nos internamos en el pasaje.

Apenas hacía tres días que lo conocía. Conocía todos sus artículos acerca de la transferencia y contratransferencia y

195

los dos libros que había publicado sobre el tema, pero era la primera vez que yo asistía a un congreso de psiquiatría en Europa y Rousnov todavía no había puesto un pie en América. Como ambos veníamos de muy lejos y sentíamos de manera particularmente intensa la fatiga del viaje, nos encontramos, demasiado agotados como para conciliar el sueño, desde la primera noche frente a frente en el saloncito de la pensión familiar donde nos había hospedado el comité organizador del congreso, y nuestro cara a cara, intenso, duró hasta el amanecer para repetirse a la hora de las comidas y prolongarse al día siguiente entre cada una de las conferencias. A decir verdad, desde hacía tres días casi no nos separábamos.

Malou Rousnov era el colega con el que siempre había soñado.

Era alguien de su temple con quien yo esperaba, desde que era psiquiatra, poder un día confrontar opiniones, comparar experiencias.

Pero su manera de considerar la vida y la práctica de su arte tenía, pronto se presentó la oportunidad de constatarlo, algo profundamente desconcertante. Hay que decir que el hombre en sí pertenecía a un modelo más bien raro.

"De hecho, *pasó* al acto", dijo al cabo de un rato.

Luego, sin aclararse la voz o respirar a fondo o cualquier otro impulso, encadenó en un tono completamente normal:

"Se suicidó al día siguiente de mi partida. En fin, más tarde supe que se había suicidado al día siguiente de mi partida de Mongolia. Suicidado, digamos 'suicidado', puesto que equivale a lo mismo.

—¿Llevaba usted mucho tiempo ejerciendo?

—Estaba empezando:"

Se detuvo, empujó una puerta y me cedió el paso.

"¿Una oficina de correos?

—No me tardaré. ¿No le molesta? Sólo preguntaré si llegó algo para mí."

Le hice señas de que no diciéndole "por supuesto" y se
dirigió hacia el mostrador donde un letrero indicaba *lista de
correos*.

En su manera de informarse si había una carta a nombre
de Rousnov, me pareció percibir de pronto una febrilidad
en la que se transparentaba un poco de inquietud, y cuando regresó con un sobre en la mano, me permití hacerle
notar que era posible recibir el correo en la pensión, los
empleados de la recepción desempeñaban con toda corrección su tarea. No tomó en cuenta mi observación, deslizó
discretamente el sobre en el bolsillo de su chaqueta, otra
vez me tomó del brazo, abrió la puerta y me dejó pasar
primero.

Afuera, el mundo era de nuevo de hormigón. Los co-
mercios estaban cerrando y las calles volvían a quedar más
tranquilas. El crepúsculo no tardaría en caer. Me sentí triste, de repente, lejos de todo, rodeado de concreto como por
un muro demasiado alto que me hubiera quitado el aire y
tapado la vista.

Caminamos un buen rato sin mirarnos ni decir una sola
palabra, luego como íbamos a entrar en la calle que conducía a la pensión, Rousnov disminuyó el paso y murmuró:
"Hace ya mucho tiempo, de todo eso."

La calle desierta nos aguardaba con su hilera de edificios
color beige. Recordé un camino forestal por el que había
pasado veinte años atrás, un largo listón completamente
cubierto de agujas de coníferas que se teñían de amarillo,
uno de esos senderos que no conducen a ninguna parte y
que hacen que dentro de nosotros emerjan cosas como la
angustia, a veces, un residuo de tristeza, pero a veces también algo que nos invade de repente como una bocanada de

serenidad, una oleada de indiferencia y de desprendimiento que se despliega y nos deja caminar por un momento con los brazos sueltos olvidando la necesidad constante de poner un pie frente al otro para seguir avanzando.

"Siempre que oigo la palabra *encantador,* es en él en quien pienso", dijo. "Era de verdad lo que se dice *un hombre encantador.*"

Rousnov sacó del bolsillo de su chaqueta la carta que le habían entregado en el correo. Paseó la mirada sobre la letra fina y regular de un azul marino que sobresalía particularmente bien en el papel crudo.

"Sí, era encantador. No se suicidó de verdad, pero como si lo hubiera hecho.

—¿No exactamente pero como si?

—Sí."

Malou Rousnov pasó el índice sobre las letras de su nombre.

"¿Quiere saber quién me escribe a lista de correos?"

La pregunta, directa e inesperada, me puso en serios aprietos, y esto me hacía completamente incapaz de responder, no conseguí salir del paso más que esbozando una sonrisa de una magnífica ambigüedad. No pude hacer más. O mejor.

"Un paciente", dijo sin ambages.

Como hacía con frecuencia cuando paseábamos juntos, otra vez me tomó del brazo y dimos algunos pasos en dirección de la pensión. Yo sentía la cara todavía sonrojada por la turbación y miraba de frente mientras caminábamos hacia la casa de muros ocres y postigos blancos.

"Un ex paciente, a decir verdad. Pero como las cartas son desde entonces una especie de prolongación de nuestras sesiones, me parece más justo considerar que este hombre sigue siendo mi paciente. ¿Tiene usted algo en contra?

—De seguro usted debe de tener buenas razones para hacer lo que hace.

—Eso creo. Creo que ese hombre podía a partir de cierto momento caminar completamente solo. Debía hacerlo. Dejar el sofá. Podía marcharse. Estaba listo. Y feliz ante la idea de no tener que volver a poner los pies en mi consultorio. Pero quería escribirme. Lo necesitaba. Entonces, dije que sí.

—¿Hace mucho tiempo?

—¡Oh, años! Hace años, ahora, que nos escribimos. Pues yo respondo, por supuesto. Era mi única condición: que no se hiciera en un solo sentido. Que eso se convirtiera en un intercambio.

—¿Se escriben regularmente?

—Sí, sí. Con mucha regularidad.

—Y cuando usted viaja, le dice a dónde puede escribirle…

—Sí.

—Pero no le da la dirección de su hotel o de amigos donde usted se hospeda, usted le…

—Él tampoco. Siempre nos escribimos a lista de correos."

Habíamos llegado frente a la casa.

"Eso nos preserva a cada quien una especie de pasillo de intimidad que siempre permanecerá inaccesible para el otro. Un pasaje", precisó Rousnov dibujando con sus manos algo como un túnel.

Otra vez pensé en los caminos forestales que sirven para transportar la madera y sólo para eso, caminos a menudo espléndidos y muy tranquilos en los que uno se pasea con la clara impresión de estar en un territorio ajeno, caminos que no comunican un lugar con otro y cuya belleza obedece justamente al hecho de que no llevan en absoluto a ninguna parte.

"Exactamente igual nuestra correspondencia también es una especie de pasaje. Que sólo frecuentamos nosotros dos. Eso, no hubiera podido ofrecerlo a mis primeros pacientes."

Me sonrió, caminó hacia la entrada, jaló la puerta que daba al vestíbulo, y mientras yo lo alcanzaba, dijo: "Ahora, difícilmente podría prescindir de esas cartas".

Me hizo pasar por delante colocando la mano sobre mi brazo con suavidad.

Me volví hacia él, y entre dos puertas, así no más, lancé: "A mí también me gustaría escribirle cuando esté de regreso. ¿Me contestará?"

— "Por supuesto", dijo empujando la segunda puerta. "A lista de correos en todas partes del mundo. Un invento maravilloso."

Todavía tenía en la mano ese sobre crudo adornado con una fina escritura azul marino. Sonreía. Yo me preguntaba tonta, alegremente, qué color de tinta emplearía para escribirle. Cuando nos dirigimos al mostrador para pedir las llaves, ambos teníamos el mismo tipo de sonrisa en los labios.

Tomado de *La vie passe comme une étoile filante:
faites un vœu*
L'instant même, 1993

MARIE JOSÉ THÉRIAULT

La escritura de Marie José Thériault, al menos en lo que se refiere a la parte de su carrera dedicada al cuento, tiene un carácter eminentemente pictórico. Los pequeños retratos florentinos de La cérémonie (*La Presse*, 1978) anuncian una tendencia que iba a afirmarse en el cuento epónimo de Portraits d'Elsa et autres histoires (*Quinze*, 1990), que aquí presentamos. La mención genérica de "historias" llama la atención sobre el hecho de que su arte a menudo la acerca más al cuento que a la novela corta, en virtud sin duda de la inspiración oriental (que debe mucho a la tradición persa y que encuentra un eco en cualquiera que haya leído Los cuentos de las mil y una noches), *a menos que sea por fidelidad a la obra de su padre, Yves Thériault, cuyos* Contes pour un homme seul *representaron un momento clave en la evolución de los géneros narrativos cortos en Quebec.*

Marie José Thériault ha sido editora, y recientemente demostró —prueba de ello son los muchos premios importantes que se le han otorgado— que es una de las mejores traductoras literarias de Quebec. Ha puesto la finura de su estilo al servicio de la difusión de obras extranjeras.

RETRATOS DE ELSA

PRIMER RETRATO

Cuando se quita las medias, Elsa no se las enrolla hasta el tobillo para deslizárselas después por el pie. Cuando se quita las medias, Elsa tira de ellas por la punta.

Para realizar este gesto tiene un estilo rigurosamente establecido que desmiente el aire ausente que ostenta sentándose en la orilla de la cama como si todo esto, este cuarto, cierta hora del día, la presencia, pese a todo, un poco sospechosa de un testigo ocular... como si todo esto, digo, no tuviera la menor importancia.

Así pues, se sienta y al mismo tiempo pone su bolso en el suelo. No da muestras de pudor ni de pasión cuando luego se desabotona la blusa y deja flotar los pliegues sobre sus senos, que, desnudos, no impresionan más que si estuvieran cubiertos. Su mirada es completamente inexpresiva; su rostro, inmóvil. De ahí a encontrar fascinante el esmero de Elsa para quitarse las medias por la punta, no habría más que el espacio del deseo. O el del interés.

Observe usted: inclina primero la cabeza hacia los pies, colocados uno al lado del otro sobre el piso, y, durante un momento, los observa. Luego, muy despacio, saca uno del zapato que lo aprisiona. La pierna, que ha quedado medio levantada, se la lleva con una mano hasta el pecho, apartando la abertura de su falda que deja ver un sexo carnoso, mientras que la otra mano se pasea una o dos veces a todo lo largo de su tibia. Elsa, como una niña maravillada, entreabre la boca y examina esta pierna con detenimiento, como si buscara en una bola de cristal quién sabe qué indicio secreto de su condición futura. Cuando termina de hacerse esta curiosa caricia, toma con delicadeza el nailon color ámbar que le cubre los dedos del pie. Tira un poco; la media se resiste. La mirada de Elsa se anima... pero de manera tan discreta que hay que conocerla íntimamente para percibirlo. Con un ligero vaivén de la mano derecha bajo el elástico superior de la prenda, la mujer afloja metódicamente la opresión de la media alrededor del muslo. En un suspenso sorprendente por la actitud de Elsa —parecería que, así, sentada, estuviera a punto de ejecutar una pirueta imposible—, realiza simultáneamente tres gestos para completar el desnudamiento de su pierna: empuja la tela con la palma de una mano, tira de la punta con los dedos de la otra, mueve el tobillo en círculo. El pie oscila y se tuerce y traza una espiral, y acaba por liberarse de la prisión de la media. Entonces Elsa, aparentemente todavía lejana, todavía concentrada en su propio empeño, desnuda poco a poco su pierna con reflejos de fruto maduro, y luego deja caer la media al suelo, en un montoncito suave, al lado de su bolso.

La simetría es perfecta cuando Elsa reproduce en seguida la misma secuencia para despojarse de la otra media.

Cuando todo ha terminado, cuando las dos piernas de Elsa están desnudas, sólo entonces recobra su mirada neutra y la perfecta fijeza de sus rasgos. Se alza la falda hasta la cintura y se tiende... a mi disposición.

En realidad, el ritual de Elsa no me interesa en absoluto. Mientras tiene lugar, yo miro distraídamente hacia otro lado y fumo un cigarrillo. Entonces, no crean ustedes que me precipito; no, no. Me quedo donde estoy todavía unos instantes. Es mi propia paciencia lo que me excita.

Bien. Ha llegado el momento. Arrojo algunos billetes al

piso, sobre las medias de Elsa. Separo con las manos los pliegues de su blusa, y con los codos, sus muslos mate. Cubro con mis palmas sus senos insignificantes... y gozo de ella. Rápidamente. Vestido. Apenas tengo tiempo de imaginar que, con cada una de mis acometidas, ella lanza un gritito de perra.

SEGUNDO RETRATO

Primero las piernas. Enfundadas en medias de malla, negras. "Mujer sentada" (detalle)... como se diría de un cuadro. Sólo las piernas. Todo el resto de Elsa está más allá de la visión, opacado por la necesidad que tiene N. de captar en primer lugar la arrogancia de los tobillos (esos tobillos que Elsa ha cruzado uno sobre otro como deben hacerlo las damas elegantes cuando se sientan en un sillón), en seguida la línea oblicua que lleva hasta las rodillas, y por fin las rodillas mismas, soberbiamente presentes y casi demasiado angulosas.

Elsa conserva las piernas así, inmóviles, mientras el ojo de la cámara de N. las encuadra, mientras extrae de ellas su escandalosa belleza. Pero, para Elsa, de pronto se vuelven falsas y artificialmente pegadas a sus muslos por el inquietante deseo de un hombre al que sólo ese fragmento excita. Entonces, ella se imagina un momento al lado de sí misma, observando y juzgando desde fuera el capricho al que consiente, y se le dibuja en el rostro, sin que la reprima, una sonrisa melancólica tan tenue que la expresión complaciente de su rostro casi no se altera.

N. ha desplazado el ángulo del objetivo. En el visor aparecen los muslos de Elsa, doblemente cortados en medio —como dos cruces, una al lado de la otra— por la línea superior de las medias que pellizcan los tirantes del liguero.

Nada más. El campo se interrumpe precisamente arriba y precisamente abajo. N. hace una larga pausa en este fragmento de Elsa, cuya piel casi clara contrasta con las telas, y luego retoma su exploración obstinada del cuerpo sentado, deteniéndose en cada estación como lo haría un penitente: pubis desnudo, depilado, obsceno; vientre apenas cubierto con una prenda interior estrecha; ombligo perfecto que podría contener una onza de almizcle; senos adolescentes con sus areolas rojizas; brazos indolentes y manos pasivas cubiertas por guantes largos de cabritilla negra; cuello, mentón, cara... por todas partes el ojo artificial de N. se entrega a la contemplación, pero Elsa percibe esta adoración como un examen diligente y clínico de su inocencia pervertida.

N. ha atrapado los rasgos de Elsa en su visor. Alargó la mano que tenía los billetes y la mujer se los metió bajo la media, junto a la piel. Luego, N. dijo a Elsa:

—Haz tu trabajo.

De aquí en adelante, la cámara de N. ya no se apartará del rostro de Elsa. N. la mantendrá clavada en él y se dedicará a captar el ciclo entero de cambios que atormentarán a Elsa durante los próximos minutos. Esa ligera caída del cuello hacia atrás, por ejemplo; esta arruga, que hace poco apareció entre los dos ojos; el abultamiento casi imperceptible del labio inferior cuando Elsa entreabre los dientes para respirar mejor; las aletas de la nariz que se agitan; el voluptuoso cabeceo; la boca abierta en un grito. Todo, pero no el cuerpo. Todo, pero no los brazos, no las piernas ni ninguno de sus meneos lascivos. Todo. Excepto el *trabajo* mismo.

Sólo después N. podrá atravesar su deseo. Cuando la pantalla le restituya, uno a uno, cada fragmento de Elsa congelado en su pose de revista, N. se los incrustará en la memoria. Luego se irá con ellos hasta el rostro móvil de la actriz, cuya beatitud calcará. Pues sólo allí, en ese solitario desciframiento del todo por la parte, puede el placer de N. llegar a sus límites extremos.

Tercer retrato

Elsa con un vestido de color violeta chillón, rodeada por el asfixiante aroma de las lilas que llena la habitación. Elsa vestida de niña. Flor entre las flores. Los holanes de la crinolina, pétalos donde parecen estar suspendidos sus brazos. Senos pequeños prisioneros de la tela de panal de abeja, y cuello frágil envuelto en lino contrastante que Elsa lleva erguido como tallo, adoptando un aire de despecho.

Sentada en posición de flor de loto en el pequeño sillón, muestra los calcetines inmaculados que cubren sus tobillos, y zapatos blancos sujetos por una trabilla doble que se abotona y le atraviesa diagonalmente el empeine. De vez en cuando lanza un curioso suspiro de impaciencia y levanta, para bajarlo en seguida, el montón de tela de su vestido, mostrándole al hombre instalado delante de ella —si está alerta y no distraído por otra cosa— el calzoncito de encaje que finge no querer enseñar. Así de ligera, entre los frufrús y los temblorcillos de los tules y los nailons, Elsa hace pensar en esas muñecas de feria cuyos vestidos crujientes tienen colores industriales y chillones.

Mientras se mordisquea el pulgar y escucha al señor, éste le cuenta en detalle la historia de una niña que se parecería a Elsa, la historia de una pequeña Elsa atenta y complaciente, siempre dispuesta al mimodrama, a la puesta en escena de las fábulas de un abuelo curioso de sus ficciones interiores. El relato que le hace a Elsa posee una sorprendente ligereza, una inocencia graciosa que se antojaría casi fuera de lugar en un hombre tan arrugado por fuera, tan marchito por dentro. Es que probablemente hay en él una nostalgia muy grande de la virtud —cuyo efecto experimenta de esta manera un poco frívola—, y encuentra un gran placer en reavivar así sus paradojas y su inconstancia.

¿Busca ser comprendido? Podemos dudarlo, pues le importa poco que Elsa parezca abandonada a sí misma y que el aburrimiento o el interés —no sabe cuál— dibuje en su rostro una expresión ni completamente alerta ni verdaderamente nebulosa. Él habla, recita, cuenta. Además, podría uno preguntarse si las palabras del señor, mientras conserven su legibilidad, no llevarían a Elsa a reanudar discretamente los vínculos sutiles que en el fondo de ella unen al vicio con la ingenuidad. Pero esta supuesta clarividencia correría el riesgo de ser al punto desmentida por el gesto impaciente e infantil de Elsa de suspirar profundamente y, de repente, levantarse y volver a bajarse la falda sobre las piernas cruzadas.

El relato, sin embargo, se entrecortará, no tardará en ser menos coherente, y su puntuación consistirá en gestos cada vez más precisos y obscenos. Entonces Elsa se levantará del sillón y vendrá a arrodillarse entre las piernas del viejo señor. Allí, como niña sumisa, obedecerá sus instrucciones exactas y trastornará con diligencia sus zonas secretas. El exceso de volantes de color violeta, de encajes y de favores, el dócil candor de su pequeña Elsa, tanta y tan perfecta obediencia a sus caprichos pronto harán del abuelo un hombre presa por entero del placer.

Pero si, fulminado por el éxtasis (como si dijéramos fulminado por un rayo), él gimotea el nombre de Elsa y llora el nombre de Elsa y gime el nombre de Elsa, es también, es sobre todo, de dolor. Pues —¿lo ignorábamos?— de pronto

él ha visto: la boca, los dedos que lo hurgan, la boca, los dedos y las uñas de Elsa, esas uñas afiladas y puntiagudas, esa boca roja, esas uñas pintadas de un escarlata vulgar y vibrante... Elsa... mi Elsa.
Él ha visto.
Una verdadera boca. Verdaderas uñas de puta.

CUARTO RETRATO

—Por usted —le dice Elsa— soy un paraíso que perder. La infancia y la memoria y el sueño excavados, después divulgados en la humedad de la ingle, y después devueltos a la nada en un gemido. Por usted soy también el horizonte turbio, confundido por todas las muertes; éxtasis pero degradación pero sinrazón pero olvido se estremecen bajo mi carne disfrazada (ésta como máscara, velo o lona: según el espesor del deseo). Tengo la tarea de apaciguar y también la de destruir. Soy siempre su victoria y su ruina. La resonancia de lo que fue. Y la nada.
Elsa le receta cada vez el mismo discurso. El mismo. U otro que a veces se parece al primero. Sólo varía la secuencia de las palabras. Sólo varía el orden de las frases.
—Por usted —le dice habitualmente Elsa— soy todas las muertes enmascaradas, el apaciguamiento disfrazado, la sinrazón. Carne y humedad gimen, confundidas, y bajo el éxtasis, nada. Paraíso excavado, degradado, cubierto (por usted, victoria o ruina, según el espesor de la infancia por perder). Mi tarea es ser ingle y memoria, sueño confuso, horizonte destruido. La resonancia sigue estremeciéndose, pues lo que fue, fue. Pero el velo. Pero el olvido. Pero la nada.
Ella habla, dice esto —¿que él le pide decir?— o dice otra cosa, pero durante ese tiempo su mirada es impenetrable

como si estuviera sumida en una singular inconsciencia (pues no podríamos hablar aquí de ingenuidad) o bien en un dolor que la volviera ajena a todo, que la tuviera reñida con todo, separada de todo. De todo. Salvo de los dedos de él, dedos aéreos, dedos finos, ardientes para despojar suavemente a Elsa de su materialidad.

Ella habla, dice esto o aquello o dice otra cosa, como alguien que balbuciera un texto aprendido cuyo orden lógico a veces enredaría (aunque). Pero durante todo ese tiempo casi no se mueve y permanece de pie, con los brazos sueltos a cada lado del cuerpo, entregada por completo a las manos que, con delicadeza, la deshojan. Él, por la abertura de la blusa (ya se la desabotonó mientras reproducíamos las palabras de Elsa), roza los pequeños senos y, con la lengua, le excita los pezones.

Ella habla, dice cualquier cosa. El hombre ejerce ahora sobre su cuerpo un poder desconcertante.

Elsa —¿demasiado fortalecida por su arte o más bien de tanto disfrutar?— se estremece lentamente bajo esa boca que la marca como un hierro candente.

Rápido rápido de pronto quién sabe por qué, él deja caer al piso y luego avienta lejos la falda que cubría a Elsa. Sin la falda, Elsa está desnuda.

No. Desnuda, no. *Casi desnuda.*

Pausa. La mirada del hombre. Sus dedos de elfo músico encuentran y rozan y hacen cantar aquí, allá, la blanca piel de Elsa.

El hombre se deja caer de rodillas en la intimidad de una redecilla negra extendida sobre las piernas que, una tras otra, sin apresurarse, desnuda con ambas manos. Metiendo los índices entre el nailon y la carne, tira, enrolla la media de Elsa hasta su rodilla, después desde la pantorrilla hasta el tobillo de Elsa, después la desliza sobre el pie, después.

Después ya nada salvo una pierna desnuda, dos piernas desnudas. Las mordisquea. Las lame. Las *atormenta*... como si estuvieran condenadas al suplicio.

Ahora Elsa ya no recita; no sabría cómo. Sólo gime toda clase de "Por usted, soy", de "tarea de ingle" incoherentes, de "sueños divulgados" dictados o de su cosecha, e ignora (pero poco importa) a quién, si a él o a ella, van destinados.

En seguida —demasiado pronto, piensa ella—, él toma (¿ama?) a Elsa. Medio desvestido y medio acostado, con la prisa de quien se creería retrasado con ella... o consigo mismo. Pero bueno. Pero apaciguante. Cuando el placer se produce, éste no es débil ni mudo: proclama lo que fue.

Después, la nada.

Desliza los billetes enrollados (no sin ternura, aunque un tanto maquinal) entre los labios turgentes del sexo de Elsa.

Elsa llora. Como siempre.

Pues lo sabe: para él representa a todas las mujeres. Y jamás será ninguna.

Quinto retrato

La mirada de Elsa linda con la rabia; pero más bien raya en el desprecio. Cualquiera diría que está a punto de soltar una orden o escupir un insulto, pero por el momento se calla. Es que necesita primero someterlo en silencio. Privar de su voz al hombre servil que se la reclama, negarle el mandato del que gozaría.

La mirada de Elsa está atenta a captar el menor indicio de placer para, de inmediato, con un movimiento brusco, arrancarlo de raíz. Está adiestrada a la falta de respeto y a la repugnancia, a mudas exigencias que envilecen a aquel que, ante ella, a sus pies, desobedece y después obedece con extraordinario fervor. La mirada de Elsa está acostumbrada a descubrir las paradojas de esta relación, a jugar con ellas, así como a desenmarañar *su muy confusa jerarquía.* La mirada de Elsa está adiestrada a adiestrar. Lo mismo sus gestos. Lo mismo sus palabras. Con una mano, con un brazo enguantado hasta el hombro, Elsa toma muy lentamente el fuete alojado entre la bota y su piel. ¿Habrá, pues, que sorprenderse si la maniobra de Elsa hace brotar de la garganta del hombre una queja sorda, compuesta a la vez de miedo y de deseo, algo como un lamento entre sollozo y canto? La vista del pequeño fuete —que ella aún no emplea, que se conforma con *mostrar*— suscita en él fugaces pensamientos clandestinos, prohibidos, de los que resurge turbado y que, anticipándose a la voluntad de Elsa, expía (diríamos) por sí mismo.

Pero Elsa no puede tolerar semejante apresuramiento. En lo sucesivo, dichas o tácitas, se sucederán las órdenes que lo mantendrán indefinidamente en un estado de abyección suspendido por encima del éxtasis, hasta despojarlo de todo vestigio de dignidad.

Sería ilusorio pretender describir con palabras, sin prostituirlas, lo que sucede ahora; basta con imaginárselo. Pues en el perímetro de esta habitación llena de flores, con muebles casi delicados —una decoración en la que lo bonito se ve anulado por los actores y por los accesorios—, se representan perversiones de una intensidad tan perfecta, de una vulgaridad tan absoluta, que de ellas emana al fin y al cabo una especie de esplendor.

Después, cuando todo se ha consumado (porque Elsa lo permitió), él, avanzando a gatas (la última humillación), deposita entre los muslos de Elsa enfundados en botas, sentada, los billetes que lleva en el hocico... como si fuera un perro.

El guión (su guión), del que Elsa ha respetado *rigurosa-*

mente hasta la menor didascalia, llega a su fin en el momento preciso en que el hombre la deja. En consecuencia, el que Elsa, alzando la mirada, vea su propio reflejo en el espejo, no se debe más que al azar.

Decidamos (licencia de autor) que Elsa sonríe al principio con cansada ironía. Pero decidamos también que su sonrisa no dura, que la invaden unas ganas súbitas —que, desde luego, no había previsto, que no estaban escritas— de escupirse en la cara. Y decidamos, sobre todo, que lo hará.

ÚLTIMO RETRATO

Yo, Elsa, me le escapo. Entonces, para rehacerme, me pide: "Hábleme de usted", y toma notas. Con una escritura fina, deliberadamente descuidada, anota las palabras que pronuncio y, a veces, creyendo que no voy a darme cuenta, cambia una por otra.

Relatos largos que me calan por su belleza o por su fealdad. De dondequiera que me vengan los recibo con urgencia, como si fueran a desaparecer de repente, pero mi dictado se desarrolla en la ponderación. En los momentos en que adivino que cierto secreto no va a disminuir ni la fuerza ni el efecto de mis palabras, la huella de éstas es breve en el espacio, suspendida como el impulso que hubiéramos querido reprimir justo antes de que nos entregara al vacío. Y luego, cuando es necesario, sin que lo sepa mi escriba, suprimo aquellos retoños cuya supervivencia debilitaría mis dichos.

Entre él y yo se estrecha o se alarga el espacio según que las palabras clave sean envolturas de placer o marcas de dolor (compartimos eso con las parejas comunes; pero creo que la comparación se limita a eso, pues, para nosotros, las

verdaderas rupturas dependen tanto del absurdo como
fatales son nuestras alianzas: nuestra simbiosis es perfecta
hasta en sus fallas).

Ahora bien, cuando por alguna razón estamos muy juntos uno de otro, ejerzo una supervisión discreta sobre los
movimientos de su pluma. ¿Que se toma demasiadas liber-
tades? Doy a la continuación un giro que "tome esto en
cuenta". Rectifico, aunque sea sólo un poco. Equilibro.
Pero me cercioro de que no se entere de nada. La mayor
parte del tiempo, lo confieso, su *ductilidad* —admirable—
se parece mucho a la del calígrafo del que dijo un poeta
(¿cuál?) que su mano "debe estar vacía" para estar inspira-
da. Entonces se convierte en un hilo de tinta sin interrup-
ción ni fin, incluso en sus brechas (¿sus arcos de acceso?)
siempre habitadas por un aliento primordial.

De cuando en cuando también (¿podría instalarse cierto
desorden?) tomamos nuestras distancias. Pero es imposible
decir si lo hacemos deliberadamente o no. En esos momentos en que nada me asegura que él está siendo respetuoso de
lo que le sugiero, yo, ElsaElsa, dudo más *de la realidad que
me inventamos.* Pues ya no estoy segura de reconocer mi
registro, mis tiempos ya no son del todo mis tiempos,
mi melodía misma se sustrae de mi influencia (no me atrevería a hablar aquí de *autoridad),* en suma, me escapo de mí
misma. Casi podría creerse —sin verdaderamente equivo-
carse— en la supremacía de mi copista (¿de mi creador?).
Pero viendo cómo asumo al fin —con más o menos como-
didad— los papeles que él me asigna sin consultarme, ¿no
podría pensarse también que le concedo de muy buena
gana, al menos un poquito, al menos de vez en cuando, la
preeminencia de la que goza?

¿Dónde está la verdad?

¿Quién es la verdad?

No me cabe la menor duda de que siempre llegamos a tejernos, por operaciones estratégicas organizables hasta el infinito, lazos muy dignos de Penélope. Pero a pesar de nuestros vínculos, a fin de cuentas, yo, ElsaElsaElsa, entre todas las yo multiplicadas, no sé bien a dónde van las preferencias del que me transcribe.

Y también ignoro (y sobre todo ignoro) cuál de nosotros es *el otro* en esta singular conversación donde estamos solos, juntos.

Tomado de *Portraits d'Elsa et autres histories*
©Quinze, 1990

HUGUES CORRIVEAU

Hugues Corriveau empezó a escribir cuento después de haber producido una abundante obra en otros géneros como la poesía, el ensayo y la novela, que sigue cultivando. Su primer libro de cuento, integrado por cien textos en torno al universo ferroviario, le valió el premio Adrienne-Choquette de cuento (Autour des gares, *L'instant même, 1991; edición de bolsillo: 2002). Los libros subsecuentes dan vida a un universo abigarrado:* Courants dangereux *(L'instant même, 1994),* Attention, tu dors debout *(L'instant même, 1996), libro centrado en el mundo de la infancia;* Le ramasseur de souffle *(L'instant même, 1999, finalista en el premio del Gobernador General de Canadá) y* Troublant *(Quebec-Amérique, 2001). Hugues Corriveau nació en Sorel en 1948, vive en Estrie y es, sin duda, uno de los escritores más prolíficos de su generación.*

EL COLECCIONISTA DE ALIENTO

Acaba de cortarse el bigote. Un hermoso bigote a la antigua, muy "fin de siglo", como de abuelo por el remolino de pelos bajo la nariz. Feliz por el efecto, con las manos dos veces lavadas con jabón de Marsella, puede enfundarse los guantes de gamuza de color ante tierno, y abrir el armario. ¡Ah! ¡El armario con vitrina! Lo que ve en él no se emparenta con nada. Colecciona los recipientes vacíos, el espacio que circunscriben, diríase que el aire del ambiente, la nada cósmica. Su intención es de las más sutiles. Lo que él quiere conservar allí es su propio aliento, lo esencial de su propia vida. ¡Eso es al menos lo que pretende! Aquí un cascarón de huevo vaciado, limpio; allá, un coleóptero hueco que muestra los surcos de su vientre seco, receptáculo inmóvil, yaciente boca arriba, en espera, al parecer, de volver a ser llenado; más allá, una aceitera de iglesia que cuelga la luz dentro de los prismas de su vidrio tallado.

En pocas palabras, él junta los recipientes insólitos. Palpa algunos de ellos, durante horas, soplando, soplando y soplando más en sus aberturas para que recojan la quintaesencia de su propia vida, su aliento, su energía vital y transparente. Los ama como se ama a sí mismo.

Nada le parece más hermoso que entregarse a los objetos que colecciona, que juzga lo bastante dignos como para recibir las exhalaciones de su propio cuerpo.

Sobre una mesita esquinera coja, al lado, está colocada la raída libreta de cuero de Florencia, en la que anota la fecha y la hora en que hizo don de sí mismo. Entonces puede, con un vistazo furtivo, saber cuál de las ánforas bicolores tiene engastado su aliento del 22 de julio de 1923, cuál más protege su soplo del 1° de enero de 1943. Pues algunos objetos, más preciados que otros, tienen la función de ser relicarios, urnas protectoras destinadas a perpetuar el momento que le permitió confiarse a la materia, convertida a su vez en objeto de un culto doméstico.

Fue en el instante en que su madre le enseñó a soplar las velas de su aniversario cuando se le ocurrió la idea. Considera su aliento como un bien inestimable. Incluso podría traerle suerte cuando conseguía apagarlas todas de un solo golpe. Ese milagro lo ha subyugado.

Es 29 de noviembre de 1948, y frente a su irremplazable colección, decreta que ese día será excepcional, que se volverá *histórico*. ¡Pero surge la duda! ¿A qué receptáculo digno de ese momento podrá entregarse, a cuál objeto fuera de lo común podrá confiar la tarea de guardar para siempre la sustancia misma de lo que es él en ese instante? Y le cuesta trabajo elegir entre sus amores.

Mira por doquier, busca en los rincones y ¡ve! *Allí,* ¿no hay acaso un agujero, una abertura, un lugar que bien podría no estar ocupado? ¿Habría olvidado por descuido colocar *allí* un objeto, una reliquia, un bien inefable? Y sabe de manera absolutamente irrevocable que es *allí* donde deberá ser conservada su huella. Pero ¿dentro de qué, por Dios, dentro de qué? Puesto que *allí,* ¡no hay nada! ¡Aunque parezca imposible, nada... nada de nada... el vacío sin forma... sin contorno... sin color y sin vínculo... nada... absolutamente nada!

¡Aterrado como está, con su bigote pelirrojo y gacho! ¡Deprimido en el acto! ¡No puede realizar hoy lo que decidió. Retrocede, cierra el armario con llave, se quita los guantes, se sienta, sigue mirando la vitrina y llora. Sí, no hay duda, está llorando.

¡Cómo será ese día que se anuncia para él, ese 29 de octubre! ¿Acaso no podrá descubrir el relicario, el dulce receptáculo de su ser? Pero ¿dónde encontrar... y qué... y de qué naturaleza? Pensaba que su colección estaba completa, al menos así creía todavía hasta ayer. Pero ahora ¡esa duda!

Con minuciosidad, vuelve a mirar a través de las paredes de vidrio con el fin de verificar si, por casualidad, no se habría equivocado... Y no, *allí*, efectivamente *allí*, se abre sin lugar a dudas un espacio, ¡oh, un espacio pequeño!, ¡sin embargo adecuado y que podría recibir eso que justamente todavía no conoce, pero que pasará el día buscando!

Sale de su cabaña, no sin echar un último vistazo a la puerta de su armario con el fin de cerciorarse de que está bien cerrado... ¡nunca se sabe! Es el único bien de valor que posee, y siempre se preocupa por tener que dejarlo sin vigilancia. Con su soplo en los cacharros ¡su única riqueza!

El frío de ese comienzo del invierno se apodera de él. Se arropa, se enrolla en su abrigo de piel de camello, lo ciñe a su cuello, respira el aire cortante y casi se tambalea en la fuerte sensación de asfixia que a veces le causa el hielo. Igual que un bonzo nórdico, camina a través de imaginarios bancos de hielo, empujando con el pie hojas que le parecen envueltas por el cristal de esa mañana friolenta.

En pocas palabras, se dirige hacia el vertedero de basura, ¡tan lejano!, ¡pero tan lejano! En el extremo más extremo de todo, del otro lado de los necios ruidos del centro de la ciudad. Aunque él viva en medio de gente pobre en una choza en ruinas, vuelve a sentirse demasiado bien vestido —con su abrigo robado en una banca—, para visitar esos bajos fondos, y está consciente de ser diferente. Inestable desde el punto de vista emotivo, no tarda en preocuparse exageradamente por su apariencia, como si en esa mañana invernal alguien pudiera notar a un hombre colmado, enfundado en su abrigo, a la deriva en el aire terrible y ya tan fatigado.

Antes de siquiera poder reconocer el lugar, es el olor el que le permite saber que se encuentra cerca. ¡Ah, ese olor de miseria y de cuerpos acabados! Se llena de este olor de Apocalipsis tan parecido al que respira todos los días. Da vuelta en la esquina de George V, espléndida ventana hacia el mar de detritus igual que una liberación infecta. Por un momento se frena de seguir más adelante, se apoya sobre el muro de la casa que hace esquina, porque ya no soporta más ni la emoción ni la repugnancia. Con el pulso agitado, medita ante las inmundicias como si el corazón que se prepara a amar tomara sus precauciones.

¡Ah, cuántas horas lo separan todavía del objeto codiciado! ¡Cuántas tergiversaciones tendrá que afrontar para decidir simplemente entre esto o aquello, para elegir la forma conveniente que ese día le exige! Se ahoga, ahíto por la perspectiva de lo que le aguarda. Y mira sus pies calzados en gruesas botas de hule que se hunden en el fango pantanoso del líquido que escurre de ese magma.

¡Y ve! ¡Un poco a la izquierda, algo que semeja a un sarcófago o a un cofre de pirata o a un ataúd atado, ceñido por cuerdas y listones! Allí, justo frente a él, ¡una provocación!

Circunspecto, se acerca, tan dichoso por lo insólito del artefacto que casi se cae de espaldas. Saca súbitamente un desatornillador de una de las grandes bolsas de su abrigo y empieza a raspar la ligera capa de óxido sobre el arillo por el que atraviesa la aldabilla que cierra la tapadera. Está muy atareado cuando pasa un gato tímido que viene a lamerle la mano. Asume esta presencia como señal de felicidad a pesar de la aparente sarna del animal, a pesar de la repugnancia que por lo general le causan las lenguas animales.

Y entreabre la tapadera, ¡oh! apenas, ¡y de inmediato algo cae del cofre!

¡Y ve! ¡Ah, lo que ve!

Hermoso, terrible y negro, un bolsito de fina malla metálica, minúsculo, apenas más grande que el hueco de la mano, de estilo antiguo y rebuscado, con broche de bolas, depositario de la vida entera de una mujer elegante que probablemente metía en él sus comprimidos contra la jaqueca para el baile de fin de año.

Sin mayores precauciones se sienta sobre el montón que tiene bajo los pies, no alcanza a reponerse de haber descubierto tan rápido y tan bien y tan hermoso.

Y regresa a casa.

Y ama entre sus dedos la forma mullida de la bolsita.

Su guarida está en el otro extremo de la ciudad, en un terreno baldío que pertenece a una compañía de reciclaje de metales y de acero. A toda hora, oye ruidos feroces, incontables derrumbes de tubos y de carrocerías. Su "hogar" se cuelga de la cerca que bordea la vía del tren. Y allí también el estremecimiento incesante de los rieles hace precaria la estabilidad de su "morada".

Pero hoy, al abrir la puerta de tablas, al empujar la lona inmunda que impide que el frío penetre demasiado en su interior, no se preocupa por la indigencia en la que, él, antiguo director de banco, ha caído. Pues el bien insólito que manipula vale a sus ojos, en ese momento, mucho más que el mejor confort del mundo.

En sus manos tiene una historia, la historia de una vida que sólo él está en condiciones de contarse, de reconstruir en cierto modo, jugando con el broche, aspirando la seda que tapiza el interior de la bolsa, restableciendo el puente con ella, esa mujer magnífica que probablemente bailaba el vals y el pasodoble con la energía de la desesperación, pues, enferma de los pulmones, estaba condenada a terminar sus días, como en *La Bohemia*, en medio de los dolores más horribles de un canto pasado de moda.

¡Ah, cuán dichoso es!

¿Acaso no soplará dentro de poco en el interior de lo que acaba de descubrir, para luego ponerlo *allí*, en el espacio vacío de su armario?

Pero ¡lástima!, ¡la idea del cofre vuelve a su mente! El cofre que guardaba la bolsita se quedó a la deriva sobre la montaña pútrida, ese cofre que supo preservar, hasta que él lo reconociera, el valioso objeto de su gran esperanza. Ni siquiera tuvo tiempo de mirar un poco dentro de él. ¡Qué cosas no habrá dejado en su seno que su estado de pobreza habría considerado bueno conservar! ¡Qué otras cosas no descubriría si regresara a ver dentro de él!

Deja para más tarde la ceremonia del soplo.

De nuevo se enfrenta al frío, al hielo, a las calles, al asco que le producen, y siente el deber de volver a encontrarlo. Pero ya no sabe bien a bien en qué rincón se esconde, y la tarea resulta ardua, larga, infame. No es sino al cabo de horas de búsqueda cuando su corazón palpitante lo distingue entre la limalla, algunos harapos dispersos y cantidad de gaviotas rapaces.

Y gruñe, y se esfuerza y, jadeando, saca el cofre del basurero para perderse otra vez en plena calle, sucia, horrible, arrastrando su cosa en medio de los transeúntes asqueados. Primero jala, luego empuja con la energía desesperada que lo obliga a acelerar sus movimientos por temor a ser sorprendido, detenido por la policía, ladrón de objetos superiores, de tesoros nacionales. Unos menos timoratos le ofrecen ayuda, pero él refunfuña alguna negativa, rehúsa con un oscuro borborigmo. Pasa, arteria tras arteria, los kilómetros que lo separan de su casa. Por fin, reconoce la lona que se agita, la choza de madera agarrada a la alambrada de púas.

Cuando está dentro, llora. La prueba puso su alma al desnudo, despojó sus huesos, sangró sus manos. También sangra por la nariz, se queja una y otra vez, ya no sabe bien a bien lo que transportaba, lo que le obligó a comportarse de tal manera. Y se tira sobre el lecho, trata de tranquilizar su corazón que late al ritmo de un infinito pavor. Se adormece.

En medio de la lentitud del aguacero que cae, oye unos ladridos rabiosos, como si los perros fingieran dar en coro la señal de acoso. Siente los rayos, entre los intersticios ve que los relámpagos rayan la opacidad de las nubes. Tiene miedo, miedo de la ternura que crece dentro de él, de la fragilidad de sus nervios, de la insoportable desgracia de estar solo en el fondo de ese baldío, a merced del menor deslizamiento del suelo. Sabe que si se levanta, sus pies se hundirán en el fango glauco, acumulado por el escurrimiento de las aguas por debajo de la puerta. Siente un temor tan agudo que promete a Dios prenderle unas veladoras.

Y se acuerda. Arquea la espalda, se levanta, mira en dirección de la ventana y lo admira. El cofre está allí, maculado y sombrío, pero en su casa, es suyo. Por fin conocerá lo que es la dicha. Lo sabe, tiene la certeza de que tal prodigio pertenece a la ciencia oculta, a un karma sufí.

Se decide y hunde los pies descalzos en el barro, camina con un frío ruido de succión hasta el cofre. Lo mira. Lo toca largo tiempo, lo husmea. Quisiera dormirse estrechándolo entre sus brazos. Pero se sacude, levanta la aldabilla, abre la cubierta.

Ninguna miseria humana sería comparable a la inmensa decepción que siente al ver ese fárrago de botones redondos y cuadrados, dorados o negros, pequeños o grandes. Tantos botones, montones de botones, masas, cubetas enteras de botones que viejos hilos parecen seguir fijando a invisibles vestidos, a abrigos ya imaginarios.

Le había parecido que al abrir esa tapadera, se elevaría la esencia misma del tiempo, que de allí se escaparía la vida de una desconocida.

¡Por desgracia, de esa vida no quedan más que unos botones inútiles, más que ese pavoroso testimonio de los gestos estudiados que se necesitaron para cortar cada hilo, para abrir el cofre y colocarlos dentro de él! Y la inusitada paciencia que había exigido esta acumulación lo perturba. ¡Toda una vida irreprochable atesorando tantos y tantos botones!

¡La futilidad de la empresa lo deja estupefacto! Él que colecciona con tal devoción la esencia misma de su ser se queda perplejo, hecho polvo. Ya no comprende bien a bien qué es lo que se amontona en su armario desde hace tanto tiempo.

Si la dama de la bolsita hubiera sabido lo que se haría con su pasión, ¿acaso la habría cultivado día tras día?, ¿habría decidido volver a empezar obstinadamente miles de veces el mismo gesto de cortar, de ocultar?

Y él ¿acaso puede siquiera establecer la diferencia? Si le preguntaran ¿sabría describir el matiz exacto que lo distingue de ella?, ¿estaría en condiciones de probar a cualquiera que lo que junta, él, no podría ser dilapidado de tal manera?

Abrumado, se sienta. Mira esa reverberación redonda, esos conmovedores tesoros y, con lágrimas en los ojos, en un parpadeo vislumbra su imposible empresa, la inverosímil vanidad de su gesto repetido.

Irónicamente, es un ahogo el que lo estimula, el que lo sacude. Se levanta de un salto, arrastra el cofre hacia fuera y arroja su contenido, justo frente a su puerta, y allí acumula el montón de trozos de nácar y de plástico. Vuelve a meter el cofre, cierra la puerta, levanta de nuevo la tapadera y examina.

El hoyo abierto lo llama, a él le parece hermoso y vacío, tan vacío como una cáscara de nuez, como uno de sus bellos receptáculos dorados dentro del armario con vitrina.

No resiste la tentación de, esta vez, meterse entero dentro de él, ya no sólo el soplo abstracto, sino cuerpo y opacidad. Se extiende dentro sin respirar, sin soplar hasta que haya bajado la cubierta.

Y en la oscuridad, después de haber espirado a fondo y varias veces con el fin de llenar por completo su estrecha morada, ¡oye que la aldabilla se cierra en el exterior!

Aterrado, con un temor gigantesco, enloquecido, empuja suavemente la tapa de madera cuyas bisagras ya no se deslizan. Por un instante se niega a formular la evidencia.

Sopla y sopla, y empieza a sofocarse con sólo pensar en quedarse encerrado para siempre.

Y, en un instante, se da cuenta de que ese cofre servirá a su vez como cebo para alguien que pensará haber descubierto un bello tesoro, mientras lo que le tocará serán sus pobres despojos vacíos de su aliento, prisioneros para siempre de ese sarcófago que, en otro tiempo, la dueña de una bolsita había destinado a preservar el tesoro de su propia vida.

Vilanova i la Geltrú, abril de 1994

Tomado de *Le ramasseur de souffle*
L'instant même, 1999

AUDE

Es raro que el premio del Gobernador General de Canadá se otorgue al autor de un libro de cuento. Para el jurado la novela es el género por excelencia. Así que imaginemos la magnífica impresión que causó Cet imperceptible mouvement, *publicado por la editorial XYZ en 1997. Aude inició la carrera literaria con el nombre de Claudette Charbonneau-Tissot, con textos publicados por el Círculo del Libro de Francia:* Contes pour hydrocéphales adultes, *de 1974, y* La contrainte, *de 1976. Otro libro de cuentos,* Banc de brume ou Les aventures de la petite fille que l'on croyait partie avec l'eau de bain, *de 1987 (Éditions du Roseau), se inscribe en un medio en el que predomina la escritura de novelas.*

Con frecuencia, los personajes de Aude se sumergen en un universo coercitivo derivado de una fuerza política tácita, invisible o, más íntimamente, por la influencia de la enfermedad. Se debaten, se afligen, sobre todo porque las reglas del juego (motor dramático central) les son desconocidas. Nacida en Montreal, Aude vive desde hace mucho tiempo en Quebec, donde da clases de literatura.

LOS PERROS

Desde hace tres meses, Francis vive solo en una isla de un gran archipiélago. Allí se dedica a hacer el inventario de los nidos de aves.

Los perros perdigueros que caminan delante de él, cerca de la ribera, con el hocico a ras del suelo, acaban de detenerse. Francis ya no oye el tintineo de la campanilla que pende de su cuello. Han descubierto huevos de rascón amarillo ocultos bajo el musgo y los residuos vegetales. Francis se acerca con cautela y como están tan bien disimulados tarda unos instantes en encontrarlos. Lo único que tiene que hacer es escribir una X en el mapa detallado del sector, anotar el nombre de la especie, el día y la hora del hallazgo, y firmar.

Esta mañana, el responsable vino a verlo, como hace dos veces por semana para recoger los datos, reabastecerlo y asegurarse de que todo marcha bien. Alabó una vez más la inteligencia y perspicacia de los animales, sin decir ni una palabra sobre la calidad del trabajo de su joven empleado. Molesto, Francis le respondió que en lo sucesivo bien podría anotar en el registro el nombre de los perros, Derecha e Izquierda, en lugar del suyo. El hombre, divertido, miró a Francis y agregó que en ese caso sería más fácil enseñar a los perros a escribir; de esta suerte podrían prescindir por completo de él.

Desde la mañana, Francis tiene un nudo en la garganta. Una vez más, siente que su vida es perfectamente inútil. No significa nada para nadie. Ni siquiera para dos perros perdigueros. O tan poco, que no vale la pena ni tomarlo en cuenta.

En todos los sitios donde ha trabajado antes han terminado por anunciarle que ya no lo necesitan. Sin embargo, en cada ocasión se ha esforzado por realizar bien las tareas que le han encomendado. Pero ha tardado mucho en comprender que cada medio es un pequeño mundo cuyas reglas ocultas hay que captar rápidamente y respetar, si se quiere sobrevivir.

Hace seis meses, se peleó en la fábrica donde trabajaba. Fue una torpeza. Una palabra de más. Un mal cálculo. Nada grave en otras circunstancias. Pero hay jerarquías secretas que son difíciles de adivinar, susceptibilidades insospechadas, nervios a flor de piel bien disimulados bajo los delantales rígidos y los guantes protectores, viejas historias de las que nadie habla jamás, pero que habría que conocer. Francis no podía saberlo. De todas maneras lo despidieron.

De nuevo se encontró solo en su apartamento; pasaba las mañanas durmiendo y las tardes buscando trabajo. Hacia las cinco regresaba con las manos vacías, se tendía en el sofá desvencijado de la sala y mordisqueaba cualquier cosa en espera de que llegara la noche. Entonces llamaba a algunos amigos con los cuales salir a beber y charlar. Y sobre todo a buscar, sin delatarse mucho, a una mujer a quien amar. Para siempre, no sólo por una noche.

Francis ha amado a tres mujeres. Pero no sabe retenerlas. Con cada una de ellas la relación duró un año, y él había creído que era para mucho tiempo. Le cuesta trabajo entender estas rupturas que jamás son decisión suya y que lo dejan cada vez más vacío y desamparado.

Después de su despido subió cinco kilos en dos meses.

Poco a poco empezó a salir menos, ni siquiera de noche. A pasar todo el tiempo tendido sobre el viejo sofá.

No era la primera vez que le sucedía.

Una noche se encaminó hasta cerca del lugar donde Christian se suicidó, hace tres años. Anduvo durante mucho tiempo entre los rieles, como seguramente lo hizo su mejor amigo, pues encontraron su cuerpo bastante lejos del paso a nivel.

Francis se inventó un juego. Contaba cien durmientes. Si un tren se acercaba durante ese tiempo, no se saldría de la vía. Si se acercaba mientras contaba otros cien, se lanzaría hacia fuera. Se preguntaba si así habría ocurrido con Christian. Un simple descuido. Sólo por el gusto de desafiar al azar. O si realmente había decidido morir.

Eran cuatro. Habían pasado la velada en un bar. Christian había charlado y reído como siempre. Hacia las dos de la madrugada, cada cual había regresado a su casa. Al día siguiente, a las seis, el repiqueteo del teléfono había despertado a Francis.

Christian no le había hablado de nada. No le había dejado ningún mensaje. Sin embargo, Francis pensaba que era alguien importante para Christian.

Esa noche no pasó ningún tren. Francis regresó a su apartamento al alba. Reinaba en él un silencio siniestro. Había tal desorden que cualquiera habría pensado que habían entrado a robar. Francis lloró mientras bebía tres cervezas de un tirón. Luego se durmió, vestido, atravesado en la cama.

La semana siguiente una gripe lo postró. Había días en que ni siquiera contestaba el teléfono.

Entonces vio el anuncio en el periódico: dos semanas de capacitación, después seis meses de trabajo, en plena naturaleza, muy lejos, casi sin contacto con nadie, solo con unos perros perdigueros.

Cuando era más joven tuvo dos perros. Sabe cuidarlos,

hablarles y adiestrarlos con firmeza. Le gusta esa relación, en la que no tiene que jugar a la diplomacia ni a otras sutilezas que desconoce. El vínculo es claro: él es el amo, ellos son sus perros.

Empero, desde que llegó aquí, ha tenido que revisar su postura. Al menos, con respecto a los dos perros. Son distintos de todos los que ha conocido. Derecha e Izquierda son autónomos. Francis tiene a veces la impresión de que son ellos los que han emprendido su adiestramiento. Cuando el responsable lo depositó, después de las dos semanas de formación previa, con armas y equipaje en la isla que iba a habitar, le dijo: "Confía en los perros. Saben mucho más de lo que jamás sabrás tú".

Francis se guarda el cuaderno en el bolsillo. Por ahora, fue él quien escribió la X sobre el mapa del sector y firmó su nombre en el pequeño registro. En tanto no sepan escribir, los perros lo necesitarán en su trabajo. Los llama, sin ningún motivo en realidad, simplemente para ejercer autoridad sobre ellos, para recobrar un poco de valor a sus propios ojos. Derecha e Izquierda lo saben, no obstante lo obedecen, y vienen a pararse junto a él. Lo miran. De pronto Francis se siente ridículo y les dice, entre dientes: "¡Vamos!" Los animales retoman el camino, a cierta distancia uno del otro, pero perfectamente simétricos en su avance. Luego Izquierda se vuelve sin detenerse y le lanza una mirada en la que Francis ya sabe leer lo que hay: paciencia.

Es innegable que son los perros los que hacen el trabajo y que Francis sólo los ayuda. Muchas veces mal, por cierto. Se atasca en el cieno. Pierde la brújula. O el lápiz. Se sofoca. Se cae. Algunas veces hasta aplasta los nidos y rompe los huevos. En esos lugares no escribe la X en los mapas. Incluso vio cómo su pequeña embarcación, que debe hacer encallar en bancos de arena mientras la marea baja para atracar en ciertas islas, partía sola en la pleamar. Había calculado mal la elevación, los vientos, la distancia y el tiempo de regreso. Pasaron dos días y dos noches en una isla sin refugio, a merced de la lluvia y del frío, sin alimento, antes de que llegaran a buscarlos. Los animales salieron muy bien librados. Al día siguiente ya estaban listos para reanudar el trabajo; él, no. De todos modos tuvo que seguirlos.

Durante la capacitación, se le explicó a Francis que debía preparar reportes muy precisos porque, a partir de sus notas y de sus muestras, dos biólogos vendrían, de noche, a capturar a ciertas aves en redes para anillarlas. Francis se topó con ellos en varias ocasiones. Le sorprendió que uno fuera mujer. Muy bella. Francis se siente tan intimidado en su presencia que su hablar es atropellado. Se llama Marie.

Francis sueña muy a menudo con esta mujer. Es la misma trama, a la que a veces se agregan algunas variantes. Ella camina sobre una playa, como en un videoclip, ataviada con un vestido blanco y largo que se agita con el viento. No habla; sólo grita. El grito de los chorlitos reales, que él no conocía antes de venir a estas islas. Se diría que llama a Francis. En su sueño, él llora. Cuando se despierta, siempre piensa en su madre.

Echa de menos a su madre. Es como si llevara en su cuerpo un gran agujero. Un número telefónico que marcaba y donde le respondían desde hacía más de dos años que ya no estaba en servicio. No daban ningún número nuevo. Ya no existía ninguna persona registrada.

Lo sabía. Había asistido al funeral.

Sin los perros, Francis ya no escribiría muchas X en los mapas. Aun con los ojos muy abiertos, los oídos aguzados, la nariz al acecho, no ve nada, no oye nada, no huele nada o muy poco, no sólo aquí sino en todas partes. Su vida desfila ante él como un tren al cual aún no ha logrado subirse.

De común acuerdo, los perros se dirigieron al lindero de
un bosque y se echaron en la sombra sin pedir la opinión
del hombre. Francis no necesita ver su reloj, pero lo ve. Faltan cuatro minutos para el mediodía. Cuando se detienen,
son casi diez para las doce. Al principio creyó que se guia-
ban por el sol. Pero incluso en los días muy nublados, en
los que no se puede adivinar su posición a través de las
nubes, ellos saben.

Sólo comen una vez al día, por la tarde, pero deben
tomar mucha agua. Si acaba de llover, ellos mismos encuentran los charcos de agua dulce y beben a grandes lengüeta-
das. Si no, Francis tiene que arrastrar la cantimplora grande y la escudilla. Los perros jamás mendigan el agua. Se
echan y esperan. Al principio, trató de valerse del poder
que le otorgaba el agua sobre ellos para tenerlos a raya, para
establecer su dominio, pero los animales no cayeron en su
juego. No se movían hasta haber bebido su ración de agua.
Y podían esperar mucho. Si se desplazaban, era sólo para
seguir la sombra, arrastrándose. Francis creía que se le estaban resistiendo, pero su mirada era tan sólo indulgente.
Terminó por entender. Ese día los empujó un poco con el
pie mientras les daba el agua. No reaccionaron; sólo lo
miraron. Sintió vergüenza. Nunca volvió a hacerlo.

Derecha e Izquierda son idénticos. Al menos eso creyó
Francis durante el primer mes. Perros nacidos del mismo
óvulo, se decía, como los gemelos humanos. Casi siameses.
Su vínculo es invisible, pero real. Con frecuencia se mueven
como si fueran una sola masa. Durante todo ese primer
mes, Francis no lograba distinguirlos y le sorprendía que,
cada vez que llamaba a uno, parecía acertar en el nombre.
Miraba a uno de ellos y decía: "¡Aquí, Derecha!" Y el perro
acudía. Más tarde se dio cuenta de que sabían a la perfección cómo se llamaban, pero que, para no humillarlo, al que

miraba era el que se acercaba, aunque no hubiese pronunciado su verdadero nombre. Y el otro, pese a haber sido llamado, permanecía totalmente inmóvil.

Poco a poco, Francis se dio cuenta de la diferencia entre los dos perros. No era tanto de aspecto, aunque hubiera diferencias muy claras —el cuello y las patas traseras, más tensos en Derecha, como si estuviera siempre al acecho; una gran cicatriz oculta bajo una de las orejas de Izquierda; y muchas otras cosas que vuelven imposible confundirlos—, cuanto de carácter. Izquierda calcula, juzga, evalúa cada situación de manera rápida, fría y lógica. Se le ve en los ojos. Derecha es el instinto, la energía pura, el deseo. Se le ve en el cuerpo. Izquierda parece ser el cabecilla, pero no lo es; no hay cabecilla. Izquierda analiza basándose sobre todo en los impulsos de Derecha, que actúa a partir esencialmente de las conclusiones de Izquierda.

Francis tiene la certeza de que estos perros son felices. Jamás percibió algo semejante en los humanos. Al menos, nunca de manera tan intensa. No podría explicar con palabras esta convicción. A veces los mira y trata de ver mejor en qué consiste esto. Pero la mejor manera que haya encontrado para entender es imitándolos.

Muchas veces, durante los descansos, Izquierda se sienta frente al mar. Allí se queda, muy erguido e inmóvil, mirando hacia alta mar. Francis se sienta sobre los talones, a unos pasos de Izquierda, y deja que su mirada se pierda a lo lejos. Al principio no podía conservar esta postura más que algunos minutos. Su espíritu partía en todas direcciones, la mayor parte de las veces hacia el pasado, y lo atormentaba, al igual que su cuerpo que de pronto le picaba por todas partes o le dolía. Se levantaba de un salto rascándose y muchas veces maldiciendo, y le decía al perro, que ni siquiera volvía la cabeza para mirarlo, que ese jueguito era completamente idiota y sin chiste. Sin embargo, más tarde, cuando Izquierda retomaba su postura, Francis lo imitaba de nuevo. Hoy ya puede permanecer sentado casi una hora cerca del perro, mirando el agua, sin moverse, sin sentirse atormentado.

A veces, después de la comida de la tarde, cuando la marea está baja, Derecha se echa a correr, solo, por la restinga. Al cabo de unos instantes vuelve a subir por la playa y se interna en el bosque. Regresa después de ponerse el sol, con un andar lento y ligero, casi aéreo, como si se hubiera despojado de un peso durante su carrera. Cuando Francis comenzó a seguirlo, Derecha aminoró sensiblemente su ritmo y acortó su recorrido para permitirle acompañarlo. Hoy, el perro conduce a Francis por trayectos cada vez más largos y complejos. Cuando el hombre regresa al campamento, se siente ligero y libre. Tiene menos miedo de los ruidos y duerme más profundamente.

Francis también ha adoptado la costumbre de tenderse en el suelo, boca arriba, y doblar las piernas sobre el estómago. Eso le alivia la parte baja de la espalda, que a veces le duele cuando permanece mucho tiempo inclinado durante el día. En ocasiones también se pone a rodar entre las hierbas, una variedad de ellas en particular, cuyo nombre desconoce y que les gusta especialmente a los perros y huele bien. Hace más de doce años que no hacía eso. Con su hermana, le encantaba rodar cuesta abajo por el talud de hierba que había detrás de su casa.

Derecha e Izquierda jamás entran en el chalet. Francis no sabe por qué. Muchas veces ha tratado de atraerlos con comida, en vano. Se quedan fuera, como si la cabaña representara una trampa, una jaula donde tuvieran miedo de quedar atrapados, de asfixiarse. No obstante, a Francis le habría encantado que al menos uno de los dos durmiera dentro, con él. Eso lo habría tranquilizado. Con respecto a su existencia misma. La soledad es tan grande aquí que, a veces, solo en su pequeño refugio, en las noches o los días de lluvias torrenciales en los que no puede hacer su trabajo, ya no está muy seguro de ser alguien. Por ello sale, incluso bajo la lluvia, sólo para que la mirada de los perros se pose en él y le dé una realidad.

En las noches de buen tiempo, es cada vez más frecuente que saque su colchón y lo instale cerca de los perros. No hay moscas negras ni brulotes en el archipiélago, pero las luciérnagas danzan por todas partes como polvo luminoso. A Derecha le encanta perseguirlas. Apagan su faro en el preciso instante en que el hocico está a punto de engullírselas. Las fauces se cierran entonces en la negrura de la noche, donde se oye el chasquido seco de sus mandíbulas.

Cuando el descanso del mediodía ha terminado, los perros lo saben, se levantan por sí mismos y se lanzan de nuevo a la caza. A veces Francis se duerme después de la cena. Ellos lo despiertan, pero sin ladrar; sólo se inclinan sobre él y lo miran.

Francis los oyó ladrar por primera vez la semana pasada. Era la medianoche y estaba durmiendo. De pronto oyó ladridos, quejas y ruidos en la maleza. Después, nada. Encendió la lámpara, se acercó a la reja, con una linterna en una mano y una carabina en la otra, pero no tuvo el valor de salir. Llamó a los perros, pero no acudieron. Estuvo allí hasta el amanecer, cerca de la puerta, sentado en la silla de madera, temblando, escuchando y sobresaltándose al menor ruido de zumayas o de murciélagos. Con el primer resplandor del día se quedó dormido, con la frente pegada a la reja. Cuando despertó, los perros estaban allí. Derecha tenía ensangrentada la parte chata del hocico. Al verlos, a Francis se le empañaron los ojos y dijo: "¡Mis perros!"

Derecha dejó que Francis lo curara. Sus heridas eran poco profundas.

Hoy, Francis no se durmió después de comer. Observó a los perros, pensando de nuevo en las palabras del responsable. Durante toda la mañana les reprochó en silencio que lo necesitaran tan poco. Ahora sabe que su valor no depende de que lo necesiten o no.

Camina detrás de Derecha e Izquierda, y sólo alcanza a verles el lomo entre las altas hierbas que ondulan con el viento. Oye el tintineo de las dos campanillas.

Desde que está en el archipiélago, no ha hecho más que eso durante días, semanas. Sin embargo, por primera vez tiene la impresión de estar verdaderamente allí, de habitar por completo su cuerpo. Le sorprende esta sensación tan nueva. A cada paso mira sus pies alzarse y avanzar, uno tras otro, y siente que está dentro. Es como si, antes, su cuerpo no hubiera sido más que una envoltura vacía, una bella mecánica sin vida.

Francis camina detrás de los perros.

Tomado de *Cet imperceptible mouvement*
©*XYZ*, 1997

GILLES PELLERIN

La obsesión del sosia, del doble, recorre los libros de Gilles Pellerin, y es tal vez reflejo de una trayectoria que lo lleva de Mauricie, su natal región obrera, hasta la capital, donde vive desde hace treinta años: sus personajes se sienten burgueses entre los proletarios y proletarios en las salas de conferencias donde deben desenvolverse. Esta imprecisión en lo que se refiere a la identidad tiene mayor incidencia que la construcción de la intriga en su ficción literaria. Sus cuentos están impregnados de reflexión social y política, mientras que es tal vez en sus ensayos donde se muestra más lírico. Ha publicado cuatro libros de cuentos: Les sporadiques aventures de Guillaume Untel *(Asticou, 1982), y en* L'instant même: Ni le lieu ni l'heure *(1982),* Principe d'extorsion *(1991) y* Je reviens avec la nuit *(1992), finalista del premio del Gobernador General de Canadá.*

LOS OJOS DEL DIABLO

Supongo que aquel es uno de los organizadores, tiene cara de serlo, se pasea entre nosotros, dice *please* sin decirlo verdaderamente, nos precipitamos detrás de él en el anfiteatro como si fuera el antro del placer a juzgar por la actitud de mi vecino: diríase que es un faro giratorio, buenos días a diestra y siniestra, espera en ese lugar un espectáculo mágico y lo hace saber. Con gusto me eximiría de este coloquio, y de todo lo que hará las delicias de mi vecino durante la próxima media hora; diapositivas, citas, aclaramientos de garganta, pruebas irrefutables.

Aplaudo; la costumbre lo exige. Salgo un instante al corredor como si deseara dejarme envolver por los carteles deportivos que tapizan los muros. Habrán querido aprovechar la atención que atraen los Juegos para reunirnos. Me siguen, pero pronto nos topamos con uno de los organizadores, de punta en blanco, con la expresión compungida que seguramente emplea en todas las ocasiones (cocteles, discursos, besamanos, conferencias, conciertos, patinaje artístico) y que pasea entre nosotros diciendo *please* (bis) sin decirlo verdaderamente hasta el momento en que, víctimas de la contrición, nos precipitamos dentro del anfiteatro. Nuestro gregarismo obra maravillas; todo el mundo quisiera sentarse en la última fila. Yo no tengo esa suerte, mi vecino parece entregado a un acceso de plenitud, como un místico a su mantra, de pie, sentado, con la boca abierta y todos los dientes de fuera.

La conferencia va a empezar, a juzgar por los ¡ejem!,

¡ejem!, que el presentador suelta generosamente. Renuncio a entender el título de la ponencia así como todo lo que hará las delicias de mi vecino durante la próxima media hora. Se necesita una disposición poco banal para seguir a la conferencista: escupe las palabras. Termina diciendo *Ffank you* y aplaudimos. Me pongo de pie como si de ello dependiera mi salvación, me abro camino a fuerza de perdón, perdón, obligando a algunos a descruzar las piernas, despertando a otros al pisarlos, perdón, perdón.

Algunos me siguen, como si se tratara de una persecución en los pasos alpinos; escalamos con firmeza hasta la salida del anfiteatro para toparnos cara a cara con uno de los organizadores. Por lo menos tiene el perfil del oficio, rechoncho, y una manera de pasearse entre nosotros que no engaña, de susurrar *please* con su voz de prógnata, sibilante. No obstante, tiene, a mi parecer, los modales del *cowboy* cuando hace retroceder a las bestias al corral, y con tanta eficacia que volvemos a encontrarnos en el anfiteatro.

Ocupo una de las butacas libres, hasta atrás, y me darían ganas de berrear si a mi vecino no se le hubiera ocurrido primero hacerlo. Hay carcajadas alrededor de nosotros, y gritos de ¡John!, ¡Jon!, o ¡Sean! El dichoso Johns parece complacer a los concurrentes, dispuesto a todo para atraer la atención y hacer reír a la concurrencia, mugir, por ejemplo, de pie, sentado, como un perro forastero, conoce a todo el mundo, buenos días por aquí, tiene una memoria impresionante ese Joe, buenos días por allá, con la boca abierta, los dientes separados, maxilares fuera de lo común, todos lo conocen, una garrocha se acerca: "¿Qué es de ti, Jaws?, beso húmedo (tercera vez).

Si uno ha asistido a uno de estos coloquios, ya ha asistido a todos. Pero la carrera. Y este querido director del departamento, que se enferma en un momento tan inoportuno, me hace ir a su casa para que yo pueda contarles a todos los colegas de su color verdoso y, como quien no quiere la cosa, de la misteriosa belleza de los amuletos arauacos que se trajo de su última misión. Me toma por los hombros, se dirige a mí como a un hijo espiritual. No me queda más remedio que remplazarlo y poner un pie en el estribo, como lo quiere la expresión consagrada que, por otra parte, él no olvida emplear en este instante solemne, y que significa, es evidente, que se dispone a hacer otro tanto para dirigirse a Brasil, a algún balneario cuyas virtudes terapéuticas son bien conocidas cuando se sufre de fosforescencia cutánea, a Río, donde el profesor emérito podrá treparse a un avión con destino a Cuiaba, una vez recuperadas las fuerzas, con el pretexto de pasar unos días con los paresi, nación arauaca del Mato Grosso, y poder reclamar así al departamento los gastos de viaje y los viáticos, a cambio de lo cual nos asestará una de esas penetrantes conferencias de las que posee el secreto.

Por ahora nos amenaza una ponencia a juzgar por los ¡ejem!, ¡ejem!, cada vez más urgentes mediante los cuales el presentador quisiera solicitar la atención del respetable público. Renuncio a entender el título, no tomo en cuenta el sucinto *curriculum vitae* de la sabihonda amiga de Jones salvo en lo que se refiere a que parecen pintárnosla como la reencarnación de Margaret Mead. Tengo una excusa para no entender de todo esto más que dos palabras, *Margaret* y *Mead:* no hablo inglés. Jude se revuelve en su sillón, al principio creo en su solicitud por la dispensadora de sopa de besos; por otra parte, él se entrega a un ejercicio de señales según el cual la conferencista debería interpretar probablemente que todo saldrá bien si no se hubiera lanzado ya a todo correr en su texto. Pero no, yo soy la causa de la agitación de Jock, acaba de darse cuenta de que no se presentó conmigo. Lo hace de prisa, se inclina hacia mi oído, precaución bastante inútil dada su fuerza sonora. Todo se precipita, UBC, Oxford, creo que a su vez me despacha el plato del C. V., me porto como si fuera un conocedor, cabeceo a intervalos regulares, lanzo un *yes* de cuando en cuando... la sonrisa es discrecional. Me atrevo incluso a gritar *"¡Great!"*, sin olvidar menear la cabeza de manera que el movimiento signifique sucesivamente sí y no, y que el otro lo interprete sea como un elogio a su inteligencia y a su sentido del humor, sea como una alusión irónica a la falta de espíritu del resto del universo.

La conferencia termina con un vibrante *Thank you*. Aplaudo a rabiar mientras se sigue escuchando el *you* sonoro de la mujer alta y desgarbada. Juice se queda un instante sorprendido por mi sentido de la síncopa, se interrumpe justo a la mitad de su frase, pero como no puede dejarse ganar por cualquiera cuando llega el momento de hacer ruido, se encarga con tanta eficiencia de la porra que puedo zafarme. Me abro camino entre la hilera de piernas como un rompehielos: sin ningún miramiento, como un político: repartiendo apretones de manos, apoyándome sin discreción en un hombro cuando siento que voy a perder el equilibrio. Felicito a un desconocido sobre cuyos pies me planto. Al principio no entiende nada, y entonces se lo explico con un caluroso *"¡Congratulations!"*, que hace que se vuelvan a él los aplausos de una porción de la asamblea. Parece disfrutar del fárrago del prestigio, pues se muestra encantado, sin engañar a nadie con sus gestos de negación, conmovido, farfullando su agradecimiento, *thanks,* todos tienen esa palabra en los labios, es verdaderamente demasiado, *thanks a lot,* trataré de hacerlo mejor la próxima vez, *really*. Los aplausos van en aumento, querrá ponerse de pie para manifestar su gratitud a los que, aprovechando el declive del salón, se inclinan en dirección suya, con las manos amenazantes de amistad y de palmaditas en la espalda. Siento que estorbo, así que me quito de sus zapatos, lo que lo desequilibra y vuelve más ruidoso su triunfo. Una vez fuera, finjo buscar los baños o la cafetera. Finalmente escojo la segunda opción, pues entonces me resulta fácil expresar con mímica mis deseos —un vaso invisible en la mano, que finjo llevarme a los labios hasta quemarme—, fácil también hacer saber, una vez que me lo han servido, que la mezcla es infame. Un prógnata con barba de paleontólogo silba para anunciar el fin del receso… pues de nuevo estoy acompañado. Supongo que es uno de los organizadores, de punta en blanco, me hace pensar en los lepidópteros dentro de sus vitrinas, inmóviles, sujetos con alfileres. Su provocativa corbata de moño me da a la altura de los ojos cuando se vuelve hacia nosotros. Palabra de honor: vuela, murmura *please,* la palabra tiene el aspecto de las pastillas chupadas a punto de disolverse y desaparecer, *please.* Para realzar las fricativas que susurra, frunce los párpados. (Las pastillas son aciduladas.) Me le enfrento y le pregunto para quién son esas serpientes, etc. *Sorry,* me responde, aunque tengo serias dudas en cuanto a su aflicción. Agita los brazos, de prisa, de prisa, y nos acompaña al anfiteatro… y a mí hasta mi lugar.

Mi vecino parece esperar en este lugar un espectáculo mágico. Hace pensar en un místico entregado a sus devociones, en el oficiante de un culto desconocido entregándose a jugueteos litúrgicos que no tienen más destinatarios que las tejas acústicas del techo. Cuando vuelve en sí, es decir, cuando se vuelve a mí, me pide con la mirada que preste atención al programa. Aunque su estrabismo vuelve confusa la dirección, consiento, finjo deleitarme de antemano, aplaudo cuando la conferencista aparece en el estrado.

No faltan los imitadores. Como yo, de seguro asistieron a
la parte cultural del coloquio, aplaudieron en el concierto
desde el momento en que el director se paró frente al atril
(hay que entender nuestro entusiasmo, ya que la orquesta
local había decidido interpretar a Vaughan Williams, prece-
dido de *Pompa y Circunstancia*). Habrán querido aprovechar la atención que atraen los Juegos para presentar a la
ciudad con todas sus maravillas, conciertos, patinaje artístico, conferencias, cocteles.

Nada nos detiene, ni los ¡ejem!, ¡ejem!, del presentador ni
su lectura del *curriculum vitae* de la estimable antropóloga,
que se entrega en cuerpo y alma a nuestros aplausos y tapa
con ellos, impunemente, su prolegómeno. En una fecha
como ésta pasé un tiempo en Colombia. Terminaba allí mi
doctorado sobre los guajajos. Me lancé a esta expedición, lo
que yo llamaba mi *terreno,* como un misionero, hechizado
por mi ideal, confiando en que iba a ser el descubridor de
un pueblo nómada y que, por ello, iba a consignar en los
anales de la humanidad los hechos y las gestas de aquellos
cuya existencia era tan sólo hipotética, y sobre quienes
todos, mi director de tesis en primer lugar, se habían equivocado suponiendo que pertenecían a la larga migración de
los arauacos.

Confiando en esta hipótesis, los busqué primero en Brasil, empezando por el norte y luego en el sur del Amazonas,
entre los banivas del río Negro, entre los paumaris del río
Punis. Llegué hasta Perú, a Madre de Dios, sin mejor éxito.
Iba a renunciar al sueño guajajo, a mi El Dorado personal, a
lo que me había llevado hasta el doctorado, iba a resignar-
me a construir mi terreno en cualquier sitio que me apartara
de los arauacos portadores de mala suerte, entre los ticunas,
poco estudiados hasta hora, sabiendo que así me condena-
ría a que en el departamento me pusieran el mote de "an-

tropólogo de los penecitos". Esto equivalía a regresar a la casa, al departamento, con las manos vacías, obligado a vender a las revistas científicas algunas observaciones anodinas sobre los pueblos de la Alta Amazonia. De ahí en adelante, sólo la suerte podía reconciliarme con mi sueño.

Había empezado a trasladar mis objetos personales de Iquitos a Leticia, al final de lo que aparece en los mapas como el cuello meridional de Colombia, entre Perú y Brasil (donde el Amazonas traza en la selva ecuatorial una confluencia de las fronteras), cuando me avisaron inesperadamente de la presencia de leciestlaños, palabra que en el dialecto regional une dos campos semánticos: lo extranjero y lo nuevo. ¿Y si esos "nuevos otros", esos "extraños aparecidos" eran los guajajos? El fenómeno ameritaba por lo menos ser identificado.

Ignoro y seguiré ignorando la naturaleza de las intervenciones y de los acontecimientos de las siguientes semanas. Sólo me acuerdo con precisión de una cosa: una mañana me vienen a buscar a toda prisa y entramos en la selva que, cerca del campamento de Loreto Yacu, hunde sus raíces en el Amazonas. A media jornada de camino, al norte, en un claro, me espera un hombre fornido, de mediana edad, que adivino que es el jefe guajajo, inmóvil, mientras todos alrededor suyo se estremecen, yo en particular.

De este encuentro al principio no sé si debo alegrarme: me acerco a mi objetivo, así que tengo miedo. Jamás me he sentido tan pequeño, tan inexperto, tan estudiante como en presencia de estos extraños aparecidos. Repaso en un instante todo lo que aprendí en el Instituto de Verano de Lingüística de Bogotá, es decir, casi nada. Echo mano de una mezcla de español, portugués, arauaco y gestos, buenos días por aquí, *bom dia* por allá. Él no se mueve ni habla. Agotados mis recursos, me callo. Él da unas palmadas. No faltan imitadores entre los suyos. Me invade la urgente necesidad de salir, pero ya estamos fuera, quizá en el lugar del universo que más corresponde al mítico estado natural, él al descubierto, yo bajo los primeros follajes de la selva, ofuscado por el efecto de contraluz y por la fantástica escarificación que dibuja en el rostro del jefe una sonrisa literalmente de oreja a oreja, mientras permanece cruelmente impasible. Daría lo que fuera por saber, en este momento preciso, lo que la costumbre ordena hacer.

Cuando el jefe rompe el silencio es para decir el célebre verso alejandrino de Racine, "Para quién son esas serpientes que silban sobre vuestras cabezas", y que contra toda lógica sería la primera frase afbifagua, la lengua de los guajajos, pronunciada en mi presencia. Me da la impresión entonces de que el hombre sonríe, de que frunce maliciosamente los labios. Alza la cabeza, invitándome a hacer lo mismo: una cosa enorme y blanda cuelga sobre mí, una cosa a la que siempre le he temido por encima de todo, hasta el punto de dudar si debo establecer mi terreno en la región, una serpiente que un guajajo, presa ya de la risa, de un bastonazo hace caer de la rama en la que se había enrollado precariamente. En su pesada caída casi me destroza el hombro.

El grupo se calma por fin. Puedo entonces exponer el objetivo de mi visita y mi deseo de vivir entre los suyos, lo que mi guía, haciendo las veces de intérprete, traduce mediante señas y dialecto, de lo que se desprende milagrosamente que mi petición es aceptada, aunque ambos, él y yo, tengamos los ojos del diablo.

Jamás podré entender cuál rasgo fisionómico permite a los guajajos detectar a los bebedores de café. A primera vista, ese tabú no tiene nada de sorprendente: ¿acaso el café no forma parte de muchas prohibiciones alimentarias en ciertas religiones, en la Iglesia de los Santos de los Últimos Días, por ejemplo, como el cerdo entre los judíos y los musulmanes? ¿Acaso no vi a mis padres abstenerse de tomar café durante la Cuaresma para "hacer penitencia"? Con todo, entre los guajajos, la prohibición, forzosamente reciente si se tiene en cuenta que el café se introdujo en fecha tardía en las plantaciones colombianas y brasileñas, esta prohibición, pues, va acompañada de la percepción de los efectos del café en los consumidores, lo que los guajajos jamás han descrito de otra manera que como "los ojos del diablo", con una sincera aflicción cuando, abordando el tema, hablaban de la tutela de la que me habían liberado después de haberme sometido a ritos de purificación; toxicomanía de la que no me liberaron más que temporalmente porque de nuevo me entregué a ella, y hoy con una especie de rabia.

El *Thank you* de circunstancia resuena, *Thank you very much,* todos los asistentes se ponen de pie al mismo tiempo para saludar a la conferencista. Yo hago lo mismo, provoco contorsiones en la fila, me da la impresión de que calzo raquetas fuera de temporada, de que pisoteo raíces que afloran, la gente me mira extrañamente, como si yo tuviera los ojos del diablo. A menos que se deba al hecho de que me dirijo al pasillo más alejado de mi butaca. O a que una parte del público reconozca en mí a aquel que se levantó la víspera en medio de la *Fantasía sobre Greensleeves* de Ralph Vaughan Williams y que salió de la sala, el muy patán.

Podría creerse que cuento con algunos seguidores porque somos muchos los que pasamos a lo que ha dado en llamarse el salón fumador, a juzgar por la opacidad aérea del lugar, y nos apostamos frente a la cafetera. Ya tengo los ojos del diablo, con un vaso bastó, pero vuelvo a tomar la mezcla a fin de medir la distancia semántica entre *café* y *coffee,* tema del que me gustaría conversar con un tipo enorme que supongo que es uno de los organizadores. Tiene pinta de detector de humo, me toma del brazo con la dosis exacta de fuerza que parece poseer, lo que le deja la suficiente para emprender el movimiento giratorio que le permitirá rodearnos con su vasta persona y precipitarnos al anfiteatro como si se tratara de un embudo.

Me habría encantado privarme de este coloquio, de todo lo que contribuirá a la beatitud de mi vecino (y a mi beatificación) durante la próxima media hora: diapositivas sobrexpuestas, citas en latín, toses malignas, silogismos. Estos coloquios casi siempre son lo mismo. Evidentemente ésa no es la opinión del vicepresidente de la Asociación Nacional, nuestro jefe de departamento, a quien no puedo negarle nada porque tuvo la bondad de dirigir mi tesis y de ausentarse cuando la sustenté ante los sinodales. Hace un año que viene diciendo "aprovecharemos la atención universal que atraen los Juegos para reunir a la flor y nata de la profesión"; que pregona por todas partes el tema de la conferencia que piensa pronunciar sobre las actividades lúdicas de los arauacos, conferencia a la que debe renunciar a una semana del coloquio, haciéndome ir a su casa para anunciarme que tiene una noticia buena y una mala. La mala tiene que ver con su estado de salud (una lástima), y la buena que me concierne pues he sido designado (gracias a sus buenos oficios) para remplazarlo (una oportunidad inusitada, sobre todo porque el salón estará atestado dada la imposibilidad, a unos días de distancia, de advertir al público de su inasistencia); ¿acaso no hice mi tesis sobre los arauacos?

Aunque me tomara la molestia de aclarar los hechos relativos a los guajajos y a mi tesis, nada cambiaría. Por otra parte, el director ya previó todo, mi consentimiento, la inscripción, el viaje; me envidia: con un poco de suerte podré conseguir boletos para las competencias de trineo, de salto en esquí o de *hockey*, sin hablar del programa cultural, conciertos, patinaje artístico, cocteles. Por su parte, él se llena de nuevas energías mientras trabaja, obviamente, pues sólo en el terreno se siente vivo. ¿Los paresis? ¿Los bororos? ¿Qué me parece? La decisión final dependerá de la opinión de los colegas en cuya casa se alojará al llegar a Río. Me imagino que finalmente irá con los bororos y que de allí regresará con la amenaza de una conferencia, "Tras las huellas de Lévi-Strauss", promesa de la que lo librará una fuerte gripa que lo aquejará en el momento más oportuno, para gran alivio del gremio.

Me toca inmediatamente después de un papanatas de cuya ponencia renuncio a entender el título. No hablo inglés, y, por otra parte, hace falta una disposición poco banal para seguir al conferencista; cada palabra le exige el esfuerzo labial de los fumadores de cigarrillos sin filtro cuando tratan de escupir las briznas de tabaco. Lanzo rápidamente algunas observaciones sobre los guajajos, sobre el café que pone los ojos del diablo y que los distingue de los seres puros mucho más de lo que un blanco empavorecido por una serpiente se diferencia de un indio de la Alta Amazonia.

Yo estaba dispuesto a todo con tal de ser aceptado por un pueblo de cuya existencia no se había hablado hasta ahora más que en los relatos de aventureros y exploradores que se habían internado en la selva en busca de caucho o casiterita, relatos por lo demás de veracidad incierta. Y estaba tanto más dispuesto a abstenerme de tomar café cuanto que en Leticia no podía beber más que *robusta* de mala calidad, jamás *arabica*, pues los granos buenos se reservaban para la exportación. Aún me sorprende la rapidez con la que los guajajos me toleraron, si no es que acogieron, así como la serena docilidad con la que me sometí a las purificaciones. Me parecieron informantes amables, pero no iban nunca más allá de las respuestas exigidas por mis preguntas. Así, no mostraron jamás el menor reparo a que yo me refiriera a ellos como guajajos. Sin embargo, a lo largo de mi aprendizaje del *afbifagua* (palabra que, traducida literalmente, significa "el habla de los que emplean palabras finas"), debí rendirme a la evidencia de que *guajajo* no era más que el sobrenombre que otros les dieron y que ellos acabaron por adoptar, en lugar de la palabra que "en las palabras finas" los designaba: *nenús, los seres humanos.*

Investigaciones de campo subsecuentes me han permitido suponer que *guajajo* proviene del sistema lingüístico tucano (cuyo territorio se sitúa más al norte, en la frontera entre Colombia y Brasil). Extrañamente, los guajajos sostienen que su sobrenombre les viene del pueblo aucagu, que habita el Alto Tarauaca, una región claramente más meridional situada en los confines de la selva amazónica, allí donde poco a poco las tierras se elevan, aspiradas por la cordillera de los Andes. Así, los guajajos quizás obedecieron a una migración extravagante, en una selva que, pese a mi estancia entre ellos, jamás consideré sino como algo inextricable. Los nenús renunciaron —pero tal vez no se trata de eso— a las "palabras finas" y adoptaron, tratándose de ellos mismos, el sobrenombre que les dio un pueblo por el cual jamás expresaron, en mi presencia, otra cosa que no fuera desprecio. Y parece sumamente improbable que entre los tucaos y los aucagus no hubiera más vínculo que el de su relación común con los guajajos, pero en épocas distintas, y apuesto a que con la cerbatana en la mano.

Confesé mi incomprensión al jefe y lo único que obtuve fue la sonrisa de oreja a oreja y unos relatos contradictorios, según los cuales el origen del universo se remonta a la época de los tatarabuelos de sus tatarabuelos, a la época en que los dioses Tucán y Aguti se dividían el Cielo y la Tierra. Creí que compartía todo con ellos, sobre todo la ridícula historia de un extranjero gesticulador al que una simple serpiente había hecho palidecer de terror, y al que habían sustraído los ojos de diablo. Compartía sólo las apariencias, no los misterios. Jamás entendí lo que distinguía en el jefe la sonrisa labial de la sonrisa, para mí eterna, dibujada en carne viva.

Dudo que pueda uno apasionar a un auditorio con el relato de un fracaso, proclamado por un doctorado, pues los guajajos *existen* ahora, y tal vez votan si a las autoridades locales se les antoja hacerse elegir; los guajajos existen porque yo contribuí a grabar su nombre en los libros. Otros se interesaron en ellos, localizaron su campo temporal después de reconocimientos aéreos, les impusieron una migración de la que incluso los dioses se sorprenderían, los llevaron al valle de Tolima, lejos muy lejos al oeste, allí donde, sobre las laderas de las cordilleras hermanas, la temperatura es constante, el viento casi inexistente, allí donde crece, desde el siglo xviii, el café que en lo sucesivo deben cosechar de sol a sol bajo la mirada del diablo.

Oigo *Fank you,* aplaudimos, es decir, golpeteamos las mesas. Luego, nada, un desconcierto de organizador.

Al fin se le ocurre a alguien la idea de consultar el programa. Se anuncia primero la conferencia de mi director sobre los arauacos, la gente se da cuenta en seguida de la sustitución, oigo cómo sube de tono la impaciencia a un costado del auditorio, se acuerdan de mí y de los guajajos, me llaman sin llegar a pronunciar mi nombre. No hay de qué. Yo mismo no hablo inglés; español y portugués: así así; afbifagua: nada mal... imagino que dentro de treinta

años los etnolingüistas me considerarán un poco como el
último de los mohicanos, pues allá en el valle de Tourna, la
esperanza de vida no es muy alta. Además, la esterilidad
repentina y al parecer irreversible de las mujeres de los guajajos apasiona a los investigadores.

Aquí nadie me conoce, doy golpecitos sobre la mesa, me
pongo de pie con estrépito; en afbifagua y en voz muy alta,
manifiesto mi irritación ante semejante organización de
púas, me parece que los demás asienten, salgo, me tropiezo
con un gigante rubio. Supongo que es uno de los organizadores, tiene las escarificaciones del oficio: nariz aplastada,
orejas como coliflor. Me agarra.

Tomado de Je reviens avec la nuit
© L'instant même, 1992

BERTRAND BERGERON

No cabe duda de que la aparición de Parcours improbables (*L'instant même, 1986*) constituye un momento clave en la narrativa breve quebequense. *El más cortazariano de nuestros escritores reunía en esa ocasión varios cuentos, algunos ya leídos en publicaciones periódicas, que fueron considerados como punto de referencia de la modernidad. La mirada diferida que sirve de título al texto incluido en esta antología (tomado de* Maisons pour touristes, *1988, L'instant même, Premio Adrienne-Choquette de cuento) es un principio motor de la obra de Bergeron: la narración se complace en titubear al elegir el pronombre que nos introducirá en el personaje, pues el autor recuerda que, por naturaleza, el pronombre es un sustituto, un delegado, en ocasiones un señuelo. ¿No se trata acaso de la situación misma en la que se encuentra sumida esa lánguida dama sentada en la terraza de un hotel que está a punto de cerrar durante el invierno?*

Nacido en Sherbrooke, Bertrand Bergeron vive en Thetford Mines. Es el único escritor en haber recibido dos veces el premio Adrienne-Choquette de cuento (además de Maisons pour touristes, Visa pour le réel *recibió el premio en 1993). También publicó* Transits (*L'instant même, 1990*).

LA MIRADA DIFERIDA

Según dos acrílicos de
Pierre Pastriot

UNA MUJER ESTÁ SENTADA en un vestíbulo de hotel. Ha colocado su impermeable sobre el brazo de un sillón, indolentemente, como hacen los vacacionistas recién llegados, con la soltura de aquellos a quienes no afectan las cuestiones de dinero. No parece estar nerviosa y, diríase que ese gesto de la mano, un mechón de cabello que uno acomoda con precisión, es una mera costumbre. Por lo demás, si su cabello tuviera más brillo, si sus ojos fueran más vivos o su traje sastre de un tono más atrevido, sin duda la joven mujer llamaría más la atención. Entonces alguien, un hombre, como si nada, se sentaría en un sillón cerca de ella y, al cabo de un rato, justo lo necesario para evitar parecer inoportuno, le dirigiría una mirada vaga, luego una discreta sonrisa. ¿Habría que sorprenderse de que la sonrisa del hombre se hiciera más franca y de que, acercándose suavemente, arriesgara una primera frase, trivial y simpática, "¿Está esperando a alguien?", o también "Este hotel es encantador, ¿no cree?" Pero las cosas suceden de otra manera. La gente circula en torno de la joven mujer con los gestos sobrios que convienen al decorado. Sin prestarle la menor atención. Las miradas se deslizan sobre ella sin tropiezos, sin interés, como cosas dóciles. Por supuesto, ella está consciente y eso la tranquiliza, está segura de que ahora nada vendrá a entorpecer la realización de sus proyectos.

Durante algunas horas más, si ése es su deseo, podrá permanecer así, sola y cómodamente sentada, observando la plácida agitación de los veraneantes y creyendo que, tarde o temprano, una silueta en particular, la que aguarda desde hace cerca de una hora, romperá de repente la insignificancia de ese vaivén. Por el momento, nada la apremia, nada la inquieta. "Tarde o temprano, se dice, la veré, a ella. Pasará por aquí, joven y sonriente, con la desenvoltura de quienes triunfan en todo. Entonces sabré que no esperé en vano."

Pero el hombre, el que se afana en la recepción con su traje oscuro, ese hombre tal vez tenga una costumbre especial de los rostros, una especie de atención suplementaria relacionada con el ejercicio de sus funciones. Acaso su oficio no le exige que se interese en cada vacacionista, que a cada quien le dé la impresión de ser reconocido en el acto y de que, de entrada, su presencia en ese lugar es importante. ¿Sería posible pasar inadvertido a sus ojos? Entonces, ¿será posible que esa mujer, la que está sentada en el vestíbulo, sola, con su impermeable al lado y ese gesto, un mechón de cabello que uno acomoda mecánicamente, haya podido escapar a su mirada? ¿Conseguirá seguir engañándolo todavía por mucho tiempo? ¿Hasta cuándo seguirá creyendo en la estrategia de la banalidad? Pero ya, entre dos respuestas dirigidas a turistas que se informan sobre el día en que el hotel cerrará sus puertas por el otoño, a partir de ese instante, uno se da cuenta de que por momentos mira de manera furtiva y con benevolencia a la mujer, sin que se trate de una casualidad. Con pena, la joven mujer ya se siente menos sola. Su espera es perturbada, como si necesitara hacerse violencia para controlar un nerviosismo creciente, esboza gestos que se le escapan y la traicionan, gestos que, a pesar suyo, revelan que su presencia en este lugar tiene algo de inhabitual, de insólito. A ese hombre, de atuendo impe-

cable y movimientos ponderados, no se le engaña. Sin duda
esperará un momento de calma, la hora en que los vacacionistas estarán en la playa y en que el silencio vuelve al vestíbulo. Entonces se acercará a la mujer, casi dibujando una
sonrisa, y le preguntará en un tono que, sin la audacia de la
intimidad, no afectará la frialdad del servicio.

—¿Puedo servirle en algo?

En ese contexto, sería preferible que la respuesta de la
joven mujer fuera un tanto distraída, casi afable, que nada
en su ritmo delatara la menor tensión. De otro modo poco
importa que dijera "No gracias, estoy esperando a alguien"
o bien "Es muy amable de su parte, pero no necesito nada,
simplemente estoy esperando", y la habrán adivinado. Ese
hombre lo ha entendido: la presencia de usted tiene algo de
extraño. Esta prolongada espera va en contra de las costumbres del establecimiento. Pero tiene tacto y su sentido
del oficio exige que, en tales circunstancias, le devuelva a
usted la sonrisa, sin molestia ni familiaridad y que, antes de
volverle la espalda, él añada: "Cualquier cosa que necesite,
no dude. Estamos para servirle". Luego se marcha. Y usted
se da cuenta de su delicadeza porque no vuelve a prestarle
la menor atención. Mientras usted permanezca así, con su
impermeable al lado, él no la importunará más.

En cierto modo, todo eso, los temores inútiles, el miedo
de que un suceso exterior viniera a trastornar sus proyectos, todo convenía a la joven mujer. Ahora, está tranquila.
Sabe que ya nadie la molestará. Ahora la espera se le impone con mayor peso y las interrogantes que apenas había vislumbrado no dejan de ocupar su mente. ¿Y si, una vez más,
toda esta espera resultara inútil? La joven rubia, cuya llegada acechaba desde hacía cerca de dos horas, ¿de verdad
se había alojado en este hotel? Son tantos los hoteles que se
hacen la competencia en la costa, ¿este establecimiento u

otro, cómo saberlo? Por lo demás, muchos vacacionistas ya han abandonado el lugar. ¿Por qué no habría ella hecho lo mismo? ¿Quién sabe si, en este momento, simplemente no se encuentra ella en su casa, en la metrópoli, entregada de nuevo a sus ocupaciones, las de costumbre? ¿Cómo estar segura? Si por lo menos conociera la dirección de esa mujer.

Ayer, por cierto, igual que la víspera y los días anteriores, aguardó así, con su impermeable sobre el brazo de un sillón diferente cada día, con ese gesto mecánico, el mechón de cabello que uno acomoda y esta circulación entre los hoteles, una espera defraudada puesto que estos días, siempre, la rubia estaba en otra parte. A saber, tal vez hoy esté sola. Pues ese fotógrafo, el que insistía cerca de ella, que la urgía a posar para él, sólo algunas tomas, a pesar de los sarcasmos que ella formulaba ¿y si al final él hubiera renunciado? ¡Por menos que eso uno se habría cansado! En tales condiciones, aguardar, hotel tras hotel, en vestíbulos silenciosos muy parecidos entre sí, ¿no resulta acaso loca la idea de actuar así en busca de una rubia de quien ni siquiera sabemos el nombre?

Si por lo menos se diera prueba de un poco de audacia, y, contando con la obligada amabilidad del recepcionista, se sacara algún provecho, uno se levantaría, iría hasta él y, a reserva de sonreírle —eso no compromete a nada— cada quien de un lado del mostrador, se establecería el contacto. Todo podría arrancar de la manera más trivial, algo del tipo "Quizá usted podría informarme". Nada más natural. De todos modos, en ese momento, el recepcionista está tan solo como usted. Inútil tergiversar más las cosas. Hay que actuar.

—Quizá usted podría informarme.

—¿De qué se trata, señora?

—Estoy buscando a una persona, una mujer, rubia, entre veinticinco y veintisiete años.

Cuando le preguntan el nombre de la mujer, contesta que lo ignora, eso es todo. Y hay que contar con el hecho de que, sin burla alguna, el empleado hará un esfuerzo de memoria pasando revista de las actuales clientes del hotel que corresponden a la descripción, rubias, entre veinticinco y veintisiete años, todas aquellas que algún fotógrafo insistente estaría tentado de perseguir, empeñado en tomar algunas poses, en un hotel y luego en otro, aguardando la hora de ir a la playa, con una cámara siempre apuntando a esa mujer como si fuera la única en saber comportarse de ese modo.

—Su descripción sigue siendo un tanto vaga, señora. Aquí, día tras día, rubias, entre veinticinco y veintisiete años... Pero pensándolo bien. Quizá se trate de...

Eso es, ya dio con el nombre. El empleado se suelta, le nombra a algunas mujeres, apenas si las describe, tres o cuatro, poco importa. A su manera, este hombre confirma el proyecto que usted ha emprendido. Ahora, aun cuando esta espera se parezca a las de los días anteriores, usted se siente justificada de volver a su sillón, de aguardar pacientemente hasta el regreso de los bañistas, el mechón de cabello, no pudo evitarlo, que pone en su lugar, pero despacio, como quien se rinde a la evidencia. Uno deja de preocuparse, tanto de la espera como de ese hombre que, desde atrás del mostrador, viene hacia usted, bandeja en mano. Cuando llega frente a usted se detiene, se inclina ligeramente, con la charola a la altura de los ojos de usted, en el punto preciso en que resulta fácil tomar una copa de champaña, ofrecida de este modo, y que se siente que el hombre conoce su oficio, que no hay riesgo alguno en aceptar la copa "por cortesía de la casa, señora, deseándole la mejor de las suertes, y esperando con usted que, dentro de pronto, vuelva a encontrar a la rubia, entre veinticinco y veintisiete años". No

hay nada que temer de ese hombre. Inútil desconfiar, ya le
volvió la espalda, con su charola en la mano. En adelante,
ya no estará ni sola ni con él. Se trata apenas de una proximidad tácita. Toda esta puesta en escena, usted no se equi-
voca al ver en ella una suerte de presagio. Basta con beber a
pequeños sorbos. En cuanto al resto, usted adivinó, ya no
se siente preocupada. Los bañistas pasan cerca de usted,
solos o en grupitos, pero es sobre todo a las bañistas a
quien usted presta atención y, entre ellas, a los diversos
matices de rubio, casi podría decir el nombre de cada una
confiando en una simple descripción hecha en un mostrador. Por lo demás, aunque ninguna corresponda a la que
uno está buscando, aquella joven mujer sentada, con su
impermeable colocado cerca de ella, llena de confianza, ya
no se trata más que de una simple cuestión de tiempo, una
hora más y las mesas serán puestas en la terraza, el personal
se afana antes de que los bañistas vuelvan a bajar de sus
habitaciones, en traje sport, vestidos ligeros, como si esos
atuendos estivales, pero también el vino rosado, pudieran
forzar al verano a durar un poco más. Y sin embargo, todos
saben, todos fueron informados por el maître d'hotel, que
si esta noche hace un esfuerzo especial en las cocinas, es
porque mañana, como todos los años antes del otoño, el
hotel cierra sus puertas hasta el año siguiente, un acuerdo
entre los establecimientos de la costa. A veces incluso, esa
noche, la casa ofrece el aperitivo. No es acaso en el regocijo
en lo que hay que pensar, en este cálido verano, en las pla-
yas lejos de las preocupaciones. La ciudad, no habrá más
remedio que regresar a ella, ¿pero para qué pensar en esas
cosas antes del día de mañana? En un contexto así, suele
suceder que el maître d'hotel se acerque justo en el momento en que usted acaba de terminar su copa, con el impermeable a un lado, pegado a usted, y que el maître d'hotel le

explique que los festejos de esa noche son una suerte de prórroga, que de lo que se trata es de alargar el verano. Entonces usted se siente menos sorprendida de que él insista: "Su mesa está lista, corre por cuenta de la casa. Por allí, tomando el corredor, al final está la terraza". En otras circunstancias, usted estaría a la defensiva, no aceptaría, cualquier pretexto sería bueno. No obstante, desde el lugar que ocupa usted, una mesa apartada, pero los rayos del sol llegan hasta allí a través de los escasos follajes, esos reflejos anaranjados sobre los manteles blancos, un champaña rosado para la ocasión, un inicio de velada en la tibieza, en la quietud puesto que, usted lo sabe ahora, no tendrá que buscar dónde hospedarse por esta noche, una habitación antigua, en el desván, una habitación con tragaluz, con vista al mar, le explicaron todo eso en el momento del champaña rosado, el mesero que decía: "Permítame ayudarla con su impermeable, lo llevaremos a su recámara". ¿Cómo resistir a tantas atenciones?

Ahora, usted sabe de qué manera los sucesos irán encadenándose. Permanecer en esta mesa, aceptar así otra copa cuando sirvan la terrina de ave, equivale a haber adivinado el libreto de esta velada, equivale a haberlo aceptado. Un poco más tarde, el maître d'hotel le pedirá su opinión acerca de los platillos. "Deliciosos, absolutamente deliciosos." Será su respuesta. Éste será el preciso instante que escogerá el personal para lanzarse con iniciativas más osadas. No ponga cara de ser alguien a quien ya no sorprende nada, igual que a los demás no deja de asombrarle todo ese circo. En primer lugar, una vez servido el plato fuerte, de pronto todos los meseros, el maître d'hotel, todos desaparecen, la terraza queda sin servicio durante más de diez minutos. Luego, de manera concertada, el personal en su totalidad entra en medio de los aplausos de los comensales, debidos en gran parte al champaña, ya que los meseros, el maître d'hotel, vestidos todos y cada uno con ropa sport para parecer cómodos, como para dar a entender a los clientes que esta última cena de la temporada, al igual que la velada, les da exactamente lo mismo, ellos tienen tanto derecho como los demás al champaña, a la alegría que los acompaña, un brindis propuesto por un comensal exuberante y chistoso, cada quien levanta su copa y, por supuesto, sin el maître d'hotel, usted se sentirá un poco sola entre todo ese mundo. Viéndolos así, entre risas y bromas, se creería que todo les agrada. Por fortuna, el maître d'hotel se acerca a usted en el momento en que todos levantan sus copas, la mira, usted hace el gesto de quien acepta brindar con él, la que consiente que dos copas choquen entre sí y usted sonríe con un asomo de burla, tal vez debido al atuendo informal del hombre, como cuando quiere verse natural pero que, por no estar acostumbrado, el Lacoste nuevo le da más bien un aspecto engreído, curioso como un proyecto loable y fracasado. Ahora, es usted quien le propone sentarse a su mesa. En otras circunstancias, él habría rechazado amablemente su invitación. Pero ¿acaso no están de fiesta, esta noche, acaso el otoño no llega mañana, acaso no es él quien se informa acerca de usted, quien le hace preguntas? Sin embargo, usted no acostumbra abrirse tan fácilmente. ¿No es acaso un perfecto desconocido? Quizá no entienda nada acerca de esta historia de rubia, entre veinticinco y veintisiete años, esa mujer perseguida por un fotógrafo. Pero el maître d'hotel no sonríe y, por su modo de escuchar, usted ha entendido que nada, en lo que usted dice, corre el riesgo de hacer que él se burle. A lo sumo lo que usted leerá en su rostro será una especie de desconcierto cuando le diga: "No es a la rubia a quien busco, sino al fotógrafo. Y sin embargo, la rubia le huye y él lo sabe. Pero es siempre por donde ella pasa donde uno lo encuentra, con su cámara en mano, encantado cuando ella consiente en posar para él, sólo unas cuantas tomas. Y no obstante, me doy cuenta de ello, estar así tras sus pasos, los de ella que posa, los de él que ve a través de una lente, me resulta un medio de arriesgar, un medio para correr a mi pérdida. Cuando vuelvo a encontrarlos, cuando logro reservar una habitación en el mismo hotel, estoy consciente de que me hundo. Una parte de mí misma de pronto se vuelve inútil. La puesta en escena, su puesta en escena, se repite cada vez. Por la mañana, ella se pone un traje de baño. Él la aguarda en la playa, ella lo ha adivinado, lo hace esperar. Entonces él se tercia la cámara, pero no piensa de inmediato en tomarle fotos. Más bien se informa de las poses tomadas la víspera. Ya que es ella quien guarda el rollo, es ella quien envía a un mensajero al revelado. El fotógrafo no ve las imágenes que le toma. Tiene que creer en su palabra, sólo en la palabra de la rubia. Debe contentarse con creerle cuando le dice: 'Nunca me habían tomado imágenes tan logradas'. Claro está, él insistirá, una vez, sólo una, que lo deje verlas. Él insistirá. Sin embargo, él sabe que una vez más se topará con una negativa. Vale la pena mirarlo, en esos momentos, decepcionado y radiante, convencido puesto que ella se lo dice, serían las mejores imágenes que él haya tomado. De nuevo, él siente confianza. Cabría imaginar que hasta entonces él había acumulado sólo fracasos. Ella elige ese momento para aceptar, también hoy, que le tome sólo algunas poses. Los observo, todo es tan natural. Ella no está posando, hay demasiada soltura en sus gestos, él está demasiado absorto en su lente como para que se trate de una puesta en escena, de una mentira, como para que uno o la otra piensen en prohibirme observarlos, ella, la arena, una lente. No existo para ellos, no lo suficiente como para que se tomen el trabajo de ignorarme. Es por ello que me resulta posible estar cerca de ellos, es por eso que pueden hacerlo".

¿Piensa usted que ha hablado de más? Pero el maître d'hotel no la ha interrumpido ni una sola vez. No ha movido la cabeza ni una sola vez como a quien se le ha escapado algún detalle. Era justo así como usted quería que la escucharan ¿no? Entonces, inútil titubear. Usted sería incapaz de quedarse así. Continúe.

"Luego, una vez que él ha obtenido sus imágenes, ella pide el rollo, exige, amenaza con ya no prestarse a ese juego. Él cede, se lo da.

"Todavía no da la una de la tarde cuando ella se le escapa, pretextando que demasiado sol le produce migraña. Su refugio, el de ella, será el hotel, la habitación cuyo acceso, desde el principio, ella le tiene prohibido. Él se queda allí, sobre la arena, su cámara ahora inútil, sabiendo muy bien que me mantengo muy cerca, como todos los días, y que, hoy como ayer, si él persiste en ignorarme de esa manera, me destruirá un poco más. Es la manera que él tiene de utilizarme. Tarde o temprano, él está consciente de ello, me cansaré de tanta indiferencia. Me marcharé, a mi vez desapareceré, eso importa poco puesto que, hasta el anochecer, ya no pensará en mí. Habrá que esperar la oscuridad para que yo escuche que arañan mi puerta. Nunca pongo el cerrojo en mi puerta, él lo sabe. Como sé que si no hubiera pensado en apagar la luz, no oiría rascar, la manija que gira, una silueta en el marco de la puerta, con el torso desnudo, es lo único que vislumbraría de él. Después, será de noche, una respiración imperceptible, pies descalzos sobre la alfombra, como se sienten unos dedos sobre el vientre, un aliento que no sabe del azar, en la oscuridad, los cuerpos iguales y que, todos a cual más, producen sus sudores de la misma manera. Si, por lo menos, no se levantara antes del amanecer, podría verlo dormir. Y entonces, yo no tendría la certeza de ser para él un cuerpo desdibujado."

Eso es, haga una pausa. Puede hacerla ya que lo esencial está dicho. A partir de ahora, esta velada ya no tiene de verdad ninguna importancia. La fiesta, el champaña y por qué no, el baile, algún tango sonriente, todas las máscaras están permitidas. En cierto modo, para qué ocultárselo, lo que había que hacer está hecho. Entonces, lo mismo da que usted se resigne a ello, no se entretenga más si le importa evitar los momentos tranquilos. Levántese. Ese maître d'hotel no se opondrá a ello. Déjelo allí, sin una palabra, y vuelva a tomar el pasillo que la condujo a la terraza. En la recepción, esa señora le dará su llave, le indicará el camino a seguir para llegar a su habitación en el desván. Hay tanta tranquilidad, en esa pieza, comparada con los festejos de la terraza. Inútil apresurarse: los gestos por hacer se encadenan con tal evidencia, no hay razón para titubear. Antes que nada, usted tiene razón, corra las cortinas de modo que ningún rayo de luz pueda abrirse paso en el interior. Luego, viene el momento para la ropa. Usted no tiene que pedir permiso a nadie. Si desea girar así, desnuda frente al espejo, nada se lo impide. Tómese su tiempo. Cuando crea que el momento ha llegado, regrese cerca de la puerta, oprima el botón del conmutador. No tema, la luz se apagará. Verifique que la puerta, como siempre, no tiene el cerrojo. Sólo entonces, bajo las sábanas o sobre ellas, si considera que hace demasiado calor, usted puede recostarse, tranquila y tibia, segura de que en breve, dentro de diez minutos o dentro de una hora, poco importa, usted escuchará arañar en su puerta.

Tomado de *Maisons pour touristes*
L'instant même, 1988

ÍNDICE

Este libro se terminó de imprimir y encuadernar
en septiembre de 2003 en los talleres de Impreso-
ra y Encuadernadora Progreso, S. A. de C. V.
(IEPSA), Calz. de San Lorenzo, 244; 09830 México, D. F. En su tipografía, parada en el Departamento de Integración Digital del FCE, se emplea-
ron tipos Stempel Garamond de 14, 12, 11:14,
10.5:14, 9:10 y 8:9 puntos. La edición, que consta
de 2 000 ejemplares, estuvo al cuidado de *Manlio
Fabio Fonseca Sánchez.*